U1017995

楼 | 适 | 夷 | 译 | 文 | 集

LOUSHIYI YIWENJI

楼适夷译文集

奥古洛夫镇

〔苏〕高尔基——著
楼适夷——译

中国文史出版社

序　　言

——适夷先生与鲁迅

在上世纪九十年代中期，适夷先生九十岁的时候，人民文学出版社出版了他几十年写下的散文集，又获得了中国作家协会中外文学交流委员会颁发的文学翻译领域含金量极高的“彩虹翻译奖”。这是对他一生为中国新文学运动做出的杰出贡献给予的表彰和肯定。当老夫人拿来奖牌给我看时，适夷先生挥挥手，不以为然地说：“算了算了，都是浮名。”

我觉得适夷先生是当之无愧的。

上世纪二十年代中期，适夷先生还不满二十岁，便投身于中国新文学运动，从他发表第一篇小说到发表最后一篇散文，笔耕不辍七十余年。仅凭这一点就足以令人钦佩了。

五四运动之后，中国社会面貌激变的伟大革命的年代，以鲁迅为代表的一批受过西方先进文化影响的青年作家们，以诗歌、小说等文艺作品，掀起批判封建主义儒家文化传统和道德观念，讴歌自由、平等、民主思想的狂飙运动。适夷先生在上海结识了郭沫若、成仿吾、郁达夫等创造社浪漫派先驱，开始了诗歌创作。在五卅运动中，他接受了马克思主义，参加了共青团、共产党，一面从事地下革命活动，一面办刊物，写下了大量小说、剧本、评论，还从世界语翻译外国文学作品，成为左翼文学团体“太阳社”的重要成员。

由于革命活动暴露身份，招致国民党特务的追捕。1929 年秋，他不得已逃亡日本留学。在那里他一面学习苏俄文学，一面学习日语，还写了许多报告文学在国内发表。1931 年回国即参加了“左联”，同鲁迅先生接触也多起来，在左联会议上、在鲁迅先生家中、在内山书店，领受先生亲炙。他利用各种条件创办报纸、杂志，以散文、小说的形式揭露国民党反动派的白色恐怖，号召人们起来抗争，同时他又大量翻译了外国文艺作品和马列主义文艺理论。苏联是世界上第一个无产阶级取得政权的国家，那是国内理想主义革命者们无上向往的国度。他们怀着极大的热情讴歌苏维埃人民政权，介绍苏俄的文学艺术。但当时国内俄语力量薄弱，鲁迅提倡转译，即从日、英文版本翻译。适夷先生的翻译作品大都是从日文翻译的，如阿·托尔斯泰的《但顿之死》《彼得大帝》，柯罗连科的《童年的伴侣》《叶赛宁诗抄》，列夫·托尔斯泰的《高加索的俘虏》《恶魔的诱惑》，赫尔岑的《谁之罪》。他翻译最多的是高尔基的作品，如《强果尔河畔》、《老板》、《华莲加·奥莱淑华》、《面包房里》以及《契诃夫高尔基通信抄》、《高尔基文艺书简》等。此外，他还翻译了许多别的国家的作家作品，如奥地利作家茨威格的《黄金乡的发现》《玛丽安白的悲歌》，英国作家维代尔女士的《穷儿苦狗记》，以及日本作家林房雄、志贺直哉、小林多喜二等人的作品。一次，和我聊天，他说解放前，他光翻译小说就出版过四十多本。鲁迅先生赞赏适夷先生的翻译文笔，说他的翻译作品没有翻译腔。适夷先生曾说翻译文学作品，最好要有写小说的基础，至少也要学习优秀作家的语言，像写中国小说一样翻译外国文学作品，才能打动读者。

其实，适夷先生的翻译工作只是他利用零敲碎打的工夫完成的，他的主要精力都投在革命事业上，因此，老早就被国民党特务盯上了。1933 年秋，他在完成地下党交给的任务，筹备世界反帝国主义战争委员会远东反战大会期间，因叛徒指认，遭到国民党特务绑架，被捕后押解到南京监狱。他在狱中坚贞不屈，拒绝“自新”“自首”，被反动派视作冥顽不化，判了两个无期徒刑。由于他是在内山书店附近被捕的，鲁迅先生很快就得到消息，又经过内线得知没有变节屈服的实情，便把消息传给友人，信中一口一个“适兄”地称他：“适兄忽患大病……”“适兄尚存……”“经过拷问，不屈，已判无期徒刑”，对适夷先生极为关切。同时还动员社会上的名士柳亚子、蔡元培和英国的马莱爵士向国民党政府抗议，施展营救。那时正有一位美国友人伊罗生，要编选当代中国作家的短篇小说集《草鞋脚》，请鲁迅推荐，提出一个作家只选一篇，而鲁迅先生独为适夷先生选了两篇(《盐场》和《死》)，可见对他尤为关怀和爱护。

适夷先生为了利用狱中漫长的岁月，学习马列主义文艺理论，通过堂弟同鲁迅先生取得联系，列了一个很长的书单，向鲁迅先生索要，有普列汉诺夫的《艺术论》《艺术与社会生活》，梅林的《文学评论》，还有《苏俄文艺政策》等中日译本，很快就得到了满足。他根本没有去想鲁迅先生那么忙，为他找书要花费多大精力，甚至还需向国外订购。适夷先生当时是二十八九岁的青年，而鲁迅先生已是五十开外的年纪了。后来，他每当想到这一点，心中便充满感激，又为自己的冒失感到内疚。

有了鲁迅先生的关怀，先生在狱中可说是因祸得福了，以前从事隐蔽的地下工作，时刻警惕特务追踪、抓捕，四处躲藏，居无定所，很难安心学习、写作，如今有了时间，又有鲁迅先生送来的这么多书，竟有了“富翁”的感觉。鲁迅先生说，写不出，就翻译。身陷囹圄，自然没法写作，他就此踏实下来翻译了好几本书，高尔基的《在人间》《文学的修养》，法国斐烈普的中篇小说《蒙派乃思的葡萄》，日本作家志贺直哉的短篇小说集《篝火》等，都是在狱中翻译，后又通过秘密渠道将译稿送到上海，交给鲁迅和友人联络出版的。

那时，适夷先生心中还有着一团忧虑。本来他年迈的母亲和一家人是靠他养活的，入狱后断了收入，家中原本就不稳定的生活，会更加艰难，虽有亲戚友人接济，但养家之事他责无旁贷。能有出版收入，可使家人糊口，也尽人子之责。当时翻译家黄源正在翻译高尔基的《在人间》，可当他在鲁迅的案头上看见适夷先生的《在人间》译稿时，便毅然撤下自己在《中学生》杂志上发表了一半的稿件，换上了适夷先生的译稿。那时《译文》杂志被查封，鲁迅先生正为出版为难。而在此之前，黄源与适夷先生并无深交。后来适夷先生一直念念不忘，谈到狱中的日子，总是感慨地说：鲁迅先生待我恩重如山，黄源活我全家！

新中国成立后，国家培养了大批外语人才，已无须转译，适夷先生便专注翻译日本文学作品，他翻译了日本著名作家志贺直哉、井上靖的作品，为中日文化交流做出了贡献。

同时他担任文学出版社负责人，也以鲁迅精神关怀爱护作者。当年羸弱书生朱生豪，在抗战时期不愿为敌伪政权服务，回到浙江老家，贫病交加中发奋翻译《莎士比亚戏剧全集》，呕心沥血，却在即将全部完成时，困顿病殁。适夷先生在新中国成立之初，就出版了他的（当时也是中国第一部）《莎士比亚戏剧全集》，当一笔厚重的稿酬交到朱生豪妻子手中时，她竟感动得号啕大哭。

五十年代，适夷先生邀请当时身在边陲云南的阿拉伯语翻译家纳训来北京，翻译了《一千零一夜》，这部为国内读者打开了阿拉伯世界的名著，至今仍为人们爱读。

六十年代，他邀请上海的丰子恺翻译了世界上第一部长篇小说《源氏物语》；发挥了旧文人周作人、钱稻孙的特长，翻译了当时年轻翻译家们无法承担的日本古典杰作《浮世澡堂》和《近松门左卫门选集》等，丰富了我国的外国文学宝库。

八十年代初，他年事已高，虽然离开了工作岗位，仍然向读者介绍好书。他得知“文革”中含冤弃世的好友傅雷留下大量与海外儿子的通信，便鼓励傅聪、傅敏整理后，亲自向出版社推荐，并写下序言。这本带着先生序言的《傅雷家书》一版再版，长年畅销不衰，尤其在青年人中影响巨大。他说就是要让人们“看看傅雷是怎么教育孩子的！”这样的事情太多了。

改革开放后，各种思潮涌现，八九十年代，社会上流行一股攻击鲁迅的风潮，我不免心怀杞人之忧，就跟适夷先生说了，他却淡然地答道：“这不稀奇，很正常的。鲁迅从发表文章那天起，就受人攻击，一直到他死都骂声不断。这些，他根本不介意。鲁迅的真正的价值，时间越久会越加显著。”

这真是一句名言，一下使我心头豁然开朗了。

在适夷先生这套译文集即将出版之际，再次感谢中国文史出版社付出的极大热情和辛勤劳动。我们相信通过“楼适夷译文集”的出版，读者不但能感受到先贤译者的精神境界，还能欣赏到风格与现今略有不同、蕴藉深厚的语言的魅力。

董学昌

2020 年春

目录

华莲加·奥莱淑华

〔苏〕高尔基

一

……伊博里特·绥尔盖维契·波格诺夫被聘为某处地方大学的讲师还没有几天，便接到在伏尔加流域远处森林地带辖有田产的妹子打来的电报。

电文很简单，这样说：

夫死，速来，待助。叶丽莎佛达

这迫促的呼吁使伊博里特·绥尔盖维契很懊恼，他的计划和心境完全给破坏了。他早经决定，这个夏天要到乡间一位朋友家去住，把讲义稿子好好准备一下，可是现在，却不得不到那离彼得堡和他的任地都在一千俄里以外的地方去，安慰那死了丈夫的女人。照她从前那些来信中看，那死了的丈夫与她之间，也不见得怎样和睦。

自从他最后一次和妹子见面，已经快要四年了，一向来往的信札也很少。好久以来，他们两人之间已完全只是一些形式上的关系了。在互相远离，而生活利害不相一致的亲族之间，这是常有的情况。电报使他记起妹子的丈夫，这是一位喜欢吃吃喝喝的好好先生。他有一张满布红色血管网的圆盘脸，一对快活而细小的眼睛。左眼常常像捉弄人家似的眨着，嘴里亲切地微笑着，用令人厌恶的法文哼着：

“Regardez par ci，regardez par lá……①”伊博里特·绥尔盖维契很难相信这个快活而可爱的人真的死了，因为天下庸俗的人往往是长寿的。

妹子对这男人的弱点抱着有些轻蔑的宽容态度。她是个相当聪明的女人，她明白：对石头打枪，徒然耗费子弹。因此，丈夫的死，对她并不会感到很大的悲哀。

可是不接受她的招请也不行，而且在她那里也可以工作，也许还不比别的地方差……

伊博里特·绥尔盖维契决定出发了。在两星期之后，一个和暖的六月的傍晚，从船埠到那乡村，在马上摇晃了四十俄里，已经十分累乏了，他在伸向园子的阳台上，与妹子对桌而坐，喝着香味浓郁的茶。

靠近阳台栏杆的地方，紫荆和阿拉伯橡胶树蓊郁地繁茂着。从叶缝中漏进来的斜阳像纤细的金线在空中颤动。图案形的影子落在放满乡间酒菜的桌子上，空气中充满着菩提和紫荆的芳香和被阳光晒暖的潮湿的泥土气。园子里小鸟儿热闹地啼叫。有时，黄蜂和蜜蜂飞进阳台来，在桌子上飞来飞去，忙忙碌碌地发出嗡嗡的翅音。叶丽莎佛达·绥尔盖芙娜把手中的手帕厌烦地在空中挥舞，赶开那

① 法文：这边望望，那边望望。

些黄蜂和蜜蜂。

波格诺夫马上看出他的妹子，正如自己的意料，并未因丈夫的死有分外悲哀的神情，而且一边以探索的目光望着他——她的哥哥，一边谈着话，又好像有什么事隐瞒着他。他原准备看见一个变成神经过敏的、苍白而疲乏的妹子，但现在看见，她这瓜子形的脸上，是被阳光晒黑了的健康的血色和镇定而自信的、眨着聪颖的光芒的眼睛。他很乐意觉得自己的预想是错误了。他一边听她谈话，一边费力地想探出、想了解她对自己隐瞒着的到底是什么事情。

“我知道这样的事情是会到来的。”她缓缓地用半高音说着话。这音调一提高时，就带着悦耳的颤音：“从第二次睡倒以后，他就每天喊着心痛，心跳得厉害，晚上睡不着觉……前一天，他到奥莱叔夫家去做客，他在那里非常激动，叫呀嚷的……那是一家地主，退伍的陆军上校，是个醉汉，又是横蛮无礼的人，还害着关节痛风病。不过他有一位小姐，啊，这小姐，我可以当着你说，实在是一位漂亮的姑娘呢！等会儿我给你介绍……”

“不能推辞吗？”伊博里特·绥尔盖维契微笑地望着妹子，插进话来。

“当然不能，那小姐常常上这儿来，此后，一定还要来得更勤些。”她依然用微笑应对他。

“她找新郎吗？这个角色我是不合适的。”

妹子紧紧地瞅着他的脸。这位也是瓜子形的瘦脸，有一撮黑色的小胡子和宽阔洁白的前额。

“为什么不合适呢？我只是随便谈谈，当然光谈这位奥莱淑华是没有意思的。等你遇见了她，你马上会明白这个道理，可是你不是也有结婚的打算吗？”

“不，现在可没有。”他从茶杯上抬起神光晦涩的淡蓝色的眼睛，简单地回答说。

“嗯。”叶丽莎佛达·绥尔盖芙娜深思地说，“到三十岁才走上这条路，对一个男子来说，是太迟了，也是太早了……”

他留心到她不再讲丈夫的死。可是，既然如此，她又为什么那么慌张地把自己叫到这儿来？

“我想一个人二十岁不结婚，就得等四十岁。”她思索着说，“这样就可以减少许多自欺欺人的冒险……假使有欺骗的事，在前一种情况下，可使自己的感情保持清醒，而在后一种情况下，就有一个确定的社会地位，这种地位，在一个四十岁的男子几乎永远是坚实可靠的了。”

她说这话，表面是为哥哥，实际上却好似在说自己。他靠在椅子上沉默着，深深地嗅着浓香的空气。

“刚才我说过，他害病的前天到奥莱叔夫的家里去，当然，在那里喝了酒，所以就闹得那么凶……”叶丽莎佛达·绥尔盖芙娜伤心地摇摇头，“终于，我……变成孤单的人了……三年以来，虽然跟他在一起，心里总觉得自己是一个孤单的人。可是，现在，多么奇怪的境况呀！我也到了二十八岁了，什么生活也没有，只是丈夫和孩子的附属品……孩子又都死光了。现在，我究竟算个什么呢？我做什么才好呢？怎样活下去呢？有时也想，把这儿的田产变卖掉，到国外去跑跑，可是我丈夫的兄弟又在企图这笔遗产，说不定会打官司。没有法律上的根据，我是不高兴将自己的财产给人家的，对于他的要求，我还没有看到这种根据。你对这件事有什么意见呢？”

“你知道我不是搞法律的。”伊博里特·绥尔盖维契微笑着，“不过，你把事情详细说一说……再慢慢来想吧。这个兄弟有信给你吗?”

“是啦……声势可汹呢。他是一个浑蛋，谁对他都没有办法……虽然他们有许多共同的地方，但我丈夫在世的时候是不喜欢他的……”

“原来如此!”伊博里特·绥尔盖维契应答着，搓搓手。他知道妹子为什么要他来，心里就明朗了。他的脾气原不喜欢不明不白和疑惑不决的事情。他打算着，首先要保持心的平衡，所以有什么不明白的事情破坏了他的平衡，他就马上忐忑不安，焦躁地动着脑筋，要不把这不明白的事情赶快说清，放进自己世界观的框子里，心里老是不得舒服。

“老实说……”叶丽莎佛达·绥尔盖芙娜眼睛不望哥哥的方向，缓缓地说明道，“那没有道理的抗议，吓了我一大跳。我是非常累乏了，伊博里特，我只想静静地休息休息，却又找来了这样的事情。”

她沉重地叹了一口气，拿起她的茶杯，又用那把哥哥的神经搅扰得很不愉快的愁郁的声调继续着说：

“跟死了的丈夫那样的人共同生活了八年，我以为我已经是应该休息休息了。就是一个别的女人，处在与我同样的境遇——对于义务和教养的考虑远为落后的女人，也早已把这样沉重的铁链子割断了，而我呢，直到今天还拖着，固然这副重担也实在把我压坏了。可是，孩子死了……唉，伊博里特，自从死了孩子，我过的是怎样的日子，你也替我稍微想一想吧!”

他同情地望着她的脸。可是她的悲叹并没有使他感动。第一，他听不惯她的语气，好像是念书的调子，不是动感情的人所使用的。再加那光亮的眼睛从这边溜到那边，很少在一处地方安静下来。身段又温柔又慎重，从她这匀称的态度中，浮动着内心的冷酷。

阳台的栏杆上，停下一只灵巧的不知名的小鸟儿，在那儿蹦跳着，然后又飞去了。兄妹俩目送着它，暂时落在沉默中。

“有些什么客人到你的地方来？看点儿什么书吗？”哥哥在烟卷上点着火问道，心里却在想别的事情：在这样难得的幽静的夕暮，能不说话够多么好呢。在这阳台中，凝然地坐在椅子上，耳听着树叶的喁语，等待着万籁俱寂、群星辉耀的夜晚的到来。

“常来的是华莲加，此外，白娜采华有时也来走走……你还记得那女人吗？就是柳特米拉·华西里叶芙娜啊……她跟她先生也搅得不大好……可是她也是不大肯让人的。在她的地方还有许多男客人来，可是有趣味的是一个也没有，可以谈谈的简直没有一个……除了谈经济，谈打猎，骂骂官府，讲一些没意思的废话，再也谈不来别的……可是，只有一个……候补司法官辨可夫斯基……年轻，受过高等教育。你还记得辨可夫斯基这一家吗？慢着，好像有客人来了。”

“来的是谁，就是那个辨可夫斯基吗？”伊博里特·绥尔盖维契问道。

他的问题不知为什么使妹子发笑了。她一边浅笑，一边从椅子上立起来，而且用一种新颖的口吻说道：

“华莲加啊！”

“原来！”

“我要听听你怎样批评她……在这儿是没有人敌得过她的。可是从她的灵魂来看，这是一个很怪的人呀……不过现在，你自己去看得啦！”

“我也不一定要看呀！”他在自己的靠背椅上伸了一个懒腰，冷静地表示说。

“我，马上回来。”叶丽莎佛达·绥尔盖芙娜从屋子里走出去说。

“那么，那位小姐进来时你不是不在吗?”他不安起来，“请你不要走，最好还是我走开!”

“不不，我马上来!”妹子从屋子里大声对他说。

他皱着眉头仍坐在自己的椅子上，向园中望去，远远地传来急促的马蹄声和地面上的隆隆的轮声。

在波格诺夫眼前是一排被暮色笼罩着的、有了年代的曲折的菩提树的行列。树枝互相交叉，在顶上形成一座密布着芬芳的绿荫的天幕。它们经过长期的岁月，剥落了树皮，削残了枝节，但依然向上边，向阳光伸展开去，这情形正与我们人类的亲族无异。但树干上到底还满吐着黄黄的树脂，在根上长出缠绕着的小树枝，因此在这年久的粗大的树上有许多枯萎的丫枝，像荒凉的骸骨一般倒挂着。

伊博里特·绥尔盖维契看到这光景，很想在古老园庭的呼吸下，躺在这把靠背椅上打一个瞌睡。

从树干和枝丫的空隙中，看见地平线上发出淡红色的光点。在这样明亮的背景上，近边的树木更显得朦胧凋零了。从阳台远远地伸向薄明的对面的林荫道上，暮色徐徐地推过来，静寂又紧跟着迫来，引起一种漠然的幻想。幻想受了夜的魔术的唆使，终于在阴影中构出一个熟悉的女人的影像，和她并肩而立的还有自己的影子。两个人在林荫道上向着遥远的对方走去。她轻轻地靠在他的身上，他觉到女人的和暖的体温。

“晚安!”忽然听见深沉低微的声音。

他跳起身来，稍微有些惶惑地回过头去。

面前站着一位穿着灰色衣服的中等身材的小姐。头上披着白纱似的东西，好像新娘的纱兜——这便是第一眼看见的一切。

她向他伸过手来，问道：

“这一位就是伊博里特·绥尔盖维契吗？我叫奥莱淑华。我早知道你今天可以到的，所以赶快来拜访，看看是一位怎样的先生。我从来不曾遇到过有学问的人，因此，有学问的人是什么样子，我简直一点儿也不知道。”

有力的、热烈而纤小的手紧紧地握了他的手。这袭击使他多少有点儿窘，他默默地行了礼，连自己也有点儿讨厌自己的狼狈。他预想，当他见了那女子的脸，大概可以从那儿发现明朗而粗莽的媚态。可是当了面，却看到有一对大而晶黑的眼睛，天真而和蔼地微笑着，照耀着美丽的容貌。伊博里特·绥尔盖维契记得在一张意大利的古画中，曾经见过和这同样的健美而高昂的脸。樱唇小口，微突而秀气的前额，额下一对大眼睛。

“对不起得很……让我去拿灯来……请坐啊！”他招呼她了。

“不不，不要客气，我在这儿跟自己的家里一样。”她在他的靠背椅上坐下说。

他立在桌子边，默默地望着姑娘，知道这是很窘的，必须讲点儿什么话。那女子并不因他的凝视而不好意思，就开始对他说话：他是怎样上这儿来的，这乡村中不中他的意，他打算在这儿长住吗。他唯唯诺诺地回答她，好像被人打昏了似的。原来他的神志始终是清醒的，而现在突然间紊乱地在一种令人激动的感情的力量面前觉得惶恐起来。对他的欢喜跟对自己的愤慨发生了斗争，好奇心跟近似恐怖的心情发生了斗争。那姑娘像一朵开放的健康之花，和他面对面地坐着，舒畅地靠在椅上，紧裹在身上的衣裳使人看到她雍容华贵的肩膀和胸脯。而且以旁若无人的口吻和嘹亮的嗓子说着话，虽然说的不过是初见面人所说的普通应酬话。她的深栗色的头发卷曲得很美丽，而眉毛是更显得黝黑。在玫红色的、薄得跟透明一般的耳朵旁边的黝黑的脖子上，皮肤在跳动着，显现出血液流过脉管的迅速搏动。当她微露细白的牙齿而微笑的时候，下颊上现出一个小小的酒窝。同时从衣服的每一条皱褶中，发出一种刺激性的诱惑。从鲜艳的唇间闪耀着细小洁白的齿列，看来像有些贪钱的神气。全身充满着从容不迫的妩媚姿态，令人联想起一只被宠幸的小猫儿的娇爱。

波格诺夫感到自己分裂为两部分：一部分完全被姑娘的官能之美所吞噬，只是像奴隶一般地凝视她；另一部分是机械地观察前面这一半的状态。他回答她的询问，自己也随便向她询问，这期间，眼睛就没法儿离开她的迷人的身姿。他私自称她为“妖艳的淫妇”，心里虽然嘲笑自己，可是总没有力量回复他的分裂体。

在阳台上，妹子这样嚷嚷着走出来了：

“啊哟，怎么一回事？我当这小姐在那边，还去找呢，不料已经……”

“我从园子那边绕过来的啊！”

“你们已经相识了？”

“嘿，当然啰！我还当伊博里特·绥尔盖维契是一位秃顶的先生呢！”

“再倒一点儿茶吧？”

“好的，倒一点儿吧。”

伊博里特·绥尔盖维契退过一边，站在下园子去的阶步边。用手摸一摸脸，又用指头抹抹眼睛，好像从脸上眼中拭去垢污似的。他感到自己感情的爆发，使羞耻心让位给对这女郎的激动，因而觉得害臊起来。他想象自己和她出现在哥萨克人包围未婚夫妇的场面中，很想对她表示他自己这个人对她的挑拨性的美实在是无动于衷的。

“今晚我宿在你家，明天还要打扰一整天……”女郎对他的妹子说。

“华西里·史吉派诺维契怎么啦?”妹子吃惊地问。

“鲁契兹加耶姑母到我家来做客……你知道，我爸爸顶喜欢她……”

“对不起!”波格诺夫说，“我很累了，想休息一会儿。”

他欠躲着身子走开了，身后立刻传来华莲加的附和的呼声：

“你早该这样了!”

虽然他从这叫嚷中听到的是一种好意，但他却把这声调看作是逢迎和虚伪的。

给他住的屋子原是妹夫的书房。屋子中间放一张笨重而不雅观的写字台，写字台前面是一只橡木的靠背椅子，靠一面的墙边，一张土耳其式的宽阔的长沙发长长地占据了全边的墙；对面的墙边是一架风琴和两口书橱、几只有软垫的椅子；长沙发头上一张放烟具的小桌子；靠窗口是一张棋桌，这一切就增添了屋子的装饰。天花板很低，又熏黑了；四周的墙头上挂着几张用粗糙的金色镜框装着的一种图画和木刻，现出幽暗的黑影。一切都显得沉闷而陈旧，发出不大好闻的气味。

桌上放一只淡紫色罩子的大洋灯，灯光落在地板上。

伊博里特·绥尔盖维契正立在这光圈的边缘上，眼望着屋子的窗口，在分析自己混乱动摇的不愉快的情绪。有两扇窗子，窗外的夜色中，显出树木的黑影。他走过去将窗子打开。立刻屋子里充满了菩提树的清香，同时流进了愉快的、低沉的哄笑。

长沙发上已经给他铺好了被褥，这被褥占了大半截沙发。他望着床铺，开始解领带，立刻又将靠背椅粗暴地推到窗边，脸色阴沉地坐下了。

一种莫名其妙的忧郁的感觉使他混乱，使他焦灼。以前有时候也经验过不满的感情，但这样固执、这样长久地紧紧抓住他不放，却从来不曾有过，因为他总是能很快地抑制自己的那种感情。他这样相信：人必须理解自己的情绪，而加以培养或抑制。因此有人说到人类精神生活的神秘的复杂性时，他总是揶揄地嗤笑着，认为这种意见不过是一种“玄学”。

他自己向自己问：难道遇见的这位健康而美丽的小姐，可能是个官能上愚蠢的人吗？难道这次相见竟能这样奇怪地影响他吗？果真是真实的吗？因此在仔细地观察这一天的印象的过程之后，他就应当做出一个肯定的答案来。于是，便得了这样的答案：那小姐走进他的理性中来时太突然了，自己在路上既然已经很疲劳，而小姐在他面前出现的时候，他又正当陷入那种空想的刹那间，这在他的情绪上，原是不大有的。

这样的解释总算多少使他感到安定，可是不知什么缘故，就在这时候，他的眼前又映出了美丽夺目的女郎的姿容。他不禁闭了眼睛注视着这位女郎。同时神经质地抽着烟卷，一边注视着她，一边在批评她。

“那小姐在本质上……”他想，“是庸俗的。血肉太多，而神经则太少。她的天真的容貌是缺乏学问的，她那瞪得大大的又深又黑的眸子中所显示的骄傲，是一种相信自己的美貌能被男子宠幸的女性的骄傲。刚才妹子说，华莲加征服一切的男子，可见她也在想征服我呢。不过我是来这儿工作的，并不是来玩的，大概不久她就会明白了。”

“可是，慢着，我只见了她一面，不是把她想得太多了吗？”这念头掠过他的头脑。

一轮巨大而血红的月亮在园子的树杪后边升起来了。他想：这真像怪物的眼睛。不可捉摸的音响从村子里传过来，飘荡在空中。窗下的草丛中，偶然发出轻微的啼声，大概是鼹鼠或水老鼠出来觅食。远远地夜莺在啼叫。月亮缓缓地升到空中，那情况好像它了解运行的命定性，而感觉到疲倦了。

把熄灭了的烟头投出窗外，波格诺夫立起来脱了衣服，熄了灯，立刻一阵黑暗从园子涌进到屋子中来。树木对着窗子俯立着，好像要向屋中窥望，柔和而淡薄的月光照射进来，在地板上映成两绺光纹。

长沙发的弹簧垫轧动作声，但波格诺夫的被褥上，笼罩着令人惬意的洁净气氛，他伸直身子躺下来安歇了。他马上蒙眬地入睡，还模糊地听见近边的窗外有人蹑步行去，轻声道：

“马利亚，你在这儿吗？”

他微笑地睡着了。

早晨，在满屋子光辉耀眼的阳光中醒来，他又想起那女郎，不禁又微笑了。他把身子打扮整齐，以学者似的严肃认真的态度走去喝茶。看见只有妹子一个人坐在桌前，不知不觉地冲口说道：

“啊，那位小姐呢？”

当他还没有说完自己的问题前，他妹子的含蓄的微笑已阻止了他，他连忙沉默了，坐了下来。叶丽莎佛达·绥尔盖芙娜没有停止她的笑容，仔细打量他的服装，不怀好意地笑着。

“那小姐早已起身，跟我一起洗过澡了，现在她大概还在园子里，马上会来的。”叶丽莎佛达·绥尔盖芙娜说明了。

“何必讲那么仔细呢？”他苦笑了，“等喝了早茶，叫人将我的行李打开来吧。”

“东西都拿出来吗？”

“不，那可不必。东西我自己会理，要不，便会被他们弄乱的……我还有点儿糖果和几本书带来送你的。”

“谢谢你！你真客气……哟，华莲加来了！”

女郎在门口出现了，她穿着一身轻松的白色外衣，从肩头到足边都打着优雅的褶襞，她的衣服跟童装一样，穿在身上就好像一个女孩子。她在门口停了片刻，就问道：

“难道你们在等我吗？”然后跟一朵轻云一般，无声地走到桌边来。

伊博里特·绥尔盖维契默默地向她点头，握一握一直露到胳臂弯的手，闻到从她身上发散出来的紫罗兰的芬芳。

“哎哟，好香啊！”叶丽莎佛达·绥尔盖芙娜叫道。

“我比平时洒多了吗？你喜欢香水吗，伊博里特·绥尔盖维契？我真是说不出的喜欢啊！每年紫罗兰开花的时节，天天早晨摘来，用手揉呀搓呀，这是在学校的时候学来的……你喜欢紫罗兰吗？”

他正在喝茶，不向她看，但依然觉到她的视线落在自己的脸上。

“我没有想过喜不喜欢紫罗兰这种事情。”他耸一耸肩头，淡然地说，抬头向她望了一眼，不知不觉地微笑了。

她的脸被白色外衣映照着，显得更红艳，深沉的眸子射出藏不住的喜悦。从她的身上发出健康新鲜的不可言说的幸福。她像北方小春日和的明朗的晴光一样可爱。

“连想都没有想过吗？”女郎叫道，“怎么可以不想到，你还是植物学家呢！”

“我可不是园艺家！”他简短地辩解，不消说，这是很笨拙的回答。眼睛自然地避开了她的脸。

“哟，植物学和园艺学还不是同样的吗？”她发问，又沉默了。

他的妹子，正在不客气地大笑。这笑声又不知为什么使他不愉快，他惋惜地在心里感叹道：

“她究竟是愚笨的！”

但是，当他向女郎说明植物学和园艺学的区别时，他就缓和这种宣告——这女子只是教育不足罢了。

她一边听着他的认真的说明，一边以她的恳切的女学生般的眼睛望着他，这可完全合了他的意。

“嗯——嗯——”华莲加拖长着声音，“我明白了！那么，那植物学，是很有趣味的科学吗？”

“嗯！我们了解一种学问，应当看它对人类有什么利益。”他感慨地说明了。女郎头脑的幼稚，加强他对女郎的同情。但女郎却沉思地用茶匙敲着自己的茶杯，发问了：

“你一定知道牛蒡是怎样成长的，可是这又有什么利益呢？”

“那是同样的，比方研究某一个人的生活现象，这也是很有用处的。”

“人和牛蒡……”她呵呵地笑了，“凡是人，都是同样生活的吗？”

他心里不胜奇怪，为什么这样无聊的话却不使他感觉厌倦？

“比方，我吃，我喝，是不是跟一个农人完全没有分别呢？”她蹙着眉头，认真地继续发问，“又比方，是不是有许多人，跟我同样生活的呢？”

“那么，请问，你是怎样生活的呢？”他反问了，心里预期着这问题会变更谈话的题目。

“怎样生活？”女郎叫道，“好吧，我说。”她高兴得把眼睛都合上了，“平常，早上醒来，假如天气好，我心里就非常高兴，正好像得到了一件想念已久的珍贵美丽的东西……我跑去洗澡——那条河是从山上溪涧中流下来的，水很凉，凉得使身子发痛。有几处地方非常深，我从岸上一直下去，扑咚一声，把头钻进水里去，嘟嘟地好像向深底里沉下去了，头脑嗡嗡地响……从水里钻出来，跳到岸上，太阳不是正望着我笑吗？以后便回家去。穿过森林，摘一些花，完全陶醉地吸着森林中的新鲜空气。到了家，早茶已经端出来了，便喝早茶。在我的面前，有各色各样的花……太阳依然望着我。啊，要是你能知道，我是多么喜欢太阳，这就好了。以后，便开始这一天的工作，家务事情，忙着这，忙着那……而且大家都喜欢我，也了解我，听我的话，同心协力，一直忙到傍晚。这时候，太阳下山了，月亮出来，星星发着光……这一切是多么美好呀，它们永远都是新鲜的，你明白吗？为什么生活是这样的快乐！可惜，我不能说得使你完全明了，不过，你自己一定也可以感觉到，是吗？就是你，你难道不明白生活为什么这样快乐，为什么这样有趣？”

“这是当然的！”他肯定地说，好像准备用手从妹子的脸上擦去那神秘的捉弄人的微笑。

他注视着华莲加，出神地观赏着那正燃烧着希望把满身的喜悦传染给他的女郎。

“冬天怎样呢？你也喜欢冬天吗？冬天一切都是雪白的、健康的，而且是热情的，能掀起人和它做斗争……”

一阵猛烈的铃声打断了她的话。打铃的是叶丽莎佛达·绥尔盖芙娜。于是一个有一张和气的圆脸、眼睛有点儿狡猾的高高的姑娘跑进来了，妹子懒懒地向这女子吩咐：

“把茶具都收起来，玛霞。”

于是她开始在屋子里忧郁地来回收拾，脚下发出大声的沙沙的声音。

这使这位神往的女郎清醒过来，她把肩头微微一耸，好像要从肩上抖去什么东西似的，有点儿不安地向波格诺夫问道：

“我尽说这样的话，使你无聊吗？”

“噢，说哪里话！”他否定了。

“不，我是认真的，我想你一定以为我是一个傻女孩呢！”她补充道。

“可是，为什么这样说呢？”伊博里特·绥尔盖维契叫道。这声音是这样热情，这样真诚，连自己都吃了一惊。

“我是粗鲁的、没受过教育的女子，可是我能够跟你谈话，心里非常高兴。因为你是一位学者，再加，恰好……不不，同我原来想象的，完全不一样。”

“你原来是怎样想象我呢？”他微笑地追究了。

“我以为你说出来的话一定很难懂……尽说不是这样，是那样的，或是说：谁都是傻瓜，只有你是聪明的。我父亲那儿来的那位客人也跟父亲一样，是一位上校，他也跟你一般是一位学者。不过是一位军事学者……这称什么呢？是参谋本部的人员，所以很神气。我想，那位先生其实什么也不懂，不过会吹牛罢了。”

“你以为我也是这样的人物吗？”伊博里特·绥尔盖维契问了。

她发窘了，脸上陡地出现了一阵红晕，突然从椅子上跳起来，笑嘻嘻地在屋子里跑着，慌张地说：

“啊啊，你说什么……噢，难道我可以……”

“噢，怎么回事？我的可爱的孩子！”叶丽莎佛达·绥尔盖芙娜眨着眼望着他们说，“我有事走开一下，你们待在这儿随便好了！”

和笑声一起，她消失了。伊博里特·绥尔盖维契用责备似的目光望着妹子的后影，心里想着：妹子对这位天生可爱而智识尚未开化的姑娘所抱的态度，觉得自己必须同她谈一谈，解释一下。

“做点儿什么呢？要不要划船去？或是到森林去，在那边溜达，到吃饭的时候回来。去吗？我真高兴，今天天气这样好，在家里怎么关得住呢？不过，我爸爸的痛风病又发作了，弄不好还得去看护他。我这爸爸一害起病来，脾气就挺坏……”

他惊奇这女郎的个人主义，没有立刻表示同意，但当他要回答的时候，就想起昨晚上的决心。今天早晨他是带了这决心走出屋子来的。可是一看见她的神气，觉得她没有一点儿想征服自己的心的样子。在她的谈话中，除了媚态以外是什么都可以看到的，当然，为什么不能跟这样坦率的人欢度一天呢？

“那么，你会划船吗？不高明吗？这没有关系的，我来划好啦！你看我，我划得很好呢。”

两个人走到阳台上，又慢慢走到园子里。同他又高又瘦的身子走在一起，那女郎就显得又矮又肥。他去扶女郎的手，被她拒绝了：

“何必呢？疲劳的时候当然是好的，要不然，走起路来反而不便当……”

他透过眼镜望着女郎，脸上露出了笑容。他使自己的脚步跟女郎的脚步匀称起来，他觉得非常高兴。女郎的步子轻盈而优雅，她的白色外衣在身上飘动，褶襞丝毫不乱。一手撑伞，一手空悬着，做出一种不能用言语形容的姿态，向他漫谈着这村子四周的风景。

她的胳臂一直露到胳臂肘，肌肉坚实而带微黑，金色的柔毫在风中飘动，使伊博里特·绥尔盖维契的眼睛不由自主地凝神注视着它。于是在他的灵魂深处，又重新战栗着莫名其妙的模糊的骚动。他尽力想将它赶出去，扪心自问：是什么东西驱使他跟住这样一个女子呢？答道：这是好奇心，一种安静而正当的愿望，想欣赏这位女郎的美。

“哟，到河边啦！快坐上船，我马上去拿桨来……”

他还来不及问她桨放在什么地方，只见她早已跑进树林中去不见了。

冷冷的河水凝然不动地映着树梢的影子，他坐在船上望着倒影。这些幻景比岸上高悬着曲折繁生的枝条的真树显得美观多了，这种映象美化了树木，使有缺陷的地方消失了，在这历经岁月的侵蚀而显得荒芜的现实景致中，在水里塑造出一幅明朗谐和的幻象。

伊博里特·绥尔盖维契欣赏着这幅动人心目的图画，四周笼罩着静寂和尚未灼热的阳光。他把高歌生命之幸福的云雀的歌声，同空气一起吸进胸头深处。他感觉到身中浸透着一种对自己完全新颖的、愉快而静穆、能使精神得到慰藉的感情，使他忘记了要想去理解和说明的一种经常性的愿望，感到理性是被镇压了。静寂的世界君临周围，在这世界中，孜孜不倦地进行着自然之无言的创造。生命虽然常受死的威胁，但始终是不能战胜的，死亡默默地工作着，它在袭击一切，但终于不能取胜。

映在水面的画图中，现出脸上含着微笑的白衣美人。她手里拿着桨，悄然无声地站在那儿，美丽夺目，像招呼人，又像从天上俯视下界。

伊博里特·绥尔盖维契知道了，这是华莲加从园子中走来向自已眺望的影子。但他不愿发出声响、移动身体，来打破这个使人陶醉的梦境。

“啊哟，你真是个幻想家。”响起了惊奇的唤声。

于是他惋惜地从水面移开眼来，望了一望女郎。

立刻，他的惋惜的情怀消失了，因为这女郎美丽得像醉人的梦境。

“我怎样也想不到，像你这样严肃的脸竟是爱好幻想的！你来把舵好吗？我们一直划到上游去，那儿的风景好极了。而且逆流而上真有味儿，那时会真正感觉到在划船，在运动呢！”

小船离开了岸，在平静的水上缓缓地摇荡，但有力地打了一桨子，船又靠到岸边去了。再将船拨正，便向两边摇摆了几下，就此轻轻地向前滑去了。

“我们尽量拣山脚下走，为的有遮阴。”女郎熟练地划桨分开水，说道，“这一带河流很缓，不过一到第聂伯河，那儿有鲁契兹加耶姑母家的土地，到那儿我对你说吧，可真厉害啊，桨子在手中握不住呢……你见过第聂伯河的石滩吗？”

“我见过的只是门下的门槛呀！”伊博里特·绥尔盖维契故意玩笑地说。

“我们就穿过那边去吧！”她笑着说，“好啊！有一天，差点儿把船弄翻了，那时总以为要沉没的了……”

“既然这样说，就不要去吧！”伊博里特·绥尔盖维契认真起来说。

“哟，为什么呢？我即使热爱生活，但绝不怕死。也许那地方也像陆上一样的有趣……”

“也许那种地方是什么意思也没有的呀。”他怀着好奇心打量着说。

“为什么没有意思！”她颇具自信地嚷道，“当然，极有意思！”

女郎在小船舱底的一条横档上，撑紧了一双纤小的脚，跟他对面坐着，每把桨子扳一下，就使自己的身子向后一仰。第五下，透过稀薄的衣服，映出浮雕一般的、丰满的、随弹性的动作而抖动的少女的胸脯。

“她没有穿紧身衣。”伊博里特·绥尔盖维契把眼睛移向底下，想了。于是，眼睛便紧盯在女郎的脚上。撑住在船底的结实的小腿正在使着劲，这时候可以看到她一直露到膝盖的腿部的轮廓。

“怎么啦，这个女子，是故意穿这样愚蠢的衣服吗？”他感到一阵刺激，便回过身子，向高岸仰望。

船划到一道险峻的山脚下。曲折的豌豆梗子，叶子像丝绒似的南瓜藤，从山崖上倒挂下来。长在崖边上的向日葵的又大又黄的花盘映照在水中。把眼睛移到对岸，那边是低而平坦地一直伸向远方，直到远远的森林的绿墙下，全部都掩着水汪汪的动目的绿草。其中有些像孩子的眼睛一般的浅黄和淡蓝的花儿，和蔼地望着小船。在正对船头的前方，也望见浓绿的森林——河道像一把冷酷的刀子，刺进那森林中去。

“你不觉得热吗？”华莲加问了。

他向女郎瞥了一眼，觉得局促不安起来，不是又看见了——在卷起的头发底下，前额上爆出点点的汗珠；胸部喘得很急促，隆起得更高了。

“对不起了！”他问心自愧地喊道，“我眺望得出神了……你累吗？好，我来划吧！”

“不行，这不能给你的，你怎么知道我累了？这算什么话，还没有走到两俄里呢！不不，你不要动……马上找一个地方靠岸，我们可以上去走走。”

从她的脸色就可以看到，同她争执是没有用处的。他耸耸肩头，不高兴地沉默着，心里有点儿懊丧：看来这女子一定把我当作无用的人哩！

“你瞧，这边，就是上我们家去的路。”她抬一抬下颏向他指点着一边的岸上，“在这地方渡过河滩，到我们家里，从这儿去还有十四俄里。那地方比你们波格诺夫家风景要好得多呢！”

“冬天你也是在乡间过的吗？”他问了。

“那当然呀！一切家务都是我一手照管的。父亲老是一动也不能动……坐在椅子上，只是在屋子里推来推去。”

“但是这样的生活，你不厌倦吗？”

“为什么？事情多得很呢……帮手却只有一个——是爸爸的勤务兵，他叫尼孔。已经是老公公了，还喜欢喝酒，可是气力大得很，而且对我家的工作十分熟悉。庄稼人都很怕他，他打他们，有一次，他们也猛烈地打了他……那一次打得真厉害！不过他做人一是一二是二，对于父亲，对于我们，忠心极了……简直跟狗一样，待我们非常好！我也很喜欢他呀。你一定读过这样的一部小说，主人公是一位军官，叫作路易·格拉蒙伯爵，他也有一个勤务兵叫作萨地·可可吧？”

“没有读过。”青年学者谦虚地承认了。

“一定要读一读才好，那小说真有趣！”女郎颇有自信地劝告他，“在尼孔使我喜欢的时候，我总是叫他作萨地·可可。开头他对这点生我的气，但有一次我把那小说念给他听，现在他已知道，说他像萨地·可可，是称赞他的意思。”

伊博里特·绥尔盖维契像欧洲人鉴赏雕刻细工的中国人像一般看着这位姑娘，可是女郎却热心地对他讲那个将自我牺牲的忠诚贡献于路易·格拉蒙伯爵的萨地·可可的功勋。

“对不起，华尔华拉·华西里叶芙娜，”他打断了女郎的话，“你读过俄罗斯作家的小说吗？”

“哎，当然！不过我不喜欢，很沉闷。他们写的老是这一套，我所知道的并不比他们差。他们写不出有趣的东西，几乎一切都是真实的。”

“难道你不喜欢真实吗？”伊博里特·绥尔盖维契柔声地问。

“啊，怎么会不喜欢？我所说的，完全是亲眼所见的真实，而且……”

女郎沉默了，她想了一下，又发问道：

“不过，尽是喜欢，又有什么用处呢？这是我的习惯。”

他怎么也来不及向她说话，因为她立刻发出大声，这样地向他命令道：

“往左拐弯……快啊！这边，向这株槲树那边……啊，你真不行！”

船不听从他的手，虽然他紧张地用桨划水，但船舷却靠到岸边去了。

“现在不要紧了。”女郎突然站起身来，轻轻地跳过了船舷。

伊博里特·绥尔盖维契大叫一声，把桨子抛开，张开两手去扶她。那时候，女郎却手中拉着船缆，若无其事地立在岸上，故意羞他地问道：

“吓了你吗？”

“哪里，我当你掉到水里去了。”他轻轻地说。

“我哪里会掉下去？况且这里浅得很呢。”她将船拉到岸边，辩解着说。男的坐在船艄上想：现在我该做些什么呢？

“你看，怎么样，那座森林？”他上了岸，与女郎并立的时候，女郎说道，“彼得堡的近郊恐怕没有这样出色的森林吧！”

一条细长的小径，树枝从两边好像压下来一般地掩覆着，展开在两人的面前。脚底下匍匐着被马车轮子碾平的多节的树根，在他们头上，是繁茂得像天棚一般的树梢，在高顶有些地方，显出淡蓝色的一块块的天空。阳光细得像弦线一样，斜穿过狭窄的绿色走廊，在空中颤动。四周蒸腾着腐叶堆的气味。小鸟儿飞来飞去，它啾啾不息的鸣声打破了森林中庄严的静寂。啄木鸟不知在哪里啄着树干，蜜蜂也振翅作声。面前的空中，一对蝴蝶互相追逐飞舞，好像是在指引他们的道路。

缓缓地走着，波格诺夫沉默了，为的是不去打扰华莲加寻找表达她思想的言语，但她却热心地对他唠叨：

“我不喜欢读那种描写农民的小说。那种人的生活有什么趣味呢？我很熟悉那种人物，也跟他们一起生活着，所以描写农民的小说，一看就知道是胡说八道，满纸荒唐。将他们写得好像十分可怜，可是农民只不过是卑劣，一点儿也没有什么可怜。那种人的心愿，只不过是骗人偷东西罢了。他们老是苦苦哀求呀，诉怨呀，都是一班叫人呕吐的脏小子……而且他们乖得很，哦哦，又非常的狡猾。要是你能知道，有时候，他们是多么使我生气！”

女郎的脸上现出恼怒的表情。伊博里特·绥尔盖维契惊奇她感情的强烈，但是不愿听这种立在主人地位的责备，他打断女郎的话：

“刚才讲的小说，是法国作家的作品吗？”

“啊，是的，不过我们讲俄国作家还没有讲完呢。”女郎心气似乎平静了一点儿，她改正男子的话道，“你说，为什么俄国作家的作品没有意思？这是当然的，他们不是一点儿也不讲究趣味吗？法国的作品中，有真正的英雄，不讲普通人所讲的话，做出来的事情也完全不同，总是勇敢的，恋爱，愉快。可是俄国作家的主人公都是平凡的、没有胆量的，没有热烈的感情，不知怎样总不漂亮，怪可怜的，总之，是一些最平凡的人，再也没有别的了。这种人怎么能做主人公呢？读俄国的书，始终不能明白这种人怎么可以是主人公，他们都是傻头傻脑的、笨拙的，整年地使胸头沉重不快，老是冥想一些莫名其妙的念头。他们哀怜大众，而实际上他们自己就是顶值得哀怜的！当他们还未结婚时，他们考虑、谈话、倾诉爱情，以后再考虑。当结了婚就尽对太太说恶意的戏言，结果便把她赶出去……这种事情有什么趣味呢？我看得直冒火，这简直是骗人啊！这不是把丑恶不堪的人代替了英雄，胡乱放在小说里吗？所以，读俄国小说的时候，就无法忘掉真实的生活。你以为这是好的吗？但你读读法国小说看，你会替主人公忧虑，爱慕他们，恨他们，当他们打架的时候，你想和他们一起打，他们死的时候，你会哭起来……你等不及等待结局，可是读完之后，又怨恨地想哭，这样就完结了吗。既然你不会描写不平凡的人，为什么要写小说呢？这真奇怪啊！”

“我对你的意见很不同意，华尔华拉·华西里叶芙娜！”他打断了女郎滔滔不绝的谈话。

“好的，请您说吧！”女郎微笑着说，“当然，你是要批评我的。”

“是的，我要批评你。你读过俄国哪些作家的作品？”

“各色各样的作家……不过都是差不多的家伙。比方，有一个叫作萨略思的，他一味模仿法国作家，可是一点儿也不行。他跟每个作家一样采用俄国主人公，可是那种人，怎么能写得动人呢？我还读过许多，比方屠格涅夫、马尔该维支、伯杜亨，只消看这些名字，就知道没有一个写得好的。这中间，你读过谁的作品？可是，你读过福丘内·特·白歌倍的作品吗？彭孙·特·推拉伊尔，亚尔山·哥塞，毕尔·柴孔纳，还有仲马、加波里奥、波尔纳你读过吗？写得真好呀！你可知道，小说中我顶喜欢的是《恶汉》，他们很巧妙地布置各种作恶的圈套、谋刺、下毒……都是极顶聪明的人，而且性情坚强……因此到了结局，这些恶棍们被捕了，我心里很难过，连眼泪都流出来了。大家都憎恨恶棍，都要反对他，可是他单独一人对付众敌，这才是真正的英雄啊！可是，那些正派人一旦得胜，却变得十分讨厌。所以一般地，当正派人正在愿望什么，出发到什么地方去，找寻什么，或者受苦遭难的时候，我是喜欢的。可是当他们达到目的，万事定当，那就一点儿趣味也没有了。”

女郎很兴奋地和他并着身子，徐徐前行，优雅地抬着头，两眼闪闪发光。

他看着女郎的脸，焦躁地捻着须子，想找出几句反驳的话，一下子撕破塞在这女郎头脑中的满是尘埃的布片。但一边觉得必须将女郎驳倒，一边又很想再听听她天真的蠢话，看看这女郎沉醉在自己的意见中，在男子前正直地暴露自己心曲的神情。这是一些从来没有听见过的议论，意见虽然很不正确，但同时，凡是她所说的，都跟她的野性的美十分调和。在他的面前，站着未经磨砺的理智，粗鲁地侮辱着他，同时又站着一位销魂落魄的美丽女子，煽动着他的情欲。这两种力量，都以它们全部的自然的力量将他压倒，因此他必须找到一件任何东西来对抗她。他有的是明确的逻辑。在他同周围的朋友们争论的时候，他是不大会输的。可是为了要将她的理智召回到正当的路上，要使她的这个被无聊小说、农民、兵士、醉鬼父亲的社会所歪曲了的灵魂高兴起来，到底应该向这女郎说些什么话才好呢？

“嚯，我看得太多了！”女郎感叹地叫道，“你听了会觉得无聊吧？”

“哪儿的话，不过……”

“我想你也明白，我非常喜欢你。在你到来以前，我很少跟人家谈话。你那位妹子，我知道她是不大喜欢我的，而且她老是对我发脾气。也许，这是因为我把伏特加给父亲喝，我又常常打尼孔的缘故。”

“你？打人吗？哦！你为什么要打人？”波格诺夫惊奇了。

“是的，随便拿起父亲的鞭子就打，不过如此而已！你想，家里在打谷，正在使劲地劳动，可是这畜生，却还在那儿喝酒！这不把我气坏了？工作正乱糟糟的，到处要他去照顾，这种时候，他还能喝酒吗？那些庄稼人实在是……”

“啊，慢着，华尔华拉·华西里叶芙娜！”他恳切地极力将口气放和缓了，说，“打用人这种事是可以的吗？这种事是高尚的吗？请你先想一想，你所崇拜的小说中的主人公，是不是也打忠心的萨地·可可呢？”

“啊哟，打的呀！路易伯爵有一天打了可可一下耳光，那时候我还同情那个勤务兵呢。不过我不打又有什么办法呢？而且我是很会打人的，我的气力很大。你试试看，我的肌肉多结实！”

女郎把手臂屈到臂弯上，很得意地向男的伸出来。他用手掌按在她的臂膀上，用力捏了一把。他立刻清醒过来，觉得有些惶惑了，一阵羞赧，忙向周围望望。到处只有树木沉沉地静默着。

他平常对女子是不表示殷勤温存的，可是只有这个女子，却以她的单纯和信任人的那种不客气的态度，使他如此温存。总之，这个女子使他燃起了情欲。

“可羡慕的健康啊！”他凝神地注视着她被太阳晒黑的纤手，说，“我想，你的心肠非常善良。”他不意地又说出了这样的一句。

“呃，怎么？”女郎摇着头说，“不见得吧，我这个人并没有特殊的性格，有时候对自己所讨厌的人也会去惋惜他们。”

“只不过有时候吗？”他笑了，“作为人总应当有同情心和怜悯心。”

“为什么？”女郎问了。

“难道你没有看到他们是那么不幸吗？好比说，就像你的那些农民吧，也都一样。他们生活得是多么苦恼，他们的生活中有多少不公平、悲哀和烦闷呀！这一切是多么多啊！”

他以热烈的口气冲口说了出来，女郎注视着他的脸说：

“你这样说，你真是一个非常好的人。只可惜你不识得农民，你又没在农村里生活过。农民们很不幸，这是不消说的，那么，他们的不幸，是谁的罪过呢？那些人狡猾得很，他们如果要幸福，又有什么人去阻挠呢？”

“可是，没有填饱肚子的面包啊！”

“当然，农民是这样的多！”

“是的，多得很！但土地也很多，因此有一些人，有几万俄亩的土地。比方你们府上，有多少呢？”

“五百七十三……对啦，你这话是什么意思？难道……你说！难道说都送给农民吗？”

女郎以大人看小孩的目光看着他，低声地笑了。这笑声使他发窘生气，在心中勃然燃起一种想说服她的迷妄错误的愿望。

于是，他便有条有理地，甚至加强了语气，向女郎说起来了：财富分配的不公，大多数的人群没有权利；对于生存的地位；对于一片面包做致命的斗争；富人的权力与贫人的孱弱，以及几世纪以来，被虚伪、被少数权力阶级为自己的方便而造成的偏见的暗影所压倒的理性。

女郎和男子并肩走着，带着好奇和惊异的心情，默默地望着他。

森林中幽暗的沉静包围着他们两人，这是一种即使有声浪溜过，也不能把沉静的哀调打破一点儿的沉静。

波格诺夫沉默了，一边擦着额上的汗，一边觉得长谈得疲乏了。他等待着她说话。

女郎眯细着眼，望着前面的远处，有一种影子在她的脸上摇动。她的徐徐感叹的口吻，打破了片刻的沉默。

“啊，多么漂亮的议论！大学里的先生，全是这样能说会道吗？”

年轻学者大失所望地喘了一口气。他对她的回答的期待，却变成了对她的厌恶，和对自己的惋惜。只要稍微能使用头脑的人，对这样的理论是谁都能够明白的，为什么这女子还是不明白呢？在自己的言语中，有什么不够的地方呢？为什么这些话没有触动到她的感情呢？

“你的议论真漂亮！”她不等他的回答，就叹息着说，眼中显出正直满意的神气。

“可是，我的话到底对不对呢？”他问了。

“嘿，是啊！”女郎毫不迟疑地回答道，“你虽然是一位学者，但我仍要同你争论。我也有我自己的见解。你说，所谓人类，好像造房子一样，这工作是大家都平等的，而且不但人类，所有一切，砖头、木匠、木材、房子主人，大家都是互相平等的，但是难道这是可能的吗？农民必须在田野干活，你得讲授功课，省长须要管理大家所做的是否全部必要。你还说，生活就是战斗，那么，它到底在什么地方呢？相反，人和人非常和睦地生活着。假使有战斗，那么，不是就有胜利的人了吗？但共同的利益，我对这个是完全不懂的。你说共同的利益是所有人都处于平等地位，可是这是不实在的。我的父亲是上校，他跟尼孔，跟那些佃户，怎么能平等呢？又如你，你是一位学者，可是难道可以跟那种喝伏特加满脸通红、愚蠢不堪、像铜喇叭那样大声擤鼻涕的我们的语文教员相比吗？”

女郎认为自己的论据是颠扑不破的，便兴高采烈起来。但他欣赏着她的欢喜的兴奋，很高兴能使她这样欢喜。

但他的理性，竭力想解决这样一个问题：为什么由理性所觉醒的这种还不善于分析的纯朴的思想，经过他的激发，却反而走向为他所推动的完全相反的方面去了，这是什么缘故呢？

“我很喜欢你，但我不喜欢别的人，这又哪里有什么平等呢？”

“你喜欢我吗？”伊博里特·绥尔盖维契不知怎的忽然问了。

“呃，当然啰！”她肯定地点着头，立刻发问了：

“但这又怎么样呢？”

他面对着这以明亮的眸子看着自己的天真烂漫的深渊，有点儿恐惧起来了。

“难道她这种姿态是在卖弄风情吗？”他想。

“你为什么要这样问呢？”她把好奇的目光深深打量着他的面色，追究道。

这目光使他发起窘来了。

“为什么?”他把肩头一耸，“我想这是很自然的，你是女子，我是男子……”他尽力沉着地解释了。

“那你又问它干什么？反正这用不着使你知道。你又不是想跟我结婚!”

她说得这样天真，因此甚至他也并不感到不好意思。只是他觉得由于她的盲目的自发性，就有一种力量，即使跟她斗也没有用。不过这种力量，将他头脑的活动完全指向到别的方面去。于是他就以轻佻的口气向她说：

“这有谁能知道呢，而且想人家喜欢，和想跟人结婚，或是想嫁人，并不是同样的事。这一点，你大概也明白吧!”

女郎忽然大声笑了起来。而他却由于这笑声立刻冷淡了，他默默地诅咒自己，也诅咒着她。她的胸脯由于愉快地震荡着空气而发出的响亮、率真的笑而在跳动着，而他却为自己的轻佻在等待着申斥。

“哈哈！多么……多么妙的新娘……我要是做了你的新娘，这就好笑极了……鸵鸟跟蜜蜂结起婚来了!”

他也同样笑了。并非因她奇妙的比喻，而是因为完全不了解掌握女郎心的动静的动机。

“你倒是一位很可爱的姑娘!”他老实地冲口而说了。

“好，把手伸过来……你走得太慢了，我搀着你走！是应该回去的时候了……不会太迟吗？叶丽莎佛达·绥尔盖芙娜要不高兴的，因为我们把吃饭的时间耽误了!”

他们便回头走了。波格诺夫想把谈话再引回到原处，改正这女子以为自己和她并肩而行心境并不是完全自由随便的错觉。而第一点，必须解除这种莫名其妙的不安。这不安模糊地游移在心头，妨碍他反驳女郎的论据，使女郎安静地听自己的意见。要是没有这种不可名状、不可思议、无可应付的感觉从中作梗，那么用自己智慧的逻辑，从女郎的头脑中割去不正常的赘肉，实在是很便当的事情。这到底是什么呢？总之，这种感觉好像是一种并非出于本意的东西，把那些对这女子完全生疏的概念灌输到她的精神世界中去……因此这样地逃避自己的责任，对于忠于自我主义的人，当然是可耻的。这样想时，超然于感情之上的理性的力量就觉得更为可靠了。

“今天是星期二吗？”女郎说，“是吧，那么，再过三天，黑先生就要来了！”

“什么，什么人到什么地方来？”

“黑先生啊，辨可夫斯基，星期六要到我们那儿来。”

“来做什么？”

她以顽皮的目光望着他，高声地笑了：

“难道你还不知道吗？这是一位官儿……”

“啊！是的是的，我妹子已经说过了。”

“说过了吗？”华莲加兴奋起来道，“那就好了！你快说，他们马上要结婚吗？”

“为什么他们必须结婚？”伊博里特·绥尔盖维契惊慌地问了。

“为什么？”一阵红晕透上了脸，华莲加迟疑了，“不，不，我也不大明白呢，只是高兴得很。可是真奇怪，你还不知道吗？”

“我一点儿也不知道！”伊博里特·绥尔盖维契干脆地说了。

“那我就对你说了吧！”女郎叫道，“真糟糕！那么，亲爱的，伊博里特·绥尔盖维契，你就只当不知道好了，我也只当没有说过！”

“可以可以，不过，对不起，我实在一点儿也不知道。我只知道这一点，我妹子要嫁给辨可夫斯基，是吗？”

“嘿，是的！她要不是亲口说，也许还不到这地步。你不会对你妹子说吧？”

“一定不说，你放心！”他答应道，“我到这里来是预备赶丧事的，不料一到，却要参加婚礼了，这倒有趣得很！”

“请你不要再说结婚的话！”她向他恳求道，“你不是什么都不知道吗？”

“不错，不过我可以这样问吧：那辨可夫斯基是怎样的人呢？”

“问他可没有关系！皮肤有点儿黑沉沉，人是和气安静的。他有眼儿、须儿、口儿、手儿、小提琴儿，喜欢尖着嗓子唱柔和的歌儿，喜欢吃果酱点心儿，我每次瞅见他那脸儿，就忍不住想打他一个嘴巴子。”①

“这样说来，你是不喜欢那位先生的了！”伊博里特·绥尔盖维契叫着，想到他的外表的这些特点，心里便哀怜起那辨可夫斯基来了。

“那位先生也很不喜欢我。大抵我的脾气，就看不惯小个儿的、软弱懦怯的男子。男子必须长得高大强壮，说起话来声音跟破钟一般，大大的发光的眼，而且感情上应当不知道有什么困难。想到的事，立刻就做，这才叫作男子！”

“这样的男子，也许现在已经没有了。”伊博里特·绥尔盖维契冷笑着说。他觉得她对男子的理想，似乎又使他感到非常不快。

“有的，一定有的！”女郎自信地叫了。

---

① 此节原文，全用指小名词，无法移译，故各加上一个儿字，略表原来的语感。

“这是你，华尔华拉·华西里叶芙娜自己随意想象出来的牲口，这种怪东西有什么地方值得中意呢?”

“完全不是牲口，我所说的，是坚强的男子呀！力——这是最动人的。现在这些男子，还不是天生带着风湿病啊，咳嗽病啊，其他各色各样的病，你说是这好的吗？再说，一个满脸长面疱的老爷，像区长可可维契那样的人，如果做了我的丈夫，这难道不可笑吗？要不然，辨可夫斯基那样娇小可爱的先生，你说怎么样？还有跟执达吏摩亨那样，又瘦又长的驼背，你说怎么样？还有结实的大块头，呼呼喘气的，秃顶，红鼻子，商人的儿子葛里霞·契诺内薄夫呢？跟这种粗坯的丈夫，养得出怎样的孩子呢？这一点是不能不想到的呢，对不对？孩子，这是非常重要的，男子们对于这种地方是不去想的，他们什么也不喜欢。这种男子都是无用的，所以我……要是嫁了那样的男子，我一定会打丈夫的耳光!”

伊博里特·绥尔盖维契阻止她，对她解释，她对于男子的判断是不正确的，这是因为她差不多还没有见过世面的缘故。而且她所指名的那些人，也不可以仅仅从外表上去批评，这是不对的。一个人的鼻子可以长得不正，但他的心地也许是很好的。脸上长了面疱，也不一定没有光辉的理智。他讲出这样的真理，既觉得无聊，又觉得困难。大概在遇见这女子以前，对于这种见解的存在，是连想都没有想过的，因此现在连他自己都觉得这一切正像发陈腐气的、穿破的旧衣服，他不得不感到这不会打进她的心头，而她自然也不会接受的。

“啊哟，河到了!”她打断他的话，快活地叫喊了。

但伊博里特·绥尔盖维契却思索起来：

“我把话停止了，这女子就高兴起来。”

两人对面坐下，又开始划船了。华莲加抓着桨子，急急地用力划着。水在船底发出不平的汩汩声，细浪向两岸流去。伊博里特·绥尔盖维契眺望着迎舟而来的河岸，感到自己在散步时，因多谈多听，已经十分累了。

“你看，船行得多快啊！”华莲加对他说了。

“嗯！”他并没有抬起眼来看她，便简单地回答说。但还是一样，虽然没有看见她，他依然在想象着，她的身体，是怎样迷人地伸屈着，胸脯是怎样迷人地波动着。

已经望见了园子。一会儿，两人已经在林荫路上走着。在那里，他们遇见了叶丽莎佛达·绥尔盖芙娜的微笑的端庄的影子。她手里拿着一张纸什么的，说道：

“啊，你们玩得忘了时间啦！”

“很久了吗？肚子饿空了，我把你吞进了吧！”

华莲加抱住叶丽莎佛达·绥尔盖芙娜的腰，把她在自己身边轻轻地旋转起来，看着她的急叫，乐得咯咯地笑。

吃饭的时候沉闷得很，一点儿味儿也没有，华莲加一心把肚子装饱，没有说话。叶丽莎佛达·绥尔盖芙娜对时时用敏锐的目光在她脸上注视着的阿哥有点儿生气。

饭后过了一会儿，华莲加回家去了。波格诺夫走进自己的屋子里，躺在长沙发上，脑子里把今天种种的印象做出总结来。想起散步时发生的琐细事情，觉得这些渐渐变成浑浊的沉淀，蚕食着他的多年以来没有些微波折的感情与理智的平衡。同时在肉体上又感到一种新鲜的气氛。这新鲜的气氛，有奇怪的重量，紧压着他的心脏，好像血流凝滞了，流得比平时分外地迂缓。

不消说，那女子一定是个绝世的美人，只看一眼，马上令人卷进一种莫名其妙的感觉的黑潮中。这在女子固然是太多了的事，但在他却觉得可耻，这是一种放荡颓废不能自制的现象。那女子挑起他的强烈的情欲，正因此，所以必须与之斗争。

“必须与之斗争吗?”突然在他的脑子里跳出一个简短的刺激他的问题。

这问题好似别人突然向他提出来的，他皱了皱眉头。

总之，在他心中所生长的，确实不是发端于女性的诱惑。这可以说是一种由矛盾而蒙受耻辱的理智的反抗。在这种冲突中即使对方是孩子一般脆弱，他也不能成为胜利者，与那女子讲话必须采取一种形式。他的义务是绝灭女子的野蛮的观念，把深入在她脑髓中的那些粗野和愚蠢的幻想彻底打毁，必须把那女子的理性从乱七八糟的想念中暴露出来，加以洗涤，征服她的灵魂。于是她就可以接受真理了。

“我能不能这样做呢?”又跳出了一个意外的问题。但他又重新避开了这个问题。“不过，假使这女子能够接受我现在所想的，完全不同的反对的观念，那时，她将变成怎样的人呢?假使这女子的灵魂受了我的熏陶，能够脱出错误的束缚，浸透在不容许丝毫暧昧和糊涂的严格的教养之中，那时候，她也许会比现在增加一倍的美吧。”

过了一会儿，到喝茶的时候，他已下了坚强的决心，要重新建立这女郎的世界，甚至认为这决心是自己真正的责任。从此他可以冷静地镇定地接触这位小姐，在对这位小姐的态度中，言语行动也可以做严格的批评了。

“怎么样，你喜欢华莲加吗?”走到阳台时，妹子问了。

“一位很可爱的小姐。”他轩一轩眉毛说道。

“真的吗？不过，我还在担心呢，那小姐太没有教育，你见了会不喜欢的。”

“嗯，这一点稍微有点儿令人难受……”他同意道，“不过，老实说，比那班受过高等教育、自以为了不起的女子，有许多地方却要可爱得多。”

“对，她长得美，而且是一位有钱的新娘，有五百俄亩好土地，做建筑材料的森林也有百来亩。还有她姑母一笔大财产也归她继承，当然，无论哪方面，都没押给人家的。”

他看出妹子故意装作误会自己意思的样子。

“我不是从这方面去观察这位小姐的呀！”他说。

“所以，我特地告诉你啦！”

“谢谢你。”

“你怎么啦，生气了？”

“没有什么，可是为什么？”

“你妹子喜欢管闲事，所以很想知道。”

妹子柔和地、稍微带点儿谄媚地微笑了。这微笑使他想起辨可夫斯基，于是他也笑了一笑。

“你笑什么啦？”妹子问。

“那么，你呢？”

“我心里高兴啊。”

“我心里也高兴。因为我没有在两星期前料理妻子的丧事。”他笑着说。

妹子的脸立刻正经起来，叹一口气说了：

“你心里一定在责备我对死了的丈夫缺乏感情，大概以为我是一个自私的人吧？不过，伊博里特，我的丈夫是怎样一个人，你也是知道的，关于生活上的事，我不是常常写信给你吗？所以，我总是在想：我的天，难道我这样一个人，活在世上，就为的是来满足尼古拉·史吉邦诺维契·华鲁白叶夫的粗暴的情欲的吗？当他喝得昏天黑地的时候，甚至连他的妻子和普通乡下女人或妓女之间的区别也分不清了。”

“真的吗？”伊博里特·绥尔盖维契怀疑地叫了。在他的记忆中，马上想起妹子的信来。在信中，她很详细地告诉他，丈夫脾气恶劣、爱酒如命、性情疏懒，以及酒色之外的一切荒唐行为。

“啊，你还不相信吗？”她用责难的口气问着，叹了一口气，“其实这完全是事实，他老是这个样子，我不敢肯定说他不忠实，不过我怎么能不这样想呢？喝醉了酒，要是他连窗子也当作门，他哪里还能认清在自己面前的，是我还是另一个女人呢？”

妹子滔滔不绝地向他讲述自己伤心的生活，他一边听着，一边却等她说出想说的重要的话来。而且自然而然地，在心里这样想：假使这个人是华莲加，不管生活闹得如何一团糟，也绝不会因自己的生活向人诉苦的。

“我这样想，虽然是命运，但过了这么久的伤心的日子，我总该稍微得些好报，也许这个好报最近就会到来。”

叶丽莎佛达·绥尔盖芙娜说到这里，停口不说了。她把乞怜的目光望着阿哥脸上的一阵红晕。

“你要说什么呢？”哥哥屈身向着妹子，柔和地问。

“我……我也许，要再醮呢！”

“这不是很好吗！恭喜你！但是，你为什么这样迟迟疑疑呢？”

“我实在也很难决定啦！”

“对方是谁？”

“我，我好像已经对你说过了。就是那个辨可夫斯基啊！他马上要当检事，不过，现在他只是一个诗人、一个空想家……你也许见过他的诗，出版了的……”

“我从来不看诗。人很好吗？不，不，当然，是很好的人物。”

“我想我可以这样说，那个人是能够补偿我的过去的。他也爱我，只是，我也有我的无聊的哲学。从你的眼中看来，也许这是有些不近人情的哲学。”

“你勇敢地谈谈你的哲理吧，这是目前的流行。”

“男性和女性，是永远互相敌对的两个种族。”她口气和缓地说了，“我与男性之间要缔结信赖、友谊，以及其他诸如此类的种种感情，几乎是不可能的。但是，爱是可能的，不过这个爱，是爱得少的人战胜爱得多的人。以前我失败了，所以受了苦。现在我胜利了，因此正在丰富地享受这胜利的果实啊！”

“啊，这是十分残酷的哲学……”阿哥插进嘴来。他想华莲加绝不会有这样的哲学，心里就觉得颇为满意。

“生活把这样的哲学暗示给我，你估量一下，那人比我小四岁，还刚刚在大学毕业。我也知道，这一点对我是危险的，所以，我不知怎么才好。总之，我要使我的产权不受危险，把那人收在我的范围中。”

“不错，那么，为什么呢？”伊博里特·绥尔盖维契停止了联想，发问道。

“所以我请教你，这事情应该怎样办？我不愿意对我的财产，给他任何法律上的权利，假如可能的话，连对于我个人的权利，我也想不给他。”

“那么，不按教会仪式的结婚好不好呢？当然……”

“不，不按教会仪式的结婚我是不赞成的。”

他看着妹子，心里想道：

“总之，这女人是有头脑的，假使人是上帝的创造的，那么人的生活却很轻易地将人改造过来，毫不费力地使人变成上帝的叛逆者。”

妹子恳切地说明自己对于结婚的意见：

“我以为结婚必须是绝对没有冒险的合理的行为，对于辨可夫斯基这件事，我也正在这样地想。但在办理此事之前，先得研究丈夫的兄弟所提出的讨厌的意见是否合法，对不起，你可以把全部文件替我看一看吗?”

“你要不性急的话，这事情可不可以等明天来办?”他问了。

“这个，随便什么时候，随你的兴致好啦。”

她又在他的面前长篇大论地发挥了自己的意见，然后又讲了许多辨可夫斯基的事。她的口气颇有同情的意味，唇边现着微笑，不知为什么眯细着眼。伊博里特虽然倾听着，可是留意到自己对妹子的命运几乎毫不关心，连自己都觉得有点儿惊奇了。

两人分别的时候，太阳已经落山了。他听倦了妹子的谈话，回到自己的屋子里。妹子因为谈得兴奋了，眼中含蓄着奕奕的光，料理着家务。

伊博里特·绥尔盖维契走进自己的屋子，点着了灯，拿起书来想看，可是随手翻了几张，觉得还是将书闭起来要舒服得多。便伸了一个很舒服的懒腰，将书噗的一声合上，想舒舒服服地在靠背椅上打一个瞌睡。但是椅子很硬，于是移到长沙发上。开头，脑子里什么也没有想，但一会儿就想到不久就得和辨可夫斯基交朋友，想起华莲加给这位绅士的形容，立刻微笑了。

于是，现在只有她一个，占据了他的思索与想象。这时候，他这样想起来：

“假使跟这可爱的怪物结婚，便怎么样呢？嘿，那一定是一位出色的有趣的太太……至少可以不从她的嘴里，听见那通俗本的廉价的哲学。”

但是仔细考察自己，要做华莲加的丈夫，终于不得不好笑起来。结果，就坚决地回答自己道：

“不行！”

接着，他就悲哀起来。

二

星期六早晨，伊博里特·绥尔盖维契一睁眼就碰到一件不大愉快的事。他正在穿衣服的时候，洋灯从桌子跌到地板上，打得粉碎。破灯中泼出煤油，浇了他的一只还没穿上的皮鞋。皮鞋当然收拾干净了，可是在伊博里特·绥尔盖维契的鼻子中，不管是在茶里，在面包上，在黄油上，还有结得很漂亮的妹子的头发上，总觉得有一股不好闻的煤油味流到空气中来。

这可完全破坏了他的兴致。

“把皮鞋脱了，在太阳里晒一晒，煤油马上会挥发掉的。”妹子告诉他，“你可以穿我丈夫的拖鞋，有一双完全新的呢。”

“不，你不必挂心，一会儿就没有事了。”

“你要气味散掉，等到什么时候去呢？不要多说，换上拖鞋吧。”

“哪里，用不到的。这种拖鞋还要它做什么？”

“为什么？是很好的拖鞋呢，是丝绒的，很合适呢。”

他想吵架，大概是煤油气味使他不愉快的缘故。

“还有什么合适？你总不会去穿的吧！”

“我当然不穿，不过亚历克山大也许会穿。”

“这是谁？”

“辨可夫斯基呀！”

“呵呵！”突然一阵冷笑，“这对于死了的丈夫的拖鞋，倒是使人感动的忠实，而且是实用的。”

“今天你不高兴吗？”

妹子有一点儿生气，可是好奇地望着阿哥。他一见妹子眼中的这种表情，便反感地想：

“她一定在想，因为华莲加不在这儿，所以我心里不高兴。”

“晚饭前我想辨可夫斯基一定会来的。”沉默了一下之后，她又告诉他了。

“那很好。”他答应着，心里却在这样推测：

“她是要我对这位未来的妹夫亲热点儿吧！”

于是，他刚才的气愤又由于这种令人烦恼的无聊心情而更觉难堪了。叶丽莎佛达·绥尔盖芙娜细心地在面包上刮上一层薄薄的黄油，说道：

“我是这样想的，凡是实用的都值得特别赞美。特别是在眼前，贫穷这件事，正那样压迫着我们这些靠土地收成过活的同胞。辨可夫斯基为什么不可以穿死了的丈夫的拖鞋呢？”

“还有尸衣，假使你能从丈夫身上剥下尸衣。”伊博里特·绥尔盖维契厌恶地想着。在外表上，他正在一心捞去杯中的奶皮。

“丈夫遗物中好的衣服还有很多呢，而且辨可夫斯基并不是娇生惯养的人。他是大口人家——亚历克山大之外，还有三个儿子、五个女儿，财产都抵押给人家了。对啦，我想对他很有用处，我还买了一批书给他，都是很有价值的。你看见了一定也有几本喜欢呢……亚历克山大是光靠几个薪水过活的。”

“你认识这位先生已经好久了吗?”他问妹子。虽然他一点儿也不想谈到辨可夫斯基，但他还是不得不提到他。

“是啦，大概有四年了吧，不过，这样接近约莫有七八个月了。你也许会看到，他是一个脾气很好的人，他真和气，动不动便兴奋起来，总之，是一个理想家，也有点儿像颓废派。但现在的青年人，都倾向于颓废主义，有些人掉进理想主义，另一些人走到唯物主义，不过，在我看来，无论哪方面，都是不大理智的。”

“此外还有这样的人，那便是‘百分之百的怀疑论者’。这是我的一位朋友所下的定义。”伊博里特·绥尔盖维契将脸俯在桌面上，这样解释了。

妹子笑了，一边笑一边说：

“好漂亮的定义，不过厉害了一点儿，我却也是接近怀疑论的。当然，这是与其他一切倾向联结起来的、健康的怀疑论啦!”

他急忙喝完自己杯中的茶，然后，说要去整理带来的书籍，立起身来走了。可是走到自己的屋子里，虽然门窗都全部打开着，还是有一股煤油气。他皱着眉头，拿起一本书，走到园子里。在那边，被暴风雨和雷霆所打折的一大堆老树，像一个家族似的互相亲密地挤在一块，那地方笼罩着使头脑觉得嗡然的伤感的沉寂。他溜达着，也不把书打开，什么也不想，什么目的也没有，沿着一条林荫大路向远处走去。

哟，是河啊，是船啊。在这儿，他曾经见到映在水里的华莲加，那水镜中像天仙一般美的华莲加。

“我简直像一个中学生!”一觉得想起这女子对他的快感，他不禁这样向自己惊呼了。

在河边立了一会儿，他跳到船里，在船档上坐下，眺望着映在水里的风景。今天，这风景依然很出色，可是在这幅透明的画布上，没有出现白衣女郎的影子。波格诺夫点了一支烟卷，马上又丢进水里。他觉得特地跑到这地方来，真是傻到极点了。我到这儿来，究竟有什么必要呢?大概为的只是保护我妹子的美名，简单地说，就是使妹子可以不费什么麻烦的手续，将辨可夫斯基弄到自己的手中，这真是无聊的差使。而且假使这位名叫辨可夫斯基的人物真爱着那位头脑太好的妹子，那么，他大概是不大聪明的。

他在半胡思状态中，让松懈无力的思想漫无目标地掠了过去。这样一坐，就坐了三个钟头，他才立起身来，慢吞吞地踏上回家的路，想想这毫无意义地浪费掉的时间，不禁有点儿对自己生气，于是他毅然决定要立刻着手工作。走近阳台的地方，只见一个穿白短褂、束皮带、身材匀称的青年正背向林荫路立着，身子屈向桌子在看什么东西。伊博里特·绥尔盖维契把步子放缓了，想道:“莫非这就是辨可夫斯基吗?”

这时候，那青年伸直身子，做了一个很好的手势，将披到额上的黑色的长卷发往后掠去，旋过身来面对着林荫路的一边。

“果然，是一位中世纪的贵胄子弟!”

瓜子形的辨可夫斯基的脸，干枯而苍白，在深陷的胡桃形的大黑眼睛的紧张的目光中，也可以看出相当的疲劳。一撮黑色的微髭显出口形轮廓的美好，凸出的前额也洒落着一绺乱蓬蓬的卷发。虽然长得特别矮小，但他的潇洒的姿势，便优美地掩盖了这种缺点。他以近视人的看人的眼光望着波格诺夫。那苍白的脸上有一种使人发生好感的然而是病态的神情。没有边沿的帽子，丝绒制的衣服，处处显出像中世纪宫殿的壁画中走下来的贵胄子弟。

“我是辨可夫斯基!”他对走上阳台梯级来的伊博里特·绥尔盖维契伸出了指头像音乐家一般细长的白手，轻声地说了。

青年学者紧紧地握了他的手。

他们两人很窘地沉默了一会儿。波格诺夫马上讲这园庭风景的美丽，青年唯唯诺诺地应和着。显然，这只是保持一定的礼貌，并没有对谈话的对方表示出什么兴趣。

一会儿，叶丽莎佛达·绥尔盖芙娜走出来了。她穿一件宽松的白衫，襟上钉着黑花边，束着两头有流苏的长带。这打扮对她的平静的容貌非常相称，在虽然短小可是端正的姿态上，添上一种昂然的表情，双颊上透露出满足的红晕，冷静的眼睛中蕴藏着活泼的光芒。

“马上吃饭了!”她说，“还要请你们吃冰淇淋呢。你啊，亚历克山大·彼得洛维契，干吗脸色阴沉沉的，你可没有忘记带修佩德乐谱来吗?”

“修佩德乐谱，还有书，都带来了。”他很坦率而恍惚地欣赏着她，回答了。

伊博里特·绥尔盖维契见了他脸上的这种表情，觉得有些不舒服了。他想这位可爱的青年，也许决心表示目中没有我的存在。

“好极了!”叶丽莎佛达·绥尔盖芙娜把脸对着辨可夫斯基叫道，“等吃完了饭，大家来弹吧!”

“好的，要是你高兴。”他在她面前低下头来。

这个姿势他表现得优雅，可是这总使伊博里特·绥尔盖维契在内心觉得好笑。

“一定请，我非常高兴。”这是妹子的含媚的声调。

“你喜欢修佩德吗?”伊博里特·绥尔盖维契问。

“我顶喜欢贝多芬，他是音乐中的莎士比亚!”辨可夫斯基向他侧过脸去，回答了。

伊博里特·绥尔盖维契以前也听人称贝多芬是音乐中的莎士比亚。但修佩德和贝多芬的不同，对他不过是一种引不起兴趣的秘密。因此现在这个孩子使他引起了兴趣，使他认真地提出了这样的问题:

“你为什么推贝多芬为第一呢?”

“为什么，因为在所有齐名的大音乐家中，他是最富于理想主义的。”

“是吗? 那么你似乎相信他的世界观是对的。”

“当然，我知道你是一位极端的唯物主义者，我读过你的著作。”辨可夫斯基一说起来，眼中异样地放出光芒。

“这位先生打算争论呢!”波格诺夫想，“不过，倒是善良得可爱，很坦率，而且恐怕也一定很正直的。”

他想到这位理想主义者，注定命运要穿那死人的拖鞋，不禁引起了大大的同情。

“那么，我们大家是处在敌对地位的吗?”他微笑着问。

“我们怎样能成为好友呢?”辨可夫斯基以热烈的口气叫道。

“两位先生!”叶丽莎佛达·绥尔盖芙娜在屋子里向他们唤道，“不要忘记，你们今天还是第一次见面呀!”

女仆玛霞将盘碟弄得当啷作响，在准备餐桌。那双怀疑地偷觑着辨可夫斯基的眼睛，射出天真而得意的光芒。伊博里特·绥尔盖维契也望着他，心中在想，对付这位青年，须要尽可能地恳切慎重，而且最好避免“思想上”的讨论，看来这人在争论时一定会激动到疯狂的地步。但辨可夫斯基眼中奕奕生光，脸上的肌肉神经质地哆嗦着，也望着他。他好像很想说话，却又把这个希望拼命地压制着。波格诺夫决心保持在形式上的殷勤的范围。

妹子对桌子坐下，用诙谐的口气和无关宏旨的言语，很巧妙地忽而对这个忽而对那个地说，而男的方面就也简短地回答着。一个是以至亲的漫不经心的粗率态度，另一个则以恋爱者的虔诚态度。总之，三个人都落在一种漠然的感情中，互相探察对方，各人留心着自己。

玛霞把第一盘菜端到阳台上来了。

“请呀！”叶丽莎佛达·绥尔盖芙娜手拿着分菜的匙子，向他们招呼，“喝一点儿伏特加吗？”

“嗯。喝一点儿吧！”伊博里特·绥尔盖维契说。

“对不起，我不喝。”辨可夫斯基声明了。

“为什么，不打紧啊！你不是会喝的吗？”

“我不想喝！”

“不愿跟唯物主义者对酌吧！”伊博里特·绥尔盖维契想。

不知是加馒头的鲜美的汤，还是波格诺夫的端庄的态度，总之，两者中有一件，使青年人黑眼中奕奕的光彩有几分减弱，有几分变软的样子。当第二道菜端出来的时候，他开口了。

“也许你以为回答你的问题——我们不是敌人，会引起我的叫喊激动，可能这是不礼貌的。不过我以为人和人的关系，必须从那种为了要定出规则，而每个人都在做着的官僚式的虚伪中解放出来。”

“我完全同意！”伊博里特·绥尔盖维契对他微笑着说，“越简单越好。允许我说一句坦白的话，我很喜欢你这样坦白地说出来。”

辨可夫斯基忧郁地微笑着，接着说下去道：

“我们在思想的范围内确实是处在敌对的地位，这是大家心里都立刻能明白的。刚才你说，越简单越好，是的，我也是这样想。我把这句话归到一个内容，而你却是另一个内容。”

“难道是这样吗?”伊博里特·绥尔盖维契反问道。

“假使照你的文章中所说的见解，用逻辑的直接方法进行，这是无疑的。”

“我当然是这样做的。”

“因此，这样一来，在我看来，你所谓简单这个概念，岂非是很笼统的吗。但是姑且勿论这个。我请问你，如果把人生仅仅解释为制造一切的机器，其中也包括思想，那么，你不感到内心的冷酷，你的灵魂中对一切神秘的美好感人的事物，岂非不会有一定同情了。同时，由于你的这种意见，岂非很有堕落到单纯的化学论、物质的分子交换说之虑吗?”

“嗯！我恰巧没有感到你所说的冷酷，因为在人生伟大的机构中我所处的地位，我是很明白的，而且这机构，比任何空想都富于诗意。所谓感情和理智的形而上的骚动，这是趣味的问题。比方美是什么，这问题现在不是还没有人能够解答吗?结果，就不得不以为这种感觉是属于生理范围的。”

一个说话声音很低，口气里充满着诚意，好像深深怜悯热血上冲的对方，另一个在镇定的说话之中，显出自己的智慧的优越感，而且显出特别留心不使用伤害对方自尊心的言语。这类言语，在互相争论谁的意见为真理的两个辩论者之中，是常常会使用的。叶丽莎佛达·绥尔盖芙娜微笑着，眼光跟着辩论者的有趣的姿态，若无其事地，一心啃着鸡骨头上面的肉。玛霞在门背后张望，好像想了解辩论者的言语。只见她脸色紧张，失去了平时那种狡猾而爱娇的表情的双眼瞪得滚圆，就可以明白了。

“你只是说现实，现实，但假使我们周围的一切，以及我们自身，不过是化学物，不过是不知道疲倦的只会劳动的机器，那么这个现实还算得什么东西呢？到处都是运动，一切都是运动，没有一秒钟休息的闲暇，每一刹那间，已不是以前的自己存在的我，并不是下一刹那间的我。那么，怎样能够把握现实呢，怎么能够认识现实呢？你或我，总之，我们是不是只是单纯的物质？这是因为总有一天，大家都得发出腐烂的臭气，睡在坟墓底下。我们遗留在这世上的，也许只不过是褪色的照片，而且这照片一点儿也说不出被幽冥世界吞噬了的我们的生活的欢乐与痛苦。我们大家思索着，痛苦着活在这个世界上，只不过是为了趋向灭亡，如果仅相信是这样的，你说，这不是很可怕吗？”

伊博里特·绥尔盖维契听着这个人的话，心中想道：

“假使你相信你的信仰果然是真理，你就应该再安静一点儿，可是你却这样地逼紧了嗓子。老兄啊，这不是因为你是理想主义者，而一定是因为你的神经是不健全的，所以这样地绝叫呀！”

另一方面，辨可夫斯基以火焰一般的眼睛，盯住了对方的脸，继续着说下去：

“你说科学，很好！让我像崇拜能解除束缚我的神秘之链的伟大的智慧力量一样，来崇拜科学吧。但是，虽然浸浴在这科学之光中，我还是站在远古祖先所站的同样的地位。他们以为雷鸣是先知伊利亚的恩惠，而深信不疑。我不相信伊利亚，单知道雷鸣是电气的作用，仅仅这一点，比之伊利亚的恩惠又高明了多少呢？这可以说，是稍微复杂了一点儿吗？什么运动呀，什么其他一切的力呀，还不是一样，什么不能说明？比方，我们试用这种力量，来弥补什么东西，就会遭到失败。所以有时可以这样地想，所谓科学的事业，总只能将种种概念复杂化而已，我想要确实地相信，但有人嘲笑我，对我说，不必去相信，而是要知道。于是尽力想知道，何谓物质？正确的回答是这样的：‘物质，这是空间的某一场所的内容，在这内容上，我以客观的态度来观察为我们所感受的感觉的本源。’根据什么可以这样说呢？这果然能成为问题的答案吗？不，对于一个热心虔诚探求灵魂不安的疑问的答案的人，这正是一种讽刺……我更要求知道生存的目的，这种精神上的要求，也一样被它一笑了之。但是你明明看见，我是生存着，这不是一件容易的事，因此，我有对知识独占者严重地要求答复的权利——我为什么要生存？”

波格诺夫怏怏地皱着眉头，把感情冲动的辨可夫斯基的脸瞥了一下，感觉到这位青年正使用着与驰驱在他身内的暴风雨一般的感情相适应的言辞来反驳他。他注意到这一点的时候，就无心去反驳他了。而对方，年轻的大眼睛越瞪越大，漾溢着热情的哀愁之光。他断续地喘息，白而华贵的右手很有劲地在空中闪动，有时握紧了拳头痉挛地发抖，好似吓唬人的样子，有时又好像向空中勾引着什么，做出一种无力的捉摸。

“你们什么贡献也没有，却在生活中取到这样多的东西！对这一点，你们一定会轻蔑地回答吧！但是，在这中间听到的是什么呢？你们不会怜悯别人的。看吧，人家向你要精神的粮食，而你却投给他们反对的石头，你们是偷走了生活的精神。因此，要是在精神中没有爱与痛苦的伟业，这一点，正是你们的罪恶，因为理性的奴隶，是你们把精神交给理性去支配了。这结果就使精神完全冷却了，既病而贫，马上就会死去的。但人生依然是黑暗，它们痛苦着，悲哀着，等待英雄的出现。而英雄在什么地方呢？”

“不错，他是一个神经病患者!”伊博里特·绥尔盖维契这样地向自己叫道，将眼投向这神经质的人，不禁感到一阵寒噤。对方也因兴奋得发痛而战栗。他设法想阻止这位未来妹夫的暴风雨一般的美丽辞藻，然而无用，因为被自己的主张摄去了魂魄的这位青年，好像什么也不闻不问似的。大概此人心中的一股不平之气，蕴积在胸头已有一个很久的时期，在他认为现在有了一个机会，在糟蹋人生的人面前，尽量倾吐一番，一定是无比的高兴了。

叶丽莎佛达·绥尔盖芙娜眯细着善于发光的双眼，出神地望着他，在那儿散射着憧憬的火花。

“这一番宏言说论，真叫人五体投地!”伊博里特·绥尔盖维契赶快利用这演说家说累了，不禁把滔滔宏论停下来的时候，很得体地插进嘴去，企图把对方镇定下来，“在你这一番高论中，无疑地充满着真诚和热心的睿智。”

“我为什么要对此人说这种空洞妥协的言语呢?”他一边说着敷衍话，一边深深地想。

幸而妹子把他救出了这种尴尬的局面。妹子已经吃饱，背靠在靠背椅上。她的黑头发梳成很古派的式样，作王冠形，这却与她仪态万端的表情非常相称。她张开了漾溢着微笑的嘴唇，现出跟小刀子刀锋一般又白又细的牙齿，做出一种优雅的姿势拦住了阿哥，这样说道：

“我还有一句话，不知是哪一位伟人的格言，我还记得很清楚，就照样引用出来，他说：‘说这是真理的人，是不对的。但是反对的人说这是虚言，也是不对的。只有沙伐亚夫（善神——力之神）和撒旦是对的。我虽然不相信这两者的存在，但觉得这在什么地方一定存在的。因为他们要不是创造这种善恶两面的人生，便是人生创造了他们。你们不相信吗？但是你们看，我跟你们一样，用人类的言语说话。不过我为了要了解你们的睿智的无为的运用，将创世纪以来的全部睿智，紧缩在你们的言语中罢了。’”

她说完后，嫣然地现出明朗的微笑，向男子们催促道：

“你们对这话有什么意见呢？”

伊博里特·绥尔盖维契默默地耸了一耸肩头。妹子的话微微地刺着了他的心，但因这话镇定了辨可夫斯基，却使他非常满意。

可是辨可夫斯基的神气却显得很怪。当叶丽莎佛达·绥尔盖芙娜开始说话时，他脸上的表情好似突然兴奋起来，但跟着她谈话的进行，渐渐转成土色，最后当她催促回答自己的问题时，则已近似恐怖的表情了。他想回答，嘴唇哆嗦着，话却完全说不出来。妹子雍容大方地、仔细望住他脸上的表情，她心中很得意地高兴着自己的言语对他所发生的影响，眼睛里发着满意的光芒。

“至少我是这样地想，在这句话中包括了许多哲学巨著的全部总结。”停了一会儿之后，妹子又这样地说。

“你在某种限度内是对的。”伊博里特·绥尔盖维契冷笑了，“不过整个地说……”

“人们真不能不消灭普洛美修士的火（意为知识）的最后火花吗？这种火花不是还在人类灵魂中燃烧着，使它的欲求趋向高尚吗？”辨可夫斯基烦恼地向女的瞥了一眼，叫道。

“为什么？如果这火花是一种肯定的，能使你高兴的，这不就行了吗？”女的微笑着说。

“你为了要肯定一个定义，却提出了一个非常不妥当的规准。”阿哥冷淡地提示了妹子。

“叶丽莎佛达·绥尔盖芙娜，你是女性，我要请问你，伟大的妇女思想运动，究竟在你的心里发生怎样的反响呢？”辨可夫斯基又重新热烈起来，问道。

“这很有兴趣！”

“只是有兴趣吗？”

“不，我只是这样地想，呃，我不知要怎么样说才好。总之，这是多余者的妇女的运动，这种妇女都是立在人生边缘之外。她们有种种的原因，可能是长得不漂亮，或是不注意到自己漂亮的力量，不知道对男性使用威权的力量……她们都是多余者。不过，我们还是来吃冰淇淋啊。”

他默默地从女的手中接了绿色的小碟，放在自己的面前，凝然地注视着这又冷又白的小块，神经质地用兴奋而哆嗦的手擦着前额。

“看吧，哲学不但破坏了人生的趣味，甚至连食欲都弄坏了呢！”叶丽莎佛达·绥尔盖芙娜玩笑着道。

阿哥看了这情况便想：“她正跟这大孩子闹着不大漂亮的游戏啦。”总之，这些对话实在太无聊了，虽然不免同情辨可夫斯基，但也并未感到衷心的同情。

“Sic visum Veneri！”① 他这样说，便从椅子上站起来，燃上了烟。

“弹琴吧？”叶丽莎佛达·绥尔盖芙娜向辨可夫斯基问了。

当他以恭敬的低头作为对她的回答的时候，他们便从阳台走到屋子里，立刻从那儿传来钢琴的和声和合奏的提琴之音。伊博里特·绥尔盖维契坐在阳台栏杆边的靠背椅上。这地方，有一株野葡萄的藤，张着一张细网，从地上蔓延到屋顶，像花纱窗帷一般遮住了

① “这是可爱的维纳斯！”——译者注

阳光，他听见妹子与辨可夫斯基的谈话。客厅的窗子全部向园庭开放，只是被草花遮掩着。

“近来你写些什么?”叶丽莎佛达·绥尔盖芙娜配合着提琴的调子问道。

“写了一个小型的剧本。”

“朗诵一遍吧!”

“真的，我不想朗诵。”

“啊哟，你打算叫我低头吗?”

“要你低头? 哪有这样的事? 但我是想朗诵几首此刻想起来的诗。”

“请吧!”

“那就开始了，但这些诗是刚刚作成，是全靠你给我的灵感。”

“啊，好极了，我很高兴!”

“我不知道，也许你所说是真诚的……我不知道……”

“见鬼，走了吧?”伊博里特·绥尔盖维契想。可是实在懒得动，便依旧坐着，反正他们也知道自己在阳台上，有什么关系呢?

我迷恋你优雅的美，
这冷艳的光辉……

辨可夫斯基的低沉的声音响了。

你能笑我的迷恋吗?
你难道不明了我?

青年用悲切的声调这样歌诉着。

“现在还要这样诉述，恐怕已经来不及了。”波格诺夫露出怀疑的笑容，这样想着。

在你眼中不见幸福，
在你言语中听见冷笑……
我的灵魂的疯狂的梦，
因此，在你也是陌路人……

辨可夫斯基在这儿沉默了，大概因为心里太感动了，要不然便是自己留意到旋律的不足。

但疯狂的梦是多么美啊！
梦是我生命的狂歌！
浸沉在爱情的暴风雨中，
解开了世俗的谜，
引向那幸福之路……

“必须走开了！”听着青年的歇斯底里的呻吟，不禁提起脚来要走了。在这呻吟声中，同时鸣响着两种东西，一种是向他灵魂的和平宣告“别了！”的感动的心情，一种是向女人诉述“请宽恕吧！”的绝望的心情。

你的奴隶，——在疯狂的心中
建起你的王座……

在这儿等着的……

“是自己的灭亡啊，为什么呢？因为维纳斯是这样地希望着啊！”学者给他的诗添上了这样的结句，一边在园子的林荫路上走着。

他对妹子实在有点儿奇怪，似乎她并没漂亮到可以使这个青年人激起这样的爱情。但她做到这一点，也许是用的她所能用的反抗的策略。现在处在兄长的地位，以一个正直的人，必须好好儿对妹子说一说，她对这孩子的白热的爱的态度的真相。但是这样的话应该怎么样说呢？他觉得要参与丘比特（爱神）和维纳斯（美的女神）之间的事情，他并不是太内行的。

“但是，假使华莲加的心里燃起了这样热情的火，事情便会变成怎样呢？”

波格诺夫没有回答这个问题，但他思索着这时候，那女子在做什么呢。她在打尼孔耳光吗？他为她感到委屈。他想清除去日积月累地腐蚀那女郎灵魂的东西，可是住所远离，不能时常遇见，实在是遗憾得很。

从屋子里传来提琴的嘹亮的音调和钢琴的神经质的声调，缠绵不断地在园子中生出一种甜蜜的乞求和温和的呼唤声。

在头上也一样地洒下音乐之声，云雀在那儿歌唱，像碎炭一般漆黑的白头翁，羽毛蓬乱地栖息在菩提树的小枝上，将翅膀叠在胸头，向下面林荫路上踯躅深思的人瞥了一眼，便有意义地鸣叫起来。这个人的手叠在身后，笑眯眯的眼睛遥望着远方。

傍晚饮茶的时候，辨可夫斯基忽然变得更能自制，也不像那种疯疯癫癫的样子了。叶丽莎佛达·绥尔盖芙娜不知怎样也变得更温柔了。

“你还一点儿没有讲到彼得堡的事情啦，伊博里特!”叶丽莎佛达·绥尔盖芙娜说。

“讲什么呢？是很热闹的大城市……天气潮湿……不过……”

“不过，人都是干巴巴的。”辨可夫斯基插嘴说。

“也不能一概而论，也有许多是柔软而老朽的，非常陈腐的情绪。人这东西，无论在什么地方都是千差万别的。”

“这样说，我也没有什么异议。”辨可夫斯基大声地说。

“这是对的，生活如果不这样，不是太单调无聊吗？”叶丽莎佛达·绥尔盖芙娜应和了，“不过，你觉得乡村对于年轻人如何？不是越来越把人弄傻吗？”

“对啦，越来越使人失望。”

“这种现象对于今天的知识分子，是很显著的特征。”辨可夫斯基轻声地笑着说，“当知识分子大部分属于贵族的时代，这种现象是没有发生的余地的。但现在是成了富农、商人，或官僚们的儿子的时代，这班人读了几本通俗书，已经自以为知识人好了。这种知识分子，当然不会对农村发生什么兴趣的。知识分子懂得什么农村呢？恐怕什么都不知道吧，农村对知识分子说来，除了是个消夏的好地方，还有什么可以作为别的用处呢？在他们看来，农村就是别墅，说得更深刻点儿，他们精神的本质一般都是避暑客。他们跑来住一会儿，马上走掉，留下来的，就是一些纸屑、布片、乱七八糟的杂碎，这是他们生活的经常痕迹。但不久，将走来另外一种人，扫清这些垃圾，而且同时也将洗去那些无耻、懦怯、卑劣的九十年代的知识分子的记忆。”

“那么，这所谓另外一种人，是复兴的贵族吗？”波格诺夫眯细着眼问道。

“你好像很了解我呢！哦，对不起，我说得太老实了。”辨可夫斯基跳起来了。

“不过我要问，这不久要来的是什么人？”

“这，就是年轻的农村人！改革后的农村一代，这种人直到现在仍有人格上的各种感情，他们有旺盛的知识欲，有极强烈的求新奇的心，有气力，对于自己的事，处处都能够说明。”

“我们应该赶早表示欢迎。”波格诺夫冷淡地说。

“对啦，我们不能不认识，农村将在这世界中造出新的东西来。”叶丽莎佛达·绥尔盖芙娜调解地说道，“我们这儿，也有很有趣的孩子，有一对叫伊凡·夏霍夫和葛里歌里·夏霍夫的两个兄弟，把我的藏书大部分都读过了。还有一个叫亚基姆·莫兹莱夫的，自称‘万能博士’，真是一个非常聪明的人。我考过他，给他一本物理书，‘你读一遍，解释解释杠杆和平衡的定律’。只过了一星期，那孩子就做出了出色的答案，这简直把我骇坏了。后来他听了我的褒奖，这样说：‘为什么？你自己不是知道吗？那么，我为什么不能知道呢？知识是为大众的啊！’不过，这种人的自信的精神，在现在，只向傲慢和粗暴的方面发展。这种新出生的个性，也应用到我的身上来，但我还是忍受了，不想去县长那里控诉。原来，也只有在这样的土壤上，火一样的花儿才能美丽地开放……是吗？在一个美丽的清晨，张开眼来，在我们屋子的灰烬上。”

波格诺夫笑了一下。辨可夫斯基心里伤感地望着她。

他们拣一些不触犯各个自尊心的表面上的话题，谈到快近十点钟的时候，叶丽莎佛达·绥尔盖芙娜又约辨可夫斯基去奏乐，波格诺夫便告辞走到自己的屋子去。这时候，他留心到一点：这位未来的妹夫，在送别自己爱人的哥哥时，竟不肯费一点儿功夫去遮掩自己所感到的那种得意的脸色。

“……要想知道的事情是已经知道了，但这好奇心所得的报酬，似乎是无聊。”波格诺夫坐在自己屋子的写字台边，想给朋友写几封信的时候，所体会到的，便是这样的疲劳之感。他了解妹子对辨可夫斯基的特别态度的动机，也了解自己在妹子的玩火游戏中所担任的角色。这不是值得称赞的工作，但同时又好像觉得跟自己无关。理性上虽然责备妹子，但对在眼前搬演的皮格马里昂与格拉推亚的故事[①]所改编的戏剧，却不曾扰乱了自己的灵魂。感伤地把笔杆敲着台子，马上就捻细了灯芯，屋子里阴暗了，便向窗外眺望。

静寂统治着园子，从玻璃窗子望出去，月色是绿幽幽的。

有一个影子在窗下掠过，留下树枝轻轻的沙沙声，立刻就消灭了。波格诺夫走过去，打开窗子，只见女仆玛霞的白衣在树行中闪动。

“怎么啦?”他微笑着想，“主人正沉溺在恋爱的游戏中，连女佣也应该一样恋爱吗?”

枯燥单调的日子慢慢地过去了，几乎一点儿也没有感想，更懒得工作。阳光的炎热，园子里醉人欲眠的气味和忧闷的月夜，无不引起人们的无穷的抑郁。

想开始工作的决心一天一天地拖延下来，波格诺夫耽乐着枯燥无味的生活，有时觉得焦躁，责备自己的无为和优柔寡断，但是仍激不起想要工作的愿望。他把这种抑郁解释成是自己的身体想养精蓄锐的缘故。每天早晨从健康的熟睡中醒来，以饱足的心情欠伸着

---

① 希腊神话：苏帕鲁士（Cyprus）王皮格马里昂（Pygmalion）爱上一座名叫格拉推亚（Galatea）的牙雕少女像。

身体的时候，他感觉到自己的筋肉是多么坚实，皮肤是多么富于弹性，肺部的呼吸是多么深阔。

妹子动不动就谈哲学的那种讨厌的脾气，起初很使他不快，渐渐地他也习惯了她的这种缺点，同时已能够很巧妙地、毫不防人地向妹子验证哲学的无益。结果妹子也沉得住气了。

妹子对任何事都要争论的脾气，他是觉得很不愉快的，因为这种议论不是出于要说明自己对生活的关系的一种自然倾向，而是出于一种预期的愿望，凡是能够扰乱她灵魂的冷漠而安静的一切，她都要加以破坏和颠倒。她给自己设定了实践的方案，她的理论并不是因为使她感到兴趣，而只是想在哥哥面前缓和她对生活和人类的冷淡和怀疑的态度。他虽很了解这一点，可是总没有心思来责备她，羞辱她。当然在脑海中是多少下了判断的，可是这个判断却不能大声叫喊出来。

每次辨可夫斯基来过之后，他总想跟妹子仔细谈谈对这位青年的印象，但是很不容易找到谈这种话的适当的机会。

而“当正常的思想（常识）在这激昂的绅士身上清醒的时候，谁是受到痛苦的一方，这就不知道了”。他这样想着，“妹子是非常了解对方比自己年轻，她是什么也不必担心的。但如果她将受罚，那怎么办？要是生活是公正的，这也是应该如此吧！”

华莲加常常来。他们两人或是连妹子三人到河里去划船，却从来没有跟辨可夫斯基一起划过一次。也常常到森林里去散步，有一次，一直远远地跑到二十俄里外的一座修道院里。这女郎依然使他欢喜，也依然以粗暴的言语使男子受窘，但是同她在一起是永远感到愉快的。她的天真使他好笑，也使他抑制住男性的激动，她天性的纯真又引起他的惊奇。他常常向自己的心头问道：

“从这女子的头脑中除去那种愚昧，难道我连这一点儿精力也没有吗?”

当看不见她的时候，他觉得有必要使她的思想从丑恶的束缚中解放出来，但一见了华莲加，他就将这种决心忘记得干干净净。不但如此，有时他还留意到好像自己反而想跟她学习些什么，出神地听着她的谈话。这时候，好像在这女子身上，有一种压抑他的理智自由的东西。也有这样的事，他准备好了反驳，打算用威力使她狼狈，不顾她愿不愿意，暴露她的昏蒙，那时候，不知怎样觉得害怕出口，把准备好的反驳隐藏起来。他留意到这些地方的时候，就不能不这样想：

“这难道因为对自己的真理没有自信的缘故吗?”

不，不会有这样的事，他觉得与她说话有困难，还是因为那女子连最普通的常识也不知道，于是这就必须从头开始。但是她的为什么、怎么样等的一连串的问题，每次都把他迫进抽象难解的密林，也使她弄得完全莫名其妙。有一次，她被他的反驳弄累了，便用这样的口气向他说明了自己的哲学：

“我是上帝创造的，别的人也一样，所以大家都是照上帝的样子出生的。这就是，凡我所做的一切，都是依照上帝的意思的，活着，也是上帝的意思，我怎样活着，也是上帝明白看见的。这不就行了吗？所以，你想怎样驳倒我，也是没有用处呀!”

她愈来愈刺激他的燃烧一般的男性的感情。但他注意到自己的这一点，就急忙去消灭肉欲的冲动，将它隐藏起来，最后隐藏不住的时候，他便无可奈何地嘲笑自己，这样地自言自语道：

“有什么法子呢？她长得这样的美，这是自然而然的情势。而我却是男性，特别是在近来，因太阳与空气的缘故，我的身体一天比一天强壮起来……完全是出于自然的，但是这姑娘的怪脾气，又使自己不致去迷恋她。”

他虽然明白自己没有盲目恋爱的本领，但是从他理性的深处来看的时候，想占有这姑娘的欲望，却更加频繁地汹涌起来。同时也偷偷做了这样的期待，最好由姑娘来爱自己。于是，拼命地对不使自己羞辱的种种事下判断，而巧妙地避免对自己良心有怀疑余地的种种事。

有一天喝晚茶的时候，妹子对他说：

“明天是华莲加·奥莱淑华的生日，不得不去走一趟。我想坐了马车去，也让马儿遛遛腿。”

“你去吧，也替我致意一声。”他这样回答着，心里是希望自己也同去。

“啊，你不想去吗？”妹子好奇地望着他问。

“我吗？嗯。我不大想去，不过去也没有关系。”

“我不硬叫你去！”叶丽莎佛达·绥尔盖芙娜爽气地说，眯细着眼睛，隐藏眼中的笑意。

“我知道。”他不高兴地说。

两个人暂时沉默了。这期间波格诺夫深深地责备自己，为什么对那姑娘的事情这样怕羞，好像不能对抗她的魔力似的。

“那位华莲加对我说过，她家的庄园风景很好。”这样说时，他觉得一阵脸热，想妹子一定会觉察这句话的意思。可是妹子一点儿没有显出这模样，反而这样说道：

“所以啰，一起去吧！你去看看，那地方实在好。而且我有你在一起，也方便得多……我不想在那儿耽搁太久，好吧？”

他应允了，但兴致已经打坏了。

“我为什么要说谎呢？想再见一见美人为什么是羞耻的或是不自然的事呢?”他懊恨地自问。

第二天早晨，他很早醒来，耳朵里听到的这一天第一个声音，是嘹亮的笑声，只有华莲加才能笑出的笑声。波格诺夫从床上起来，推开被褥，微笑地侧着耳朵听。一时间奔集胸头的，虽还不能名之为欢喜，却确是神经将受到抚慰的欢喜的前兆。于是跳下了床，匆忙地穿起衣服，这匆忙使他错乱，使他发笑。难道她在这自己的生日，特地亲自来迎接他和妹子吗？真是可爱的小姐!

走进餐室，华莲加很可笑地低着头，也不接受他向她伸出去的手，用羞怯的口气说道:

“我恐怕你要……”

“你不要吃惊!”叶丽莎佛达·绥尔盖芙娜叫唤道，“她从家里逃出来了!”

“这是为什么?”波格诺夫问。

“说轻点儿!”华莲加回答道，“是从新郎那儿逃出来的呀！你想想，他们这会儿是一副什么面孔！鲁契兹加耶姑母不是一心想我出嫁吗？她到处散发隆重的请帖，好像准备请一师客人，又煮又烧，热闹得不得了，我也被她拉住了帮忙。可是今天起来，我立刻骑上一匹马，跑到这里来了。给他们留了一张字条，说我要上雪乞尔白可夫去。你们知道这个地方吗？你看我完全换了一个方向。”

他望着姑娘笑了，胸头一阵阵涌上热来。她今天也穿着宽松的白衣，那皱褶作波纹形从肩头一直流泻到足边，好像飘飘的云阵围绕着她的身体。笑意闪烁在她的眼中，脸上燃着红云。

“你不喜欢我这样做吗？这确是粗野的行为，连我自己也明白的。”她认真地说到这儿，立刻又咯咯地笑起来了。

“想起他们，真笑死人，衣服上发出一股气味，发疯地喝酒……这到底是怎么回事呢?”

“他们人很多吗?”伊博里特·绥尔盖维契微笑着问了。

“四个。”

“倒茶呀!”叶丽莎佛达·绥尔盖芙娜提示她道。

“你对这种恶作剧要负责的呀，你有没有把这件事想过一点儿呢?”

“不，而且，我不愿去想啊!”她靠着桌子坐下来，决绝地回答了，“这种事，待回家去再讲，到今天晚上再讲，我打算在你们这儿玩上一整天呢。晚上的事，何必一早就去想呢?要是爸爸发怒了，我可以溜出来，就听不到了。姑母嘛，姑母爱得我什么似的!那班人嘛，这算得什么，那班人叫他们四脚四手在我的面前爬也办得到……你看，这不很有趣吗?当然，契诺涅薄夫因为肚子饿了，也许不能爬!”

“华略，你可没发疯呀!”叶丽莎佛达·绥尔盖芙娜想将女郎镇静下来。

“哪有的话?”在笑声中，女郎定了定神，接着她滑稽地表现那些求婚者的可笑的样子。她这样活泼坦率，使兄妹俩悠然神往了。

在喝茶的时候，始终充满着不断的笑声。叶丽莎佛达·绥尔盖芙娜以宽容的态度对华略笑着，伊博里特努力地抑制着自己，但到底是抑制不住。

喝了茶之后，他们商量怎样来愉快而晴朗地度过这一天。华莲加主张划船到森林去，在那里喝茶，伊博里特马上无异议赞成。但妹子好似想到了什么，她说：

“我可不能奉陪了，今天有点儿紧要的事，必须上萨尼诺去走一趟。华略，我本来打算坐了马车先到你家去，回头再到萨尼诺弯一弯，但现在只好特地去一趟了。”

波格诺夫斜过眼去向妹子打量了一下，她可不是为了要让华略跟我单独在一起突然出了这样的主意吧。但妹子的脸上，却只有遗憾与忧虑的表情。

华莲加听了这话，表现出不愉快的神情，但立刻又兴奋起来：

“啊，为什么？你不去吗，可是我们还是要去！怎么样……不过，葛里歌里跟玛霞两人可以一道去吗？”

“葛里歌里没有关系，不过玛霞，你可叫谁做饭呢？”

“可是，你又叫谁吃饭呢？你上辨可夫斯基家去，我们打算到夜才回来。”

“那很好，就把玛霞也带去吧！”

华莲加不知跑到哪里去了。波格诺夫抽着烟，到阳台上来回地踱着。这出游当然使他高兴，可是葛里歌里和玛霞究竟是多余者，这两个人留在跟前只是碍眼，是毫无疑义的。

半小时之后，伊博里特和华略站在船旁边。葛里歌里在一旁认真地料理着。这是一个金红头发、碧色眼睛的青年，脸上长着雀斑，老鹰鼻子。玛霞把茶炊和小纸包放在船中适当的地方，对那青年说：

“喂，红毛鬼，快收拾啊，你看，人家等着你啦。”

“马上好了。”那青年将桨子紧紧缚好，用高音回答。

伊博里特忽然想到，每夜在他窗子底下吵闹的，可不是这家伙吗？

“喂，我给你介绍。”华略在船上坐定，用下颏向葛里歌里一指，说道，“他是在这一带地方有名的学者、法律家……”

“不要取笑，华尔华拉·华西里叶芙娜！”葛里歌里露出健康的齿列，笑了，“什么法律家呀！”

“不是开玩笑的，伊博里特·绥尔盖维契，凡是俄罗斯的法律，他都知道。”

“真的吗，葛里歌里？”伊博里特·绥尔盖维契不觉引起了兴趣。

“不，全是胡说八道啊，哪有这样的事？华尔华拉·华西里叶芙娜，没有人能懂全部法律的呀！”

“那么，起草法律的是谁呢？”

“不是史贝兰斯基吗？不过，这些人已经死了好久了。”

“你读过一些什么书？”波格诺夫望着这青年的颇有才气的脸，问了。

“嗯，据大家说，那是法律书。”葛里歌里用活泼的视线投向华略，“偶然得到了第十卷，读读看，倒很有趣味，便读下去了。现在是在读第一卷……第一条就说得很好：‘无论何人，不得以不知法律为借口。’可是我想，知道法律的人简直没有。首先，学校里的先生，教过我农民的条文，他说，总之，读起来就有趣味，哎，这算什么话？”

“你都了解吗？”华莲加问。

“你读了很多吗？”伊博里特镇定地问，心里却记起了果戈理的彼得鲁西加①。

“只要有时间我就读。恰巧这儿有许多好书，单是叶丽莎佛达·绥尔盖芙娜家里，就有近一千册。可是都是一些小说，各种故事之类……”

船向着上流平静地前进。两边的河岸徐徐地动着，四周的景致

① 彼得鲁西加是果戈理《死魂灵》中的人物。

越来越出色了。灿烂的阳光没有一点儿声响，一股的浓香。波格诺夫凝然注视着华莲加的脸，这脸正对着挺起结实胸脯的划手，这个划手用桨子很整齐地划开水面。她因为有名的学者先生，正在很高兴地听自己说话，便感到十分得意，滔滔不绝地谈着她的文学趣味。在细长的睫毛底下追从着这划手的玛霞的眼中，辉耀着爱和矜夸。

“我不很喜欢读太阳如何落下如何升起这种自然科学的书，因为太阳升起来的这类事情，已经眼见了几千次。森林与河流，我是完全熟悉的，这些东西，要读它干吗呢？这是无论在什么书上都有，我以为这实在是没有意思的，每个人都知道太阳的落山，每个人都有自己的眼睛，可是，人们却喜欢这种东西。读着，而且想着：‘如果你在这情景中，你便怎么样呢？’虽然明知道这些全是谎话。”

“为什么是谎话呢？”伊博里特·绥尔盖维契问了。

“凡是书，都是编出来的。说到农民的事，也是这样的，难道他们是书中那样的吗？他们描写农民，写得很可怜，很笨，这是不大对的，许多人读了，认真地去想了，可是农民对于这些话，是不会真正了解的。你想，书中的农民，是完全不成东西的，他们又傻又恶……”

这些话，对于华莲加是不会不感到沉闷的，果然她抬起茫然的目光望着河岸，小声地唱起歌来了。

“喂，伊博里特·绥尔盖维契，我们离开这船，到森林中去溜达会儿好吗？不然就得呆坐着晒太阳，这算什么远足呢？葛里歌里，你跟玛霞两个到萨伏育洛伐耶山谷边去，把船泊在那边，烧好了茶，再来叫我们……葛里歌里，靠岸啦。我顶喜欢在森林中的阳光下喝茶吃东西，觉得自己像一个自由的流浪人……”

“好啊！”女郎从船中跳到岸边的沙滩上，大声地说。脚蹈到地面上，立刻就有一种使灵魂骚动的感觉。“啊哟，我的皮鞋里，全是沙土……一只脚又这样地蹈在水里，一边儿觉得不好受，另一边又觉得爽快，一个人感觉到自己的存在，是多么好啊……啊，你看，船走得多快!”

河在两人的脚旁被船骚乱的水流轻轻地泼到岸边。船像箭一般向森林飞去，船后留下长长的波纹，在阳光中闪烁成一道银白色。很明白地望见葛里歌里正向玛霞开玩笑，玛霞伸出拳头来吓唬他。

“他们是一对爱人啊!”华莲加微笑地告诉他说，“玛霞要求过叶丽莎佛达·绥尔盖芙娜，要嫁给葛里歌里。可是叶丽莎佛达·绥尔盖芙娜一下子不肯允许，她不喜欢夫妇用人。不过今年秋天，葛里歌里的年限满了，他可以把玛霞娶去……真是幸福的一对儿。葛里歌里曾经向我请求用分期付款的办法卖些地皮给他，他说他想要十俄亩。不过我父亲活着是办不到的，真对不起他。其实这个人倒靠得住，一定能按期付款的，因为他是一个非常勤恳的人。他什么都会，又是一个装配匠，又是铁匠，现在在你妹子家里，还当马夫……可可维契，还是本区的区长，想要娶我的人，他对我提到这个人，这样说过：‘这家伙是一个危险分子，他不尊敬长官!’①”

“什么人，那可可维契？是波兰人吗?”伊博里特出神地望着女郎，故意扮着鬼脸，问了。

“哦，是莫特淮人，还不知是丘淮西人②，我也不大清楚。他的舌头长得又长又厚，在嘴里安置得不落位，说起话来不大方便……哼！多脏啦!”

---

① 此处区长的话原文是用波兰人的口气说的。

② 均为东俄土著。

一个水潭子挡住了道路，面上浮着绿霉，黏泞的胶泥在四边团成黑黑的一圈。波格诺夫向脚下望着，说道：

“绕弯儿走吧！”

“啊哟，你跳不过去吗？我想，水已经干了。”华莲加不管一切地一脚踏下去叫道，“绕弯儿走很远啊，而且到那边恐怕还要撕破衣服，你跳跳看，没有关系，好吧，来，来啊！”

女郎纵身一跳，跳过去了。他看见衣服从她的肩头上掉下来，好像在空中飞舞。但这时，她已站在水潭的对岸，用怜惜的口气大声叫道：

“啊哟，沾了一身的泥，不行不行，你还是绕弯儿吧……嘿，多么脏啊！”

他望着女郎，脸色苍白地微笑了。他感到有一种模糊暧昧的念头，同时觉得两脚渐渐深陷泥中。在水潭对岸，华莲加振抖着衣服，发出轻轻的声音。伊博里特在她飘动的衣裾中，看见穿着丝袜般美丽的腿子。这时，他觉得隔开的泥淖，好像在他与她之间设下一道警戒线。他急忙绕到灌木茂盛的一边去，可是在那边，仍不得不走过一段草下的湿路。他脚湿了，心里也好像带着暧昧的决心，走到她的身边。她皱着眉头将衣服给他看，说道：

“你瞧，这不打紧吗？真是从来没有的晦气！”

他看了，他的一双得意扬扬地欣赏着白衣服的眼睛射在黑色的泥点上。

“我热爱而且熟悉你这种神圣的纯洁，连你衣上的斑点也在我的心灵运动中投出黑色的影子。”伊博里特笑眯眯地望着华莲加的脸，徐徐地说。

女郎的眼询问地注视着他的脸，他更加感到自己的胸头充满着沸腾的泡沫，而且好像这泡沫正在变化为奇妙的辞令。这种辞令他是从不曾向任何人使用过的，当然，也是从来不识得的。

“你刚才说什么？”华莲加固执地问了。

他发了一下怔。她的质问是很严肃的，他想尽力说得从容不迫，他向她解释道：

“这是诗，用俄国语说，听来就像普通的散文。不过，你听来不像诗吗？大概是意大利的诗——确实也记不清了……可是，当然，这个没有关系，也许是小说中间的一句。”

“哦，好吧，请你再念一遍！”不知忽然想到什么事，她要求说。

“我热爱……”他用手擦擦前额，把话打断了，“什么？我把刚才的句子完全忘掉了。嘿，真的忘掉了！”

“是吗？那么，走吧！”她就毅然地向前走去。

伊博里特尽力想解消自己奇异的失言，可是他不能够。他对华莲加觉得很难说清。女郎闭着嘴，低着头，虽然仍和他并肩行走，却不向他看望。他觉得好像她在思量他的不好，于是他强装着快活开口道：

“你的那些求婚者，如果知道你的日常生活，不知将怎么样呢。”

女郎好像听见他从远处叫唤她那样，望了他一眼，但她的脸立刻变成像胸无城府的孩子的可爱：

“哦，他们当然知道！当然知道！所以……他们一定在这样地想我……”

“你害怕吗？”

“我？”女郎坦然反问了。

“请原谅我，尽问你这种没意思的话。”

“你一点儿也不了解我……你很可以明了，那些人完全不合我的脾气！有时我想用脚踢他们，踢他们的脸……什么也说不上嘴，连嘴都给弄脏了。嗯，从来没见过这种无聊的家伙！”

女郎的眼中闪了一下猛烈憎恶和残酷的光，他觉得一阵寒噤，不禁背过脸去，说道：

“这实在太难受了，一个人不得不在这样讨厌的家伙中讨生活，是可想而知了。不过，在他们当中，稍微跟你合得来的人难道连一个也没有吗？”

“没有！大概有趣味的人，在世界上也数不出几个。所有的人都是一些萎靡不振、毫无生气、惹人讨厌的。”

他对女郎的抱怨微笑了，便用幽默的口气说了连自己也莫名其妙的话：

“说这样的话还太早呢！再待一会儿，你就会遇到合意的人，他会尽力使你觉得有兴趣。”

“这是什么人？”女郎很快地问，甚至停下来了。

“你的未来的丈夫。”

“但是，他是谁呢？”

“我怎么会知道呢！”波格诺夫耸耸肩头，他很不满意她的尖锐的质问。

“可是，你说！”女郎叹了一口气。

他们走进杂树林中。道路在树丛中像一匹丢失在地上的布，胡乱地蜿蜒曲折着。前边就望见蓊郁的大森林。

“你打算结婚吗？”伊博里特·绥尔盖维契问。

“哦……我也不知道，我没有想过这种事。”女郎爽快地回答。美丽的视线凝然地投向远方，好像遥遥地想起了她所尊敬的东西来。

“你在这个冬天应该住在都市里，你长得这样美，一定会惹起大家的注意，在那里找到你所希望的东西，是没有问题的。可以说，绝对没有一个人不想娶你做太太的。”他迟迟疑疑地，压低了嗓子说。

“我真长得这样倒好啦！”

“你能够压制这种愿望吗？”

“这当然能够！自然啰……愿望是只好当作愿望的。”

他们又在沉默中走了几步。

女郎思索地眺望着远方，似乎依旧记起着什么事情的样子。但他不知怎样，又去数她衣服上的污渍。污渍一共有七点，三点大的，作星形，两点像逗点，一点儿像毛刷刷过的形状，在衣服上描出一个黑图纹，这污渍对他好似含蓄着什么意义。

“你有没有恋爱过？”女郎认真而又好奇地说。

“我？”伊博里特怔了一怔，“有是有过，已经是好久以前的事了——是青年时代的事。”

“我也是好久以前了。”女郎告白道。

“哦？对方是谁呢？”波格诺夫提出了这问题，却没注意到问得太鲁莽。这时候他折断了手边的树枝，扔得远远的。

“对方吗？这是一个偷马贼，现在分别已经三年了。那时我只有十七岁，他被人家捉住了，挨打得很凶。吊在我家的园子里，全身用绳子捆起，被丢在大车上。他默然地注视着我，我恰巧立在大门口。直到现在还记得，是一个晴朗的早晨，天亮还不多的时候，我们家里的人都还没有起身……”

女郎似乎思索着，沉默了一下。

“大车底下有一摊血，喏，正和刚才那泥泞的水潭一样，从他的身上，浓浓的血一点点滴在那血泊里……好像那人的名字叫作萨西加·莱梅淑夫。那时有一大群乡下人走进园门口来，见了这个人，大家就跟狗一样地叫起来，大家都瞪着恶森森的眼睛，可是那马贼反而很镇定地回望他们。我想，他虽然被踢被捆，心里一定觉得自己比他们伟大。马贼的眼睛这样地注视着众人，巨大而褐色的。我同情他，并不觉得可怕，便回到屋子里舀了一杯水，再走出来给他喝。可是他的手被人捆着，想喝也喝不到，他略微抬起血淋淋的头，对我说：‘对不起，小姐，放在我的口里。’我便端到他的口边。他慢慢地把水喝干，又慢慢对我说：‘谢谢你，小姐！上帝保佑您！’他这样说时，我不知怎么一来，偷偷在他耳边说：‘逃吧！’可是他却大声回答道：‘只要活着，我一定逃，还用你说吗？’他的声音很大，在园子里的人差不离都听得见，这又使我非常佩服他。后来他又说：‘小姐，给我洗一洗脸吧！’我就吩咐杜涅，叫杜涅替他洗脸。洗过之后，只见他的脸被殴打得又肿又青。对啦！不久，那马贼被人拉走了。当车子快要出园的时候，我又看见他，只见他点点头，眼里含着笑影。他受了那么重的伤，可是还……为了他，我哭得很厉害，我向上帝祈祷了好久，只希望他能够顺利地逃走。”

“你说什么？”伊博里特用嘲笑的口气打断了女郎的话，“那么，你是在等这马贼逃掉后，跑到你那儿去，到那时你就嫁给他吗？”

女郎不知是没有听清他的话，还是不明白嘲笑她的意思，就老实回答道：

“啊，为什么他要到这儿来呢？”

“不，假使来的话，你跟他去吗？”

“去嫁给他吗？我想，不会的。”

波格诺夫生气了。

“这种感情的恋爱故事，会把你脑筋弄坏了，一点儿意思也没有啊，华尔华拉·华西里叶芙娜。”他用认真的口气说。

她听见男的尖厉的声音，吃惊地向他脸上瞥了一眼，然后沉默了，注意地听着他严肃的几乎近于判罪似的话。他对她恳切地解释：她所爱好的文学，怎样地歪曲了她的理智，这种文学是歪曲真实的，高尚的思想与它们无缘，它们对人生的悲痛的真理，对人类的希望和痛苦，完全采取冷淡的态度。谆谆讲说着的他的声音，在静寂的森林中幽然传开去，不时地在路边的树枝上发出古怪的低低的回声，好像有人躲藏在那儿。幽香的微光从树叶反映到路上，有时，在林中掠过，仿佛被压抑的叹息一般的嗡然的音响，树叶似乎正在做梦，微微地哆嗦着。

“必须读这样的书，这些书读了之后，至少会教你明白人生的意义、人类的希望，以及人类行为的动机。同时又必须知道，人们在过着怎样不良的生活，如果我们的知识增长了，更加能够尊重相互间的权利，我们的生活便会过得多么好。可是你所读的那些书，尽是一片胡说，而且说得非常荒唐。就是这种书，在你的头脑中培养了极野蛮的英雄主义……结果会怎样呢？你不是正在实际生活中间追求这种书上所描写的人物吗？”

“不对，没有这样的事。”女郎认真地说，“我也知道，这种人物是没有的，不过把实际上没有的东西描写得像实有的一般，为什么不好呢？普通平凡的事情任便什么地方都有。首先，生活本来就是平凡的，即使眼面前大家都在说许多痛苦的事情，这多半不是真的，假使不是真的，那么把实际上只有爪泥大的事说得很大很大，难道这算是好的吗？据你说，我们必须在书中去找……可以做我们模范的感情与思想，而且人这东西，谁都是恓恓惶惶的，连自己都不能了解。可是你看，著书的不就是这些人吗？那么，我怎样能知道应当信仰什么，什么人是好的？比较起来，倒是你所反对的那些书中，有许多出色漂亮的东西。”

“你对我的话一点儿也不了解。”他不快地叫了。

“是吗？你就因此对我生气吗？”她好像抱歉地问。

“不，当然我不是生什么气。”

“你一定在生气，我也是这样，当人们不赞成我的时候，我就会生气。不过真奇怪，你为什么一定要我赞成你？不过我自己也是这样。每个人总是为了要别人赞成他，争闹强辩，常常都是如此的吧！这样下去，结果，也许弄得一句话也不能谈。”

女郎呵呵地笑着，在笑声中，做了这样的结论：

“要是大家都想把所有的话，只变成一个‘是’字，那实在太乏味了！”

“你刚才说，我是硬要你赞成……”

“不，我已经完全明白了，总之，你教训人教训惯了，所以人家不好再反对你。”

“没有这样的事！”波格诺夫满脸悲愤地叫道，“我是要你对你周围和你心中所发生的一切能够提出批评呀！”

“啊哟，为什么？”她天真地望着他的眼睛，问道。

“嘘！什么，这……还说为什么！那就是使你能够辨别自己的感情、思想和行动……要用正确的态度去对付生活，对付你自己。”

“哦，这……恐怕，是很困难的呢！辨别自己，批评自己……这能够办得到吗？这里，我是一个人……要问这是什么，要怎样做。要把我分作两个，是不是？所以我不明白啊！因为你所提出的真理只有你自己才知道，假使说我有一个真理，大家也都有一个真理，那么不是大家都不对了吗！为什么呢？因为你不是正在说所有的人的真理只有一个，这不是吗？可是，啊，多么美丽的原野啊！”

他不再去反驳女郎，便向原野眺望了，心中奔腾着满肚子的不快。实在说来，他一向习惯着认为不赞成自己的人都是愚人。即使是一个长得相当聪明的人，如果知识固定在某一点上，就没有再进步的能力，所以对这种人只要轻视与怜悯就足够了。可是这位姑娘，总不能说她是一个愚物，而且她也不会使人发生普通对反对者的感情。这是什么缘故呢？他在胸头回答：

“这无疑是因为她长得太美的缘故，她的粗野的用语，也许不能归罪于她，这种用语是独创的，而独创性普遍是不容易遇见的，尤其是在女性。”

受过高深教育的他，在对付女子的时候，表面上虽把她当作知识上互相平等的人，但在心底里，依然跟别的男子一样，总是以怀疑的、讽刺的眼光去打量女性。

他们在这辽阔而圆形的原野上徐徐地溜达着。有两条黑色的轮辙的道路横穿原野，又重新隐没在森林中。原野的中部，有几棵白桦的高大的幼木，很可爱地围成一团，在收割过的杂草的草梗上，映出条纹似的影子。就在离这杂草不远的地方，用树枝编成的半毁坏的栅栏倾斜在地上，栅栏上有些枯草，枯草上停着两只乌鸦。伊博里特觉得在这个到处都被漆黑的墙垣所笼罩着的神秘静寂的森林和可爱而美好的原野中，这一切是完全不需要的，毫无意义的。乌鸦侧着眼望一望走在路上的人们，那态度似乎充满着无比的自信，又似乎以为坐在小屋中管门，是自己的义务。

“累吗？”波格诺夫问。当他望着乌鸦，心里感到不愉快的时候。

“我吗？走几步路会累吗？这句话我听了也难受，到他们等待我们的地方还有一俄里多呢。哦，马上到森林了，路向山下去，两边都是松林，那是在一条高岗上，叫作萨伏育洛夫岗。松树很大，树干上没有一根枝条，每棵只有顶上是暗绿色的树顶。静静的，叫人害怕。地上都是松针，整座森林像打扫过一般。我每次走进那儿，不知什么缘故，总是想起上帝来……在王座旁边，也许也这样怕人……天使如果不赞美上帝，那就会把这当作谎话了！为什么要赞美上帝呢？难道上帝还不知道自己是这样伟大吗？”

伊博里特的脑海里忽然掠过一个清晰的念头：

“用上帝教理的威权来开拓这女子的处女地，怎么样呢？”

但是他在无意中所承认的自己对女郎的弱点，又立刻傲然地推翻了。明明不相信这种力量的存在，却想利用它，这是不正直的。

“你不相信上帝吗？”女郎好像看出男的心事，问道。

“你为什么这样想？”

“所有的学者都是没有信仰的……”

“未必是所有的学者吧！”他冷笑了。已经不想跟她谈这个问题，不料女的却不放过他。

“难道不是所有的学者吗？我请问你，真有人连一点儿信仰都没有吗？我不明白，这怎么可能呢？要是没有上帝，这世界从哪里来的呢？”

暂时没有回答。因为他正要唤醒那被女郎甜蜜的嗓音所迷醉了的理智。一会儿，他便开始讲自己所理解的世界的起源。

“一种谁也不知道的强大的力量永远地在运动着，冲突着，这伟大的运动，便产生了我们目所能见的世界。在这儿，思想的生活，草木的生活，都受同一种规律的支配。这种运动是无始的，因此也是无终的。”

女郎凝然地倾听着，不时向他要求种种的说明。他看到她脸上现出紧张的神色，便很高兴地给她解释。但是一篇话讲完之后，女郎想了一想，又天真地问了：

“这不可笑吗？没有太初就会开始，但在太初是有上帝的，不就是这样吗？不将上帝放在问题中，就此不信上帝，这不是有点儿奇怪吗？”

他原想反驳她，可是看了看她的脸色，知道反驳是没有用处的。她是有信仰的，她的眼色这样证明着。她又徐徐地用怯弱的口气说出一种古怪的话来：

“我们看看人类，知道每个人都是肮脏的，再想想上帝，想想最后的审判，心里不是会栗然地缩紧吗？这是什么缘故呢？因为上帝永远是不管今天、明天，或是一小时之后，会报应的，所以我总是想，它马上会来了，也许是今天就来。首先，把太阳熄灭，然后点起一种别的火焰，上帝在这火焰中显身。”

伊博里特·绥尔盖维契耳听着女郎的梦话，心里想道：

“这女子一切都有，就是没有应该有的东西……”

她的话使他脸上泛出青白，她的眼中现出惊惶不安。

但当附近发出响亮的笑声的时候，她的梦话也突然消失了。

“听见吗？是玛霞啊，我们已经到了！”

她这样说着，便加紧了脚步，喊道：

“喂，玛霞！”

他们走到河边，河岸斜斜地伸向水面，斜坡上有几处地方零散地植着几丛轩昂的桦树和白杨。对岸临水处，有一座高大的松林，阴沉而傲岸地在空气中发出浓烈的松脂的气息。可是在这边，桦树得意扬扬地以潇洒的姿态跳舞，白杨的银叶古怪地抖索着，雪球树和胡桃树默默地站立着，倒影入水。再望过去，在那边是黄色的沙地，玲珑地点缀着红红的松针，在这边的脚底下，是青青的再生草，在割过的草根中昂然地抽出来。从堆积在树林中的干草堆上飘来新鲜的清香。河水静静地、冷然地把互不相似的两岸的景物像镜子一般地映照着。

桦树林的影子底下，豁然摊开一条花毛毡，毛毡上茶炊喷出几绺蒸汽和蓝色的烟。玛霞手里拿着瓦罐，蹲在茶炊旁边。她脸色很高兴，头发湿淋淋的。

“你洗澡了吗?”华莲加向她问道，“葛里歌里在哪里?”

“他也去洗澡了，马上要回来啦!”

“没有别的事情，只是我的肚子空起来了，喉头也有点儿发干，所以……想赶快吃东西啦！你呢，伊博里特·绥尔盖维契?”

“好吧!”

“玛霞，那就端出来吧!”

“先吃什么呢？鸡还是狍子……”

“一下子全都端出来吧，你要跑开就可以跑开，不是有人等着你吗?”

“好像没有人呀?”玛霞轻轻笑了一声，两眼感激地瞧着女郎。

“没有关系，不要假装糊涂，去就去好啦!”

“一个娘儿们家嘴里，倒说得出这种话来。”伊博里特·绥尔盖维契这样想着，便动手吃鸡。

华莲加还是笑着给玛霞闹着玩。玛霞虽然怯生生地低着眼站在女郎面前，但脸上有幸福的微笑。

“还不赶快去，他会把你一手捏烂啊!”女郎吓唬着说。

“那个，啊！那是我啊！我，那个，我把他……”她说到这儿，用围裙掩着脸，由于爆发出忍不住的笑，两只脚摇晃起来，“在船上的时候，我把他推到河里了！”

“哦？了不起！那么，后来他怎么样呢？”

“他跟着船后艄游来的……可是……可是我后来又把他救起来了。因为他苦苦哀求，我就从后艄上把绳索扔下去。”

两个女子的诱人的笑声使波格诺夫也禁不住大笑起来了。但他所笑的，并不是因为想象跟着船艄游泳的葛里歌里，而是自己感到快乐，涌出了一种从自己身上得到了解放的感情。他站在远处看着自己，不禁连自己也觉得惊骇了。因为他从来不曾感到过这样纯朴的愉快。一会儿，玛霞不见了，他们依旧变了两个人。

华莲加跪坐在花毛毡上喝茶，伊博里特·绥尔盖维契像透过一层帷幕似的望着女郎的姿态。四周寂静，只有茶炊奏着低沉的旋律，有时候，不知什么东西在草中窸窣地响。

“你为什么尽爱冥想呢？”华莲加关心地望着他问道，“你觉得无聊吗？”

“不，没有的事，我很快乐。”他徐徐地说，“只是不想说话。”

“啊，我也是这样。”女郎很兴奋地说，“在清静的时候，我很讨厌说话。能说的只是些没紧要的话，有许多感情，不是言语可以表达的。比方说，这多清静，这样说的时候，这清静早已没有了，要不破坏清静而说清静，我想是不可能的，对吗？”

女郎沉默了一会儿向松林方面望了一眼，便用手指着，静静地笑着问道：

“你看，那松树好像正在听着什么。在那里，松林中间，是一片的静寂。我常常这样想，生活在那样清静的环境中，一定是最好也没有了。不过，遇到雷雨的时候也很好。啊，好极了！天空中好像泼满了墨水，吓人的闪电，怒吼的风……那时候，走到旷野中，立着，唱歌，高声地唱着，或是迎着大风在暴雨中奔跑……多么有趣啊！就是冬天也是这样。我曾经在大风雪中迷过路，差一点儿送了性命。”

“这倒很想听听是怎么一回事呢？”他问了。他渐渐喜欢听女郎的谈话了，虽然是很平凡的话，但她所说的，他听来都有新奇的感觉。

“夜很深了，我从城里回来。”女郎靠近了他，眼睛笑眯眯地注视着他的脸，开始说起来了，“那个赶车的叫约可夫，是一个年老而很结实的农民。照例，下起大雪来了，来势很猛，当头劈面地吹来。狂风吹刮着，把小山那样的大雪轰然地吹过来，马儿只会一步步望后退。四周沸腾得跟锅子一样，我们好像煎滚在冰冷的泡沫里。走着走着，只见约可夫脱着帽子画十字。‘你怎么啦？’‘我在祷告，小姐，我祷告上帝，祷告圣华尔华拉神，不要让我们做倒路鬼。’老头儿说得那么真诚而没有恐怖，因此我也就不害怕了。我问：‘迷了路吗？’他只回了我一声：‘嗯。’‘那么，车子到了哪里了呢？’‘你说什么，这么大的风雪，还能赶到哪里去吗？你看，早已把缰绳放松了，要跑也只好让马儿自己跑。你也赶快做祷告吧！’这约可夫是一位笃信家。马儿站着不动，风雪还是不顾一切地吹。天气又冷，雪打在脸上跟刀子一样。约可夫从车夫座上跑下来坐在我的身边。两个人比较暖和些，再把毛毡连头浑身裹起来，哪知毛毡上积起了雪，渐渐地重起来了。我想：就这样死了吗？从城里带来的糖果从此不能再吃了吗……但约可夫始终在嘴里喃喃地说着，心里也就不大害怕了。现在我还记得约可夫说的话：‘唉，小姐太可怜了！像小姐这样的人，怎么可以死呢？’‘你不是也要死吗？’‘我这种人有什么关系，我已经活得够了，可是你……’他就只是关心着我。约可夫平常对我也很好，有时他也发脾气，这样啰唣我：‘你怎么啦，该死的东西，简直是发了疯吗，不要脸的浑蛋……’”

女郎阴森着脸，用粗嗓子拉长着声调。她对约可夫的回忆使她离开话题，波格诺夫不得不问她：

“后来怎样找到路的呢?”

“马儿冻坏了，就胡乱地跑起来，跑着跑着，就跑到有村庄的地方，是一个离开我们有十三俄里的村庄。你已经知道，我们的庄园离开最近的邻村有四俄里，因此只要我们沿河边走去，再稍微走过一段小路，穿出森林的右边，那边就有一块洼地，走到那儿，就望见屋子了。不过如果沿着大路走，从这儿去就有十俄里啦。”

大胆的云雀在近边得意扬扬地飞翔，一会儿休息在灌木的小枝上，高声地啼叫起来，好像正在谈论这坐在森林中的两个人物的印象。远远地传来笑语和划桨拨水的声音，大概是葛里歌里和玛霞从河中划过来了。

“我们叫他们来，搬到松树林那边去吧?”华莲加提议了。

他同意了。女郎便把两手拱在口边当作扩音器，喊道：

“划过来啊，我们在这儿!”

她的胸脯由于大声叫喊而扩张了。伊博里特屏息出神地看着。他觉得他想思索一件什么事，一件非常重大的事，可是总动不起脑筋来。这种理性的无力的呼声，总不能安静和自由地去防止他屈服于更强烈的感情的驱使。

船出现了。葛里歌里脸上显出狡猾的有几分内疚的神气，玛霞又好像假装动怒的样子。华莲加坐上船，看看他们的脸，扑哧地笑了一声，这时候，他们两个也不好意思地幸福地笑了。

“美神和她宠爱的奴隶。”波格诺夫想着。

松林中像大教堂一般庄严。粗大的树干像圆柱一般并立着，支起一座暗绿色的沉重的圆屋顶。到处充满和暖的树脂的浓香，脚底下是簌簌作响的松针。前后左右是一望无际的赤松的行列，只有树根边有些地方从铺满的松针中冒出一种淡白色的绿茵。他们两人在静寂和沉默中徐徐地漫步在这无声的生命中，遇到挡路的树木，时而转向左边，时而转向右边。

“不会迷路吗?”伊博里特问了。

“迷路?”华莲加诧异地说，“无论走到哪里，我都能找到需要的方向，只要看太阳就得啦。”

虽然他有时觉得有许多话要向她说，但他不想再说。华莲加和他并步走着，他在她的脸上看见一种沉静喜悦的表情。

“多么好啊!”有时女郎回头向他说。在她的嘴唇上现出和蔼的微笑。

“嗯，果然好。”他简单地回答，又重新落进沉默里，继续在森林中走着。他觉得，他是一个被人尊敬和爱慕的青年，不该有那种不纯洁的打算和内心的交战。可是每次眼睛落在女郎衣上的黑渍，便有一种战栗的影子落进自己的心头。他自己也不知道为什么要战栗。突然间，当这影子把意识笼罩住的时候，他深深地喘一口气，好像打算从身上摆脱它的重量，禁不住滑口说出来了：

“你多么美丽啊!”

女郎惊异地瞥了他一眼。

“哦，你说什么?刚才一声不响，忽然又说这种话!”

伊博里特微微地笑了：

“不，我本打算说，这个……这一带的风景多么美丽!森林多美丽，而你就好像林中的仙女，或者说，你是女神，森林就好像是女神的宫殿。”

“你说错了！”女郎笑着反对道，“这森林不是我的，是属于政府的，我家的森林在一直下游的那边。”

她这么说着，便向旁边远远地指点。

“她是故意玩笑，还是确实误解呢？”伊博里特这样想时，内心燃起热烈的欲望，想谈一谈她的美丽，但她不知在想什么，悄然地静寂着。这使他感到了压抑。

走了好久时间，可是话却说得很少。这一天中的温柔而和蔼的印象使两个人的心感到甜蜜的疲劳。除了一种默默地沉思着不能用言语表达的愿望以外，一切愿望都酣睡了。

回到家里，叶丽莎佛达·绥尔盖芙娜还没有回来。两人便喝起玛霞临时赶烧起来的茶。喝完了茶，华莲加马上站起身来，约他同叶丽莎佛达·绥尔盖芙娜一起上她家去，便匆匆上车回家去了。他送走了她，回到阳台上，立刻觉得袭来了一种失却了什么重要东西的忧闷。他靠桌子坐下，眼光落在已经喝干的茶杯中，立定主意想全部抹去今天受了一整天刺激的感情的游戏，而结果不过是引起了对自己的怜悯。他只好把准备对自身所做的外科手术绝望了。

“为什么？”他想，“难道这是严重的吗？如果我有这样的愿望，也是不会损害她，而且，也不能损害她的。这不过有些妨碍了我的生活，可是，在这儿，不是正有着青春而美丽的东西吗？”

突然现出了自慰的微笑，他想起了自己想唤醒那女子的理性的决心和尝试所遭到的失败。

“这样是不成的，跟她说话必须用一种另外的言语。这种完整的性格，是偏重自己的直觉，而拒绝论证。它以盲目单纯的感情的盾，来防御逻辑的袭击……总之，是一位奇怪的姑娘！”

当妹子回来的时候，他还是在辗转思索着这位女郎。妹子特别高兴，兴冲冲地出现在阿哥的面前，这神情她从来没有见过的。她吩咐玛霞把茶炊生起来，便和阿哥对面坐下，就开始对他讲起辨可夫斯基来。

“在他的老家，到处的缝隙里都露出残酷的贫穷，好像正对一家人夸耀自己的胜利。没有一个钱的贮藏，橱子是空的，吃饭的时候，临时到村舍人家去买鸡蛋。当然是没有肉食的，辨可夫斯基的老子便提出素食论来，还说这可以改造人类的道德。他家里有一股腐朽的气息，他们全都很凶恶，大概因为饥饿了。我今天去，因为他家有一点儿地在我的领地内，我问他们肯不肯卖给我。”

“你打算怎样？”伊博里特稍稍感到一点儿兴味了。

“我留着给我未来的子孙啊！”妹子笑了，“你今天怎样呢？”

“很有趣。”

妹子向阿哥斜了一眼，沉默了一会儿。

“也许我问得冒失了一点儿，你不害怕有些爱上华莲加吗？”

“这有什么可怕呢？”

“难道可以热烈地爱吗？”

“嗯，万万没有这样的事……”他疑惑地回答，但他相信确是自己的真心。

“那不好啦，可是稍许有一点儿，那也不妨。不然，我看你太冷静了。照你的年龄，你是太严肃了。不过，我老实对你说，那姑娘如果能使你动心，我倒是很高兴的……你一定是常常想见她吧？”

“她约我到她家里，请你也去。”伊博里特通知她说。

“你打算什么时候去？”

“反正一样，随你的便。你今天为什么这样高兴？”

“你也看出来了吗?”妹子笑了,“不知什么缘故,今天一天都高兴。不过我有点儿担心,你不会看我太轻浮吗?实在是,自从料理了丈夫丧事这一天起,我觉得情绪恢复过来……我是自私自利啊,当然,不过这种自私自利,是从牢狱里放出来的人的欢喜的自私自利。你可以批评我,但是要公平。”

“什么,讲这一点儿话,要加上这么长一个冒头吗?高兴,那就高兴得啦!”伊博里特用同样的口气和蔼地笑了。

“哦,今天你也很高兴啊!”妹子说,“你看,一个人心里稍微有点儿高兴,就变得很和气了。有些太聪明的人说,痛苦可以使人清净,我却想应用这种道理对那班先生们说:生活能使先生们的理性从迷惑中净化。”

“但华莲加如果感到了痛苦,她到底会变成怎么样子呢?”波格诺夫自问了。

一会儿,两人就分别了。妹子开始奏琴。他却退进自己的屋子里,把身子躺下,想道:她在怎样想我呢?我有什么地方能得她的爱呢?他总有什么地方吸引了她,这是显然的。但是他在她眼中未必是一个聪明有学问的人。她不是正把自己的理论、见解和说教,那么胡乱地丢开一边吗。大概她的喜欢他,完全是因为他是男性,大概这还近于事实。

一达到这个结论,伊博里特·缀尔盖维契不禁感慨不已,几乎要跳起身来。他闭着眼睛,抑制不住地满足地微笑,想象着这一位被自己征服了的、柔顺的、事事顺从自己的、殷殷向自己要求看顾她,教育她如何思想、生活、恋爱的姑娘的姿容。

三

叶丽莎佛达·绥尔盖芙娜的双轮马车到了上校奥莱叔夫家的门廊下，一个穿鼠灰色套衣的高瘦妇人在门台上走出来，这时候，响彻着卷舌音“P”的特别刺耳的粗嗓子。

“哦——哦！欢迎欢迎，难得的贵客！”

伊博里特·绥尔盖维契在这跟咆哮一样的招待声中，不禁愣了一愣。

“这是家兄伊博里特。”叶丽莎佛达·绥尔盖芙娜跟那妇人抱吻着，做了介绍。

“我是马尔格里泰·鲁契兹加耶。”

五条又冷又湿的骨头紧握着伊博里特·绥尔盖维契的手指，把炯炯有光的灰色眼睛盯在他的脸上，姑母鲁契兹加耶粗声地唠叨着，似乎恐怕说出不合礼貌的话，每说一句就停顿一下，好像在计算句数的样子。

“我非常高兴认识你。”

然后，姑母把身子退后，用手推开了门。

“请啊！”

伊博里特一步跨进门槛，就碰到一阵沙哑的咳嗽和生气的叫声：

“哼，坏东西，快出去看看，是谁来了……”

“没有关系，走进去好啦！”叶丽莎佛达·绥尔盖芙娜见阿哥迟疑地停下来，便鼓励着说，“那是上校在那儿骂人……你好，将军，我们来了！”

一间天花板很低的大屋子中间，有一把挺大的靠背椅子，椅子里塞着一个满是白胡子的红皮皱脸的硕大而衰弱的身体。这身体的上半部，跟着每声气吁吁的鼻息，沉重地摇摆。椅子背后耸起一个身躯高大的妇人的肩头，以没有光彩的目光望着伊博里特·绥尔盖维契的脸。

“哦，好啊，这位就是令兄吗？我是华西里·奥莱叔夫上校……我把土耳其人、狄庚兹人[①]打得大败，近来是倒过头来，自己被疾病打败了！呵，呵，呵！好，来得正好！华尔华拉这一个夏天，已把你的博学多才对我讲过了。好啊，请到那边客室里坐。弗克拉，领他们去！”

椅子车叽叽地响了。上校前仰后合地摇着，沙哑的咳嗽声分外响亮，好像要从身体中炸出来一般把脑袋晃动着。

“老爷咳嗽的时候就停下来，我不知已对你说过了几次？”

姑母鲁契兹加耶这么说着，抓住弗克拉的肩头，将她的身体往地板上按下去。

当奥莱叔夫肥胖的身体因咳嗽而震动时，波格诺夫就站下来等着。

最后大家终于向前走了，走到一间小屋子中。屋子里满堆着罩上帆布袋子的粗笨的家具，又气闷又狭窄。

“哦，请坐！弗克拉，请小姐来！”姑母鲁契兹加耶命令道。

“叶丽莎佛达·绥尔盖芙娜，每次看见你总是这样漂亮，我高兴极了！”上校用圆得像猫头鹰的眼睛，从鼻梁边的白眉毛下望着女客人说。他的鼻子大得可笑，带着紫色而发光的鼻尖凄凉地埋在可爱的花白胡子中。

---

① 居住后加斯比省沙漠地带的游牧的土耳其斯坦民族。

“我知道你高兴，像我看见你一样地高兴。”女客人撒娇地说。

“呵呵！这是要请原谅了，你说谎呀！见了一个害痛风病，又爱喝酒的老头儿，又有什么高兴呢？要是在二十五年以前，我华西里·奥莱叔夫这副脾气，倒是真的能使人高兴……简直是……许多娘儿们都看上了我……可是现在不行了，你用我不着，我也用你不着了……只是你来了，可以让我喝伏特加，所以我喜欢你啊，呵呵呵！”

“不要说这样多，等会儿又要咳嗽了！”鲁契兹加耶发出了警告。

“听见了没有？”上校转身向伊博里特·绥尔盖维契说，“不准我说话，这是有害的，不准喝酒，这也是有害的，不准尽量吃，这也是有害的！什么都是有害的，多没有意思。所以我说，我活着也是有害的，我不希望你将来有那么一天也说这种话，不过看你也不像长寿相，当心肺病啊！胸脯这样狭是不行的。”

伊博里特望望上校，又望望鲁契兹加耶姑母，心里在想华莲加：

“她生活在一群什么样的怪物中啊！”

鲁契兹加耶姑母的瘦骨嶙峋的身体特别使他刺眼。姑母那条绷着黄皮的长脖子，看了更是难受，而且每当姑母说话时，他就感到一阵悚然。他觉得从这妇人的又宽又平的、像板一样的胸头发出那粗大的嗓音，不会把她的胸脯破裂开来吗？连鲁契兹加耶姑母裙子上的沙沙声，听起来也好像她的骨头在摩擦。另一边，从上校身上，又发出浓浓的酒精气、汗气和粗劣烟草的气味。再打量那上校的目光，大概是动不动就会冒火的。他想象那冒火的神气，对这老头子又不能抱什么好感。这屋子真不舒服，墙上的花纸都是被烟煤熏污了的，火炉上的花瓷砖又有许多裂纹，地板上的漆被椅车的轮子磨蚀了，每扇窗框子也都是弯曲不正的，玻璃是晦暗无光。总之，从角落到角落，都蔓延着老朽和颓败。

“今天闷得很。”叶丽莎佛达·绥尔盖芙娜说。

“会下雨的。”鲁契兹加耶断然地声明了。

“真的吗？”女客人不信地说。

“马尔格里泰不会错。”老头儿发出沙哑声来，“这位姑母什么都是未卜先知。她现在就天天在预告我，你马上要死了，华尔华拉会被人偷走，把头脑搞昏的，都是这一类话，懂吗？但我却大大反对，奥莱叔夫上校的女儿，怎么会让别人搞昏了头脑？她自己有主意，可是我就要死，这倒是真的，这是当然的事。不，学者先生，你对这儿的印象怎么样，是不是满园子的沉闷呢？”

“不，绝不。为什么要这样说？是林木秀美之乡啊……”伊博里特很得体地说。

“秀美之乡，这儿吗？嘘！这正是你还没有见到世面的证据。秀美的地方，只有保加利亚的喀桑吕加谷才可以说，还有霍拉桑也很美……在穆尔加布河有些地方简直像天堂一样！哦，我的宝贵的青年时代啊！”

华莲加为客室的陈腐空气中带来了新鲜的香气。她穿一件用鲜艳的紫色粗布制的外套似的衣服，双手抱一大束刚摘来的花，脸上现出得意的光辉。

“好极了，你们恰好都在今天到了！”女郎大声地招呼着客人，“我正要上你们那儿去，因为他们又围起来攻击我啊！”

女郎装着大模大样的手势，指一指父亲和姑母。这时候，姑母正跟客人一起，好像背脊骨变了化石一般，不自然地硬直地坐着。

“华尔华拉，你说什么傻话啊！”姑母眼中掠过一道电光，恶狠狠地责备女郎了。

“不要多啰唣！我要对伊博里特·绥尔盖维契讲约可芙莱夫中尉和他的伤心的往事了。”

“呵呵！华莲加，住嘴，让我自己来讲吧！”

“我到了什么地方来啦？”伊博里特惊异地望着妹子，心里想着。

无疑地，妹子对于这事情已经熟悉，所以只在嘴角上露出轻蔑的微笑。

“我去准备茶点！”马尔格里泰·鲁契兹加耶说。腰也不弯地直挺挺站起来，向上校投了斥责似的一瞥，就走出去了。

华莲加在姑母坐过的椅子上坐下，把嘴凑在叶丽莎佛达·绥尔盖芙娜的耳边，低声地说着什么。

“为什么这女子这样喜欢宽松的衣服？”他这样想着，两眼就斜视着以潇洒的姿态靠在妹子身边的女郎的身姿。

上校便用破碎了的大提琴似的声音咕哝起来：

“你们当然还没有忘记，那马尔格里泰是在叶斯基·柴格拉战争中阵亡的我的战友鲁契兹基中校的太太吧？她是跟丈夫一起从军的，嗯！真是一位勇敢的女人。在我们的师部里，有一位约可芙莱夫中尉，这是一位像姐儿们一般的美男子，一个敌人的预备兵，拿枪杆打伤了他的胸部，他的肺坏了，就此送了命！可是，当他睡在床上的时候，那马尔格里泰整整地看护了他五个月，这不惊人吗？而且对主立誓，从此不嫁人了。还是年轻的美人呢！后来，有许多相当体面的男子都来追求她，其中有一位西摩鲁洛上尉，是非常可爱的小俄罗斯人，可是连他也喝了酒，把官丢了。我呢，也是这样不肯放弃，照样向她求婚，马尔格里泰，嫁给我吧！她不肯，真傻啊，可是当然，操守坚定啦。不料等我害了痛风病，她来了，她说，你是单身，我也是单身……哦，就是这样的话。真是一段佳话，大可尊敬的。那就是永远的友谊和经常的争吵。她每年夏天来，甚至要把自己的田地卖掉永远搬到这儿来，住到我死。我很感激她，可是，这不是很可笑的事情吗？呵呵！实在的话，女子是抱着火的，对吗？男子怎么能烧掉女人呢？不要玩火啊！要是有人谈到她自己所说的这段诗意的生活，她就要发脾气。她说：‘不要用这样肮脏的言语侮辱我心中神圣的东西！’呵，呵！实际上，这神圣的是什么东西呢？是灵魂的迷惑吗？是女学生的梦想吗？生活是很单纯的东西，对吗？享乐吧，时候一到就得死，对啦，这就是哲学的全部。可是，时候一到就得死，这一点我可没有做到，真难受，你们必须大大地注意。”

这一篇演讲和上校身上发散出来的气味，使伊博里特有点儿眼晕了。华莲加并不注意老子，尽管和叶丽莎佛达·绥尔盖芙娜不断地低声说话。妹子点着头很用心地听。

“茶点准备好了！”马尔格里泰·鲁契兹加耶的粗嗓子在门口响了，“华尔华拉，把爸爸带来啊！”

波格诺夫和缓地喘了几口气，跟在轻轻地推着重椅车的华莲加的背后。

茶点是英国式的，堆满了许多冷盘。许多酒瓶围绕着大片的血淋淋的牛排，这使上校发出满足的哄笑，用熊皮包着的上校的那双瘫痪的腿因预感到即要大吃一顿而颤动了。他一靠近桌边，马上哆嗦着毛茸茸湿淋淋的手伸到酒瓶上去，大声笑着，震动了藤椅排列得很整齐的餐室中的空气。

吃茶点的时间延长了很久，几乎叫人耐不住。整个时间上校都以沙哑的嗓子讲着战争的小故事。马尔格里泰简单地用低音穿插自己的意见。另一方面，华莲加很起劲地跟叶丽莎佛达·绥尔盖芙娜窃窃地私语。

“她在讲什么啦？”伊博里特做了上校的牺牲品，他忧郁地想着。

今天这位姑娘好像完全不理睬自己，这是什么缘故呢？难道这是一种迷人的手段吗？他对女郎渐渐生起气来。

正在这时候，女郎向他瞥了一眼，高声地笑起来了。

“这一定是妹子在关照她，叫她稍微理睬一下自己。”伊博里特这样想着，不满地蹙紧了眉头。

“伊博里特·绥尔盖维契，茶已经喝完了吗？”华莲加问道。

“嗯，早就……”

“去溜达一会儿，带你上很好的地方去！”

“就去吧。丽莎，你怎么样？”

“我不去，我跟马尔格里泰·洛蒂奥诺芙娜和上校一道很有趣。”

“呵呵！在埋着我半死身体的坟墓旁边倒有趣吗？这又是什么道理呢？”

“现在，这女子应该问我了：在我的家里你觉得气闷吗？”跟华莲加一起从屋子走到园中，伊博里特想了。可是女郎问的却是另外的话。

“你看我爸爸怎么样？”

“哦！”伊博里特·绥尔盖维契轻轻地叫唤着说，“一位令人尊敬的老人！”

“啊！”华莲加很得意地回答了，“的确不坏呢，他是一个很勇敢的人，他对自己的事情是一句不讲的，可是鲁契兹加耶姑母，她曾在爸爸的师部里待过，倒讲过在杜勃涅克山打仗的时候，爸爸的马被子弹打进了鼻孔，它就把爸爸一直背到土耳其人的阵线中去。土耳其兵立刻包围过来，爸爸连忙把马头拨转，向战线上一直地跑，马终于倒毙了，爸爸也跌在地上。只见四个敌兵冲过来，一个冲到了身边，正要把枪杆打下来，爸爸就啪的一声把那人的腿扫倒了。那人跌倒地上，爸爸拉起手枪对准了那人的面孔——砰！就把一只压在马底下的腿子拔出来。另外三个又扑过来了，他们的后边是密层层的一队，但自己方面的一队这时候也冲过来与约可芙莱夫队联合。约可芙莱夫是怎样的人，你已经知道了吧？爸爸抓起打死的敌兵的枪，跳跃起身来，向前扑去，这一下多么厉害，几乎把生命都送掉了。原来那枪杆打到土耳其兵的头上时，折断了，剩下来的只有一把军刀，这军刀又是钝口的。那时候，土耳其兵端着枪向爸爸胸口刺过来，爸爸一个翻身，一手抓住了枪上的皮带，把那人拖倒了，尽力地拖着，就跑进了自己的部队里。这时候，腰里打进了子弹，颈上着了一下枪刺，一共受了两处伤，爸爸觉得不行了，反身向敌，抓起拖来的那支枪，高高举起，喊一声‘万岁！’正在这时候，约可芙莱夫带着一队人赶到了，他们合作得这样好，打得土耳其兵都退走了。因为这一次的战绩，上面把乔治十字勋章授给爸爸，但爸爸因为师部里有一个下士没有得到乔治勋章，非常不高兴。在这次打仗中间，这下士救了约可芙莱夫两次，救了爸爸一次。爸爸当然把十字勋章退回了。但后来知道勋章也授给那下士了，他才接受。”

“你把打仗的情形讲得这样生动，好像你自己也从了军的一般。”伊博里特佩服了。

“这是——因为——”女郎把话拖长了，透了一口气，眯细着眼睛说，“我喜欢战事，所以，以后如果发生战事，我准备从军当看护呢！”

“那么，我也去当兵。”

“你吗?”将男的身体上下打量了一眼，女郎问了，“你开玩笑!看你这副样子，可不是一个好兵，长得这样瘦弱!”

这句话挖着了男子的痛创。

“不，你看我这样子，我可是很结实的呢!”他好像在警告她似的声明了。

“啊哟，你结实在哪儿呢?”华莲加沉静地不相信男的话。

他的心中燃起暴风雨一般的欲望，很想抓住她，将她抱紧，把她的眼泪都榨出来，表示自己是怎样有力。他转动着肩头回头向身边望望，立刻觉得自己欲望的可耻。

两人在园中沿着整齐地排列着苹果树的小径上走着。在他们后面的小径的尽头，屋上的窗子正望着他们的背后。苹果从树上掉下来钝重地落在地上，听见近处有人的声音。一个人这样问道：

“这位先生，大概也是想在这儿当女婿的吧?”

于是另一个人的声音，不高兴地在谩骂。

“等一等……”华莲加停下来拉住同伴的手，“听一听吧，他们正在那儿讲你呢!”

他用淡淡的目光向着女郎说：

“我不爱偷听仆人们的背后话。”

“可是，我却喜欢!”华莲加清晰地说，“他们常常很有趣地讲我和主人家的事。”

“这也许有趣，但未必是好的。”伊博里特冷笑着说。

“为什么?他们讲我，常常讲得很好呢。”

“那么恭喜你了!”

他心里燃起一股憎恶的念头，想尖锐而粗暴地对她说话，使她受到侮辱。今天这女子的行动，大半都不合他的心意。第一，在屋子里，她丝毫不注意他，她好像不了解，他是为了她而特地跑来的，并非来望她不能走路的老子和干瘪的姑母的；其次，她把他看成是一个弱者，用一种宽恕的态度来看待自己。

“这究竟是什么道理呢?”他想，“她既不喜欢我的外表，对我的内心也没有兴趣，那么，我有什么地方能牵惹她呢？一个新的男子，难道只有这一点吗?”

他相信她对他有一种吸引力，于是又重新想到这种吸引力是同她巧妙地掩盖在天真和单纯的假面具下的卖弄风情有关的。

“也许这女子认为我很愚蠢，所以她希望我能够乖巧一点儿。”

“啊哟，姑母的未卜先知果然应验了。天快要下雨了!”华莲加望着远方的天空说，“你看，那云色很可怕啦！天气又这样闷，天要打雷的时候，往往是这样的。”

“糟啦!”伊博里特说，“回去对妹子说去……”

“为什么?”

“趁雨还没下，赶快回家。”

“还让你们回去吗？要在这儿等待的了。”

“那么，雨下到晚上不止，岂不糟吗?”

“那就在我这里过宿了去好啦!”华莲加决断地说。

“不，这个不方便。”伊博里特反对了。

“先生，宿这么一晚上，也这样为难吗?”

“不，不是说我一个人……”

“那么，别人你用不着担心，每个人都自己会管自己的啊!”

两人一边争论，一边走。迎面的天空中，很迅速地罩上了黑云，远远地雷声隆隆地响了。弥漫在四周的沉重的闷热好似压迫着中午的炎暑的黑云，从前面迫过来。树叶子静寂地渴待着新鲜的水汽。

“回去吧!”伊博里特提议了。

“嗯，真难受！每件事在开始以前，我总是觉得最讨厌。雷雨之前，是这样，节日以前也是这样。虽然我喜欢雷雨，喜欢节日，可是等待是很难受的。哦，立刻就来岂不更好呢……要睡觉就躲倒——冬天是严寒，等张开眼睛，已经是春天了，花开着，太阳照着……要不然便是亮亮的太阳立刻变暗，雷声一响马上大雨。”

“那么，你大概也在想，人最好也是这样忽然之间发出意外的变化吧?”伊博里特笑了一声问道。

“人是应该始终有趣的啊!”女郎说。

“不错，那么有趣又是什么意思呢?”波格诺夫不快地叫了。

“这很难说，我想要是每个人都生气勃勃，精神饱满，这就全是有趣的。如果能大胆、勇敢，而不是鲁莽、愚蠢，也就有更多的笑、玩和歌唱。”

他留心地听着，便向自己问了：

“她是否暗示我，要我采取这种态度呢?”

“人大半都是笨货，他们做事，都不干脆迅速，但为了生活得有兴趣，就得使一切都干得迅速利落。”

“也许你是很对的。”伊博里特慢慢地说了一句，“当然，也不能说全部是这样的。”

“不要说得这样含糊!”女郎笑了，“为什么不能说全部是这样，这话是什么意思呢？要么说，全部是这样，要么说，全部不是这样，总得说个清楚，那就是好，或是坏，是美人，或是丑物，判断事物就应该这样，否则，如果说，相当不错呢，有些可爱，这完全是由于胆怯才这样说的，是因为害怕真实。”

“那么，你就是两个当中选择一个，把别的许多东西批评得一文不值了！”

“为什么？”

“这就是不公平！”

“你这人老是只知道一个公平，好像在公平中就有生活的一切，没有公平就什么事也不能做。我请问，谁需要这种公平呢？”

女郎很生气，逞性地叫着，眼睛一会儿眯细，一会儿闪出光芒。

“一切人都需要，华尔华拉·华西里叶芙娜！从农民到你们，所有的人都需要。”伊博里特恳切地开导说。他看到女郎的兴奋，就努力为自己解释。

“公平对我是完全没有用处的。”她断然地反驳了，甚至做了一个手势，好像要把什么东西推开去一般，“假使有时需要这样的东西，我就自己去找。可是你们为什么对别人的事常常这样关心呢？还是老实不客气说明白，你故意这样说是要惹我生气吗？为什么你今天板起面孔，很不高兴的样子？”

“我要惹你生气，为什么？”伊博里特狼狈了。

“我怎么会懂你的意思呢？大概因为心思烦乱吧，不过，你干脆把它丢开吧！没有你，我已经被人家迫得够紧了。就是那班想当女婿的朋友，差不多整星期变换各色花样，来向我说教，被他们在背后毒骂，还要拿龌龊的、猜疑的眼光打量我……我真是感激你！”

女郎的眼中燃起磷光，鼻孔翕翕扇动，全身受意外袭来的愤激，索索颤抖。伊博里特也眼睛模糊地热心向她辩解了：

“我绝不是想惹你生气！”

正在这个时候，两人的头上打起一阵轰隆的雷声，好像有一个粗野而又和蔼的奇异的巨人在哄笑，耳朵都被震聋似的发了一个怔。停了片刻，但又立刻就拔脚向屋子那边跑。树叶子在树上摇摆，由于像丝绒幕布一般展开在天空的密云，有层黑影落在地上。

“我们争论得这样长久，”华莲加一边走一边说，“我竟一点儿也不知道，乌云已经密布了。”

在院子的门廊下，立着叶丽莎佛达·绥尔盖芙娜和鲁契兹加耶姑母。姑母头上戴一顶大的麦秆帽子，这顶帽子使姑母像一棵向日葵。

“大风雨要来了！”姑母对着波格诺夫的脸，用照例的说教一般的粗嗓子说了，好似要他相信大风雨的到来，是她应尽的义务。接着，她又说：“上校在打中觉啊！”这样说着，她立刻就不见了。

“你看这天色呢？”叶丽莎佛达·绥尔盖芙娜用下颏向天空一指，问了，“今晚上只好在这儿打扰了。”

“这不太打扰人了吗？”

“啊哟，又来了！”华莲加惊呆地，同时也怜悯地看着他，叫道，“不会打扰人吗，不会不公平吗，老是惦着这种念头！哎，你这位先生，简直好像永远上着辔头，活得多么不舒服！我的念头就不同，要打扰就随便打扰，要不公平就随便不公平！”

“不过，谁对谁不对，上帝自己会裁判的。”叶丽莎佛达·绥尔盖芙娜怀着她的优越感向女郎微笑着打断了她的话，“我以为下雨的时候，应该躲在屋子里，你呢？”

“我想站在这里看看风雨的景象，你怎么样？”女郎回头对波格诺夫说。

他点点头表示同意。

“噢，我的性情可不适合这自然的巨大现象，要是弄得发热、伤风，可没有意思啊！要欣赏风雨，隔一道玻璃窗也就很可以了，啊呀！”

闪过一道电光。被这电光刺破的黑暗，哆嗦地颤动着，一刹那间照出了被黑暗吞没的万象，立刻又重新融合在黑暗中。一秒钟、两秒钟，笼罩着沉重的静寂，突然，像发炮一般，响起雷霆，在屋顶上拖过一道隐约的余音。远远地袭来一道狂风，从地上掀起沙土，像一条柱子一般高高地卷到天上。麦秆、纸屑、树叶子，一阵乱飞。而惊啼的燕子穿过天空，嚣嚣扰扰的碎叶子、尘土散落在洋铁皮的屋顶上，叫嚣着飞舞的沙石。

华莲加倚在门廊的柱后望着这暴风的游戏。伊博里特却站在她的身边，因尘沙而眯细着眼睛，门廊像一只箱子朦胧而阴暗，每逢电光一闪，女郎的苗条的身躯便勾勒出淡青的幻象般的光线，变成一座美丽的浮雕。

“啊哟，你看！”当电光扯裂黑云的时候，华莲加叫道，“你看见了吗？云头好像在发笑呢，是吗？多么像微笑啊，好像一个板着脸很不高兴的人，一直沉默着不作声，忽然笑逐颜开，眼睛一睁，露出牙齿来。”

一点又重又结实的雨点儿开始是稀落地敲打屋顶，渐渐地紧起来，终于变成轰然的咆哮。

“进去吧！”伊博里特说，“你衣服打湿了！”

在这深暗之中，这样接近地靠立在女郎的身边，他觉得不好意思了。虽然不好意思，却并非不舒服。他瞧着她的脖子这样地想：

“要是我吻她一下怎么样呢？”

电光又刹地一闪，照亮了半个天空。在这闪光中，伊博里特看见华莲加发狂地叫吼着，挥动双手，好像要把自己的胸脯献给电光一般。他在后面托住她的后腰，几乎把自己的头靠在她的肩上，屏住了喘息问道：

“你怎么啦?”

“不，没有什么!”她柔和而有力地把身体一扭，挣脱了他的手，女的懊恼地喊道，“我的天，为什么这样惊慌，这还像一个男子汉吗?”

“我当你怎么样了!”他口中嗫嚅着，把身子退向后边。

触着了女郎的身体，手上像火烧一般，有一种想把她紧紧地抱得发痛的愿望，像一股不可抑制的火焰，充满着他的胸头。他已失去了自制力，他很想跳出门廊，立在大雨中，立在正像鞭子鞭打树木一般的沛然的雨水中。

“我进屋子里去了。”他说。

“去吧!”华莲加不高兴地应了一声，无声地抢过他的身边，消失在门中了。

“呵，呵，呵!”上校迎接他们，“怎么样? 照自然现象支配者的命令，在命令取消之前就逮捕了吗? 呵，呵，呵!”

“雷打得厉害。”鲁契兹加耶姑母目光凝注在客人苍白的脸上，口气极认真地说。

“所以我不喜欢疯狂的自然!”叶丽莎佛达·绥尔盖芙娜冷淡的脸上现出轻蔑的神色说了，“暴风雨啦，大风雪啦，为什么要把许多能力一点儿用处也没有地白白浪费掉呢?”

伊博里特压抑着沸腾的心，总算恢复了气力，徐徐地向妹子这样问了一句:

“你以为这雨还得落好久吗?”

“要落一整夜。”马尔格里泰·鲁契兹加耶回答他。

“现在可逃不掉了!”华莲加笑着宣告。

波格诺夫在女郎的笑容中感到一种无法逃避的事，不禁怔了一怔：

“嘿，不得不过夜了。”叶丽莎佛达·绥尔盖芙娜表示说，“这样暗是走不过迦莫维森林的，说不定，马车都会撞翻了。”

“屋子，这儿有的是！”鲁契兹加耶姑母说。

“那么……我想，真是抱歉得很！这么大的风雨，我觉得有点儿不大舒服！我希望知道，我住在哪里，让我稍微去休息一下。”

他的喑哑的不时中断的言语引起了众人的惊慌。

“快拿阿摩尼亚水！”马尔格里泰·洛蒂奥诺芙娜发出一阵低沉的声音，立刻跳起身来不见了。

华莲加在屋子里走来走去，脸色惊讶地对他说：

“我马上就领你去，那边比较清静一点儿。”

叶丽莎佛达·绥尔盖芙娜没有别人那么慌张，微笑着问他道：

“头晕吗？”

上校接着发出喑哑的嗓音：

“不要紧，马上会好的。我的同事中，也有过这样的事。有一位歌尔泰洛夫少校，他是在冲锋的时候被土耳其兵刺死的，是一个很勇敢的人，也是难得的好汉，出色的勇士。在西斯托夫战争的时候，走在兵士的先头，毫无畏惧地前进，他镇静得简直跟指挥跳舞一般——冲、杀、喊，刺刀断了，抓起一条棒头向土耳其兵没头没脑地打。哦，简直是无比的勇士！可是他听见雷响，就骇得女人似的。喏喏，正跟你一样，脸发白了，踉踉跄跄地，‘啊哟，呀哟’地喊叫！他是个酒鬼，是个享乐主义者，是一个高个子，怎么样，想象得出他的样子吗？”

伊博里特再三道歉，说没有关系，又深深诅咒了自己。他真的有一点儿头晕了。这时候，幸而马尔格里泰·洛蒂奥诺芙娜拿了一只小瓶塞到他的鼻子底下来，命令道：

“嗅啊！”

他接过阿摩尼亚水，用鼻子拼命地嗅着那刺激的气味。他觉得这情景不免有一点儿滑稽，在华莲加面前，确实是颇不雅观。

雨依然大声地打着窗子，电光闪刹，雷声把玻璃窗震得瑟瑟发响。在上校看来，这一切都引起他对战场上炮火的回忆。

“在土耳其战争中，地点一时记不起来了，有一次，也是这样热闹。雷、暴风雨、电光、大炮怒吼，步兵密集开枪。那时，有一个叫伐希莱夫中尉的，拿出科涅克酒瓶，正把瓶口放到自己口里去，咕嘟咕嘟喝着的时候，子弹打中了酒瓶，砰——打得粉碎！中尉望望留在手中的瓶颈子，说道：‘见鬼，他们跟酒瓶打仗吗！’呵，呵，呵！那时我说：‘不对，中尉，土耳其兵向酒瓶开枪，但跟酒瓶打仗的，却是阁下！’呵，呵，呵！我说得妙吗?”

“你好一点儿吗?”鲁契兹加耶姑母向波格诺夫问。

他咬着牙齿向姑母道谢。抬起闷闷不乐的眼睛向众人扫了一眼，只见妹子正在华莲加耳边低声地讲着什么，华莲加微笑着表示不信或意外的神气。总算他可以离开这班人了，当他被领进一间小屋子里，就听见了雨声，开始整理自己的感情。

他又愤怒自己的懦弱，又想理解自己如何会失却自制力的两种情绪在心中交战——是那位姑娘的诱惑，深刻到使他失去自制力吗?但总想不出一件具体的事来。沸腾的感情变成暴风在心中捣乱了。他决定就在今天一定要向那姑娘表示自己的爱，但这决心在中途撤回了。因为他想到，跟着这决心而来的，便是要与华莲加建立一定的关系，这不是他所希望的责任，而且跟那美丽的丑八怪结婚，究竟是不可能的。他责备自己对她的迷恋是太不恰当了，又责备自己对待她的关系不够勇敢。有时他觉得她好像准备委身于他，有时他又觉得她在愚弄他，像一个妖妇似的愚弄他。她是一个愚物，是个残酷的人，但是他又反对自己，而且替她辩护。这时候，雨声很猛烈地打着窗子，全座房子被雷声震得发抖。

好容易，他才把自己压制在理智的束缚中，当他激动不安的感情退避到心灵的某个深处时，就让位给对自己的抱怨了。

这个不可救药地被不良环境损害了，而健全的思想又无力感化她的、倔强地坚持自己的错误见解的姑娘，却在三个月之间，使他几乎变成动物了！他觉得自己完全卑劣地毁坏了。他要使女郎回复人性，已经尽了可能的力量，再也不能有别的办法了，这不是他的罪过。但是，既然尽了可能的力量而终于无效，就应该离开她啦。而他没有及时离开，却让女郎激起他可耻的情欲的冲动，在这一点上，他是有过失的。

“就是在为人的正直上不及我的人，在这种地方，也许还比我做得高明点儿呢。”

正当这样想的时候，有一个突如其来的念头苦恼地刺激了他。

“是这个正直感使我忍耐着吗？恐怕就是这正直的缘故吧？也许这只是感情孱弱的缘故吧？首先，我到底能不能恋爱呢？我能不能做一个丈夫，做一个父亲呢？在这种义务上所需要的东西，我是否具备呢？”想到这里的时候，他的心中感到一种寒噤，感到有一种胆怯的东西在玷辱他。

有人在叫吃晚饭了。

华莲加用一种新奇的目光迎接他，柔和地问道：

“脑袋好点儿了没有？”

“嗯，谢谢你！”他淡淡地回答，故意远远离开女郎坐下，心里想道：

“这女子说一句话都不周全，什么‘脑袋好点儿了没有’。”

上校发着鼾声，摇摇晃晃地瞌睡着，三个女人并坐在长沙发上，聊着闲天。窗外的雨声虽然已经静得多了，但结实有力的点滴声正明白地证明着它的决心，还得有一个长时期把地面弄湿下去。

黑暗从窗外张望着，屋子里非常闷热。三盏洋灯上的煤油味，和上校身上的气味混合一起，更加增添了闷热，也更加增强了伊博里特神经质的心情。他望着华莲加，想道：

“她不坐到我身边来，叶丽莎佛达一定已经对她说过什么……什么无聊的话，凭着她们对我的观察已下了结论吧？”

肥胖的弗拉克在餐室中来来往往地忙碌着。她那大眼睛时时撩到客室方面，注目默默抽烟的伊博里特。

“小姐，饭菜已经准备好了。”弗拉克夹身在客室门口，吁了一口气，说了。

“好，吃饭吧，伊博里特·绥尔盖维契，请啊！啊哟，姑母，爸爸还是不要叫醒他吧，让他睡着吧，他到那儿又要喝酒了。”

“也好。”叶丽莎佛达·绥尔盖芙娜同意了。

但鲁契兹加耶姑母把肩头一耸，沉着声说道：

“到了现在，不喝也来不及了！喝点儿酒，不过少活几天，他心里却可以高兴些，不喝呢，不过多活一年，反而活得不高兴罢了。”

“这意见也对。”叶丽莎佛达·绥尔盖芙娜笑着说。

在餐台上，伊博里特坐在华莲加的身边，一接近她的身体，他觉得心头又骚动起来。不知不觉地，尽力使身体触着女郎。但照例这时候又忽然自觉，在自己对女郎的恋慕中，色欲的成分特别的多，而精神方面的力，却简直没有。

“萎缩的心脏!”他苦闷地向自己叫喊，接着他感到能毫无踌躇地说出自身的真相，能够彻底说明自己的每一“自我”的动摇，似乎是很自豪的事。

他这样思量着，就沉默了。

华莲加开始时时关心着他，后来见他冷淡得很，只有几声勉强的应答，便不再和他说话了。只在餐后，在只有两个人在一起的机会中，简单地向男的问道：

“你为什么这样不高兴呢？无聊吗？还是生我的气了？”

他回答她，没有什么不高兴，更没生她的气。

“那么，到底为什么呢？”女郎又问了。

“并没有什么事，也许是……有时对旁人的事太关心，弄得疲倦了，或者也有。”

“太关心？”华莲加很关心地反问了，“为谁？爸爸吗？姑母跟你连话也没有说啊!”

遇到这种冥顽不灵的单纯，或是绝望的愚蠢，他的脸不能不红起来了。但女郎却不待男的回答，又微笑着，继续这样说了：

“请你不要这个样子啊！可以吗？我顶不喜欢发闷的人……好吧？哦，我们来打纸牌，你来吗？”

“我打得不好，而且，这种玩意儿没有意思，徒然浪费时间罢了。”伊博里特这样声明着，觉得和女郎和好一点儿了。

“我也不是顶喜欢，不过，不打牌做什么呢？你也知道，我们家里是多么无聊啊!”女郎不好意思地解释着，“我知道的，你是因为无聊的缘故，才使你变成这个样子。”

他郑重地向女郎辩解，绝不是这么回事。谈着话，言语就渐渐地含了热情，终于不知不觉地说出了这样的话：

“如果你愿意的话，就是在沙漠里，能有你在一起，也绝不会感到无聊的。”

“在这种地方，我能为你干些什么呢?”女郎立刻接上来。他看到她完全真心诚意在想使他高兴。

“你什么也不需要做。”他想回答别的话，却在胸坎中隐藏起来了。

“不，真的，第一，你是到这乡下来休息的，有许多巨大的工作，必须费一番大精力，所以还没有和你见面的时候，丽莎就对我说，‘我们一定得设法使学者先生可以好好休息，心里高兴。’不过，我们……我能做些什么呢?真的，我想假使能够使你不致无聊，就是要我和你接吻，也可以!”

男的眼目昏花了，全身的血像急雨似的往心脏倒流，甚至连身体都有点儿飘飘然了。

“那么……请你给我接一个吻吧!”他站在她的面前，垂着眼皮低声地说了。

“啊，你是这样的人!”华莲加冷笑着走开了。

他向前跨了一步，就停下来，抓住门框。

几秒钟之后，他见了上校，这老人把头低垂在肩头上睡着，发出舒服的鼾声。接着，他只好这样地解释给自己听：单调而泣诉的呻吟之声，并非在他的胸中响，是在窗外响着，这是雨在哭泣，不是我的受辱的灵魂在哭泣。这时候，心中燃起了一阵憎恶。

“你在玩弄自己的感情，你是这样玩弄自己的感情吗?”他咬紧牙齿，深深地责备着自己。想罚她受一次重大的侮辱，他的胸头热得像火烧一般，两腿和头脑却跟冰块一般。

妇女们大声地欢笑着走进来。伊博里特见了她们，心中有一阵抽搐的感觉。鲁契兹加耶姑母好像在胸中吹着气泡一般，只是咯咯地冷淡地笑。华莲加脸上，狡猾的微笑，显出焕然的光彩。只有叶丽莎佛达·绥尔盖芙娜的笑是有节度有自制的笑。

“她们一定在笑我！”伊博里特·绥尔盖维契想。

华莲加提议的牌局没有成功，这使伊博里特可以推托不大舒服，到自己的屋子去了。走出客室的时候，他感觉到背后有三对目光注视他，而且认为这些目光都含着疑惑的表情。

现在他的胸中，留下了一种难以排遣的沉重的东西。他想明确这种奇妙而几乎近于病态的感觉，但同时又不想明确它。

“对啦，让这种莫名其妙的疑难的感情喂猪去吧！”他向自己怒骂了。

但是漏水不知从什么地方掉下来，落在地板上，单调地响着：

“嗒……嗒……”

他在自我斗争的状态中坐了一个多钟头，想到明天就要离开这个折磨他、侮辱他的一切，就决定躺下睡觉了，但是当他躺在床上时，眼前又现出了不怀好意的华莲加。正和在门廊下见到的那样，看到她像要拥抱似的高举两手，和在电光闪刹中她的颤动的胸脯。于是又发生了一个念头，自己应该向女的更大胆一点儿……接着，这念头又停止了，但最后还是达到了这样的结论：这性情跟野猫一般，情欲极其奔放的漂亮的美人儿，而且非常倔强而顽健的，头脑有点儿缺憾的爱人儿，只消我大胆一点儿，就一定可以紧紧地抱住她的脖子，不，这是毫无问题的！

这样地想着，想着，忽然燃起一个臆测，或者是一个预感。他不禁周身悚然地一怔，跳起身来，跑到门边，将门打开了。微笑着，又躺在床上，开始满怀着期待与欢喜，注视着门口。

“这样的事情是很可能的……常常有的……”

不知在什么书上，他曾经读到过，有这样的事情。女人在半夜中偷偷走来，一句也不问，什么也不要求，只为了享乐刹那间的生命，便委身给男子了。华莲加不是非常像这种故事中的女主人公吗？所以她可能有这种行动。华莲加不是正娇声地叫唤：“你是这样的人！”在这叫声中，不是正有着我所听不出来的约会吗？所以，看吧，那姑娘马上会偷偷地走来，只穿一件白色的衣服，战栗在羞耻和希望之中，在这儿！

他好几次从床上起来，倾听屋子的静寂，窗外的雨声，使温暖的身体也弄得寒冷起来，但在静寂中，并没听到他所希望的小心谨慎的脚步声。

“她怎么样进来呢？”他思索着，把她想象出一个有坚决自豪神气的脸色，站在门槛上，“那姑娘当然很骄傲地把自己的美貌献给我！这是女皇的礼物。但是也许是垂头丧气的，迟迟疑疑，怯生生的，眼中蓄满了泪水，出现在我的面前。或者她已经知道，而且已经看到他有一种使他烦恼而且给她安慰的痛苦，却装作不知道的模样，带着温柔的微笑，突然跑到这儿来。”

伊博里特·绥尔盖维契在类乎狂人的幻觉的状态中，描摹着种种淫荡的情景，却一点儿也不知道雨已经停止了，星儿在雨后的晴空中张望着窗子。他只是一心一意地期待着能给他带来享乐的那姑娘的脚步声。有时候，在一刹那间，他想拥抱姑娘的期望熄灭了。在这时候，在他心脏的剧烈的跳动中，听到斥责自己的声音，而认识到现在自己所经验的状态，是多么可耻，多么病态而值得唾弃啊。

一整夜工夫，他辗转反侧在情欲的折磨中，已经到了太阳快出来的时候了，听见有脚步声走来。他坐在床上，哆嗦着身体，眼睛充着血，等待着。那女子进来了，他连对她说感谢的气力也没有了。

看啦，门徐徐地打开来了……伊博里特终于无力地倒在枕头上，闭了眼睛躺直了身体。

“嗯，是我，把你吵醒了吗？我来拿先生的皮鞋，还有裤子。”肥胖的弗拉克跟阉过的公牛一般慢慢地走到床边来，蒙眬欲睡地说着。一面吁着气，一面搬动着家具，收拾了他的衣服，留下一股厨房里的气味，走出去了。

他长久地躺在床上，觉得疲惫不堪，全都破灭了，他模糊地感觉到，整整一夜折磨着他的神经的这些片断印象已渐渐消逝了。

女仆又把收拾干净的衣履拿进来，放好了，懒懒地吁一口气，又走出去。他开始穿衣服，也没想到为什么这样早就穿衣服。打扮完了，毫不犹豫地决定到河中去洗澡。这决定使他振作了几分精神。他蹑着足在地板上走，走过那个发出上校鼾声的屋子，接着又走过一间房门紧闭的屋子。他在门前驻了一会儿足，仔细观察的结果，感到这不是她的屋子。终于蒙蒙眬眬地走出了院子，顺着一条似乎通到河里去的小路走去。

天气非常晴朗，阳光中还没有失去朝日的红霞。白头翁啄着樱桃，互相很得意地喧噪着。树叶上宝石似的雨点儿，像令人喜悦的亮晶晶的泪珠，滚落到地面上。地面是潮湿的，但昨夜的雨水都已经吸收在泥土中了，到处没有一点儿水潭的影子。四周明净、活泼而清新，好像在昨夜一夜中刚刚生长出来的一般。一切都是静寂的，一点儿也不动，好似对地上的生活还没有习惯，因为第一次看见太阳，在阳光的壮丽之前，惊得不能开口了。

伊博里特眺望着这周围的一切，他觉得昨夜缠绕在心头的忧闷的密幕，敌不住充满甜美新鲜气味的，新生之日的明净的思潮，把他解放出来了。

已经到了河边了，河面映照在晓光中，泛着红色和金光。河水被雨冲过，反映着岸边的绿茵。近处有鱼儿跳跃，鱼跃声和小鸟的歌声，便是打破清晨静寂的全部的声响。地上如果不湿，便躺在这河边的碧空下，直睡到灵魂安静。

波格诺夫沿着河边走去。河岸胡乱曲折着，有许多沙洲和围满绿丛的小港，差不离每走四五步就有一幅新图画展开在他的眼前。他没精打采地沿着水边走着，他不禁想到还有新颖的景色等待在他的前面。因此，他好似要把落在后面的景色与眼前的景色细做比较，永远留在记忆中一般，仔细地分辨着每个港湾的轮廓，和悬在头上的树姿。

忽然，一阵眼花，他停下脚来。

在眼前，立着华莲加，下半截身子浸在水里。她低着头两手绞着湿头发，她的身体因寒冷和阳光而泛成玫红色，皮肤上闪烁着银鳞似的水珠子。流水徐徐地流过她的肩头和胸部，落入河中，当每颗水珠快要落下的时候，好似还舍不得离别那个被自己洗净了的肌肤，而在阳光中留恋了好一会儿。她的头发上也有水滴下来，穿过红色的指缝，发出轻轻的悦耳的声音，一点点滴下去。

他好像看到一种神圣的东西那样，抱着一种喜悦和崇拜的心情注视着，开放着青春之花的这个姑娘的美姿，是这样纯洁，这样匀称。除了想看她的愿望之外，他再也没有别的愿望了。在头顶胡桃树的小枝顶上，莺儿在啼叫，但是在他的心目中，水中的这个女子就是整个的阳光和鸟声了。河水轻轻地抚摸着姑娘的肌肤，潺湲的流水，悄然无声地、温存地拥抱着姑娘的身体。

可是美景无常，他正贪心地看着，他只看了几秒钟，那姑娘突然抬起头来，一声愤怒的叫喊，立刻把脖子没进水中去了。

姑娘的这个动作反映到男的心中，使他这个心战栗了一下，正像掉进了感到压抑的寒冷中。女郎怒目看着她，额上折起憎恶的皱纹，脸上显出惊怒。他听见女郎愤怒的吆喝：

“滚开！滚开！你干什么，你怎么不害臊！”

她的声音远远地传到他的耳中。但这声音是模糊的，什么也禁止不了他的。他向河湾屈着身体，将双手伸在前面，他的勉强支住着的两腿，因竭力撑住这欲火焚烧的不自然地屈着的身体而战栗着。他全身的每条纤维都向着女郎凝注着，于是他跪了下来。

女郎怒声叫骂，打算把身体游开去，但又停下来，低声而不安地说：

“你走开啊！”

“我不能走呀！”他想这样回答，但是战栗的嘴唇不给他把这句话发出声来。他再没有说话的气力了。

“你疯啦，滚开啊！”女郎喊道，“你这个卑鄙的东西！”

这骂声对他并没有影响，他的眼睛融融地燃烧着，注视着女郎，跪着等待她。好像即使知道有人在他的头上挥下斧头来，他还是要等待着的样子。

“哦！你这个不要脸的狗……那么，我就给你……”女郎厌恶地叽咕着，突然从水里跳出身子来，跑到他的面前。

女郎的皎洁美丽的身体在他的眼前昂然屹立着。现在，女郎的全身，从头到脚都展开在他的面前了，她是美丽的，而且也是充满着激怒的。他看着，怀着战栗等待着。于是女郎向他弯着身子。男的张开了两臂，但是，他所拥抱到的却是空气。

正当这个时候，又湿又重的一个耳光打在他的脸上，他一阵眼晕，向后踉跄了一下。

他立刻擦擦眼睛，指头底下是湿的沙泥，可是头上、肩上、脸上来了继续的打击。但这些打击并不痛，而是另一种东西唤醒他，于是他双手抱住脑袋，他这个动作不是自觉的，而是不由自主的。他的耳中听见愤怒的啜泣……

终于胸口袭来重重的一拳，他翻身仰倒了。于是打击停止了，灌木窸窣作响，接着就没有声音了。

在这声音寂灭之后，接着的便是难堪的沉默，这种沉默不知道持续了多久。他一直仰面躺着，把身子紧贴在地上，一动不动地被自己的耻辱压抑着，心头充满着想遮蔽羞耻的本能的愿望。他张开眼来，只看见一片青空，无限深沉的青空。他觉得天空好像离开他了，用异常的速力，更高更高地向上升去……

不知躺了多少时候，觉得身体寒冷了，当他张开眼来，看见华莲加正屈身站在自己的面前。女郎手指缝里滴下水来，流在他的脸上。他听见她的声音：

“怎么样，好点儿了吗？你这个样子怎么回家去呢？满身的泥，这么湿，衣服都破了。喂！你就说落在水里吧，不是很可耻吗？那时手边如果有旁的东西，我真会把你杀死呢。”

接着，她还对他说了许多话。但对他原来的感觉，既无所减，也无所增。他不回答女郎，当女郎停了话，说回去的时候，他才乘机小声地说：

“你……以后……再不愿见我了吗？”

这样问时，忽然想到，应该对她这样说的：

“请原谅我……”

但是已经来不及了，女郎挥着两手，很快地跑进树林中不见了。

他背靠在不知是树干还是什么东西上头，坐着，茫然地看着自己脚下滔滔的浊流。

水缓缓地流着……缓缓地……

后　　记

这是高尔基在1896年的作品，首先发表在1898年《北方公报》的3、4、5月号，写上“短篇小说”的副题，上面还有题词：“爱神为了加深人世的痛苦，是这样安排的，男人们并不常常爱那个爱他的女子，而女人们也并不常常爱那个爱着自己的男人。——费纳龙。——‘乌里索夫的儿子，捷列马克游记’，特列季耶柯夫斯基译。”当然，高尔基在这个中篇里并不是写恋爱的烦恼，他在这里着力地刻画了（19世纪）90年代俄国某些知识分子的苍白的面影，加以无情的讽刺，同时也创造了一个新的、粗野而健康的、反抗一切虚伪与庸俗的女性的形象，并暴露了腐朽下去的地主阶级的社会。

这个译本曾经于1948年在香港生活书店出版，现在又根据1949年苏联国家文学书籍出版社的《高尔基全集》第二卷重新校订出版。

译者

1956年6月　北京

奥古洛夫镇

〔苏〕高尔基

……这是野兽栖息的荒乡……

——F. M. 陀思妥耶夫斯基

一片起伏不平的原野，纵横交叉着灰色的道路。奥古洛夫镇彩色斑斓地屹立在这原野的中心，像一件精巧的玩具，安放在平坦多皱的掌上。

普泰尼察河从林木蓊郁的屈诺拉美涅森林缓缓地流出来，潺湲地越过了开垦过的丘陵，流到镇上，把镇子分作两半。河的一边叫西杭，住的是上流社会的人们，另一边叫柴列稧——一些下层的贫民阶级在那儿蔽着风露。

河水穿过镇子，向西南流去，隐没在铁锈似的列雅霍斯可沼泽。沼泽四边丛生着枞林，小小的林木排成浓密庞长的队列，伸展到苍灰色的远方。东方，丘冈顶上的一边，靠近宽阔的公路，一棵被雷打坏的老树，悄然地耸入在苍白的空际。

这片原野上，除了镇子以外，在屈诺拉美涅森林的边上，还有一个小小的伏艾伏桀诺村，这村子也分作两个部落：在北首的是奥勃诺司可伏，东首的是白留美鲁·蒲勃诺夫。它们都在奥古洛夫镇的周围。

土地卑湿，夏天大气暖而潮润，发出一种闷人的气味。天空好像流汗，苍白而浑浊。太阳蒙然地晒着，晚霞血一般红，月儿刚升起的时候大而殷赤，像新鲜的肉。

秋天，灰色的阴云，整几星期笼罩在镇上的天空，大雨落在每间屋顶上，倾盆的雨水像小河一般洗荡着街道，河水变成浑浊的泥色，汹涌着泛滥。于是，全镇失了生气，人们除了有万不得已的事，都不跑出来，躲在屋子里，打着纸牌，读着祷告书，有的读着市民读本过日子，等待落第一次的雪。雪一落，就落得厚厚的，把街道塞住，一直积到屋檐那么高。附近的一带，每晚上豺狼阴沉地叫，大颗的星闪着青白的冷光，黄昏星泛着不祥的碧幽幽的光色，像猫眼石一般。

全个镇市像一支墓场上的十字架：顶端是女修道院的墓场，普泰尼察河横过柴列碶的上部，左手是古老的灰暗的监狱，右手是蒲勃诺夫的陈旧的屋院。这是一所大院子却完全斑驳而零落了，屋顶的椽子像一匹被狼咬过的马，露出了肋骨，窗板已经破碎，透出了屋子里的黑暗和空虚。

西杭的户口是六千，柴列碶户口约莫七百。修道院之外，有两个教堂，一个新而漂亮，白色的是彼得·巴威尔堂，旧的、木造的是尼古拉·米里基斯基堂。

镇上的小市民勤恳而知足，他们到县城的市集上卖去了零头布和其他货物，然后买了荨麻、棉纱、鸡蛋、羊毛、干草回家。他们的妻女在家里用染色的毛线织造拖鞋、土靴、披巾、短褂、手袋……这些手艺，是她们在修道院附属小学里念书的时候，早就学会了的。这个镇就以编织出名，也因为这个工作，使居民们养成一种喜欢把自己的屋子漆上颜色的风气。

大街，首先是波列契纳街，倍列裘克街是用鹅蛋石铺砌的。春天的时候，石子缝里长出嫩草，镇长史霍巴艾夫就叫囚犯们出来，那些身体魁梧的灰衣的囚犯们就蹲在街道上，默默地把那些草连根拔去。

波列契纳街一带都是漂亮的房子，蓝的，红的，绿的，大半附有小小的园庭。白房子是参事会会长福格尔的府第，屋顶上建有瞭望台。红砖墙、黄柱子的是镇长的府第，淡红色的是主神父伊萨·克特略夫斯基的家，此外还有许多出色、轩昂的屋子，大半都住着镇上有财有势的人家。例如很爱唱歌的、长一部大胡子、绰号叫“扫帚”的团长波基伐可；酒喝得很凶、身子很弱、一天到晚板着脸孔的税务局长裘可夫；戏迷，也会编编剧本的地方官希列赫尔；警察所长卡禄·伊格纳乞维支·伏尔姆斯；以及在这一带的戏迷中第一名票友，快活的医生略亨等的人物。

只有以造纸花出名的邮政局长库拔列夫和会计师马多西庚，住在史脱列兹街。这条街，一边通到和波列契纳街交叉的河岸，另一边到修道院门前的市场上。

镇上有许多游散场和公园，枫、蔷薇、紫丁香、赤杨的树干遮掩着每所屋子的正面，绿荫底下的小窗互相情恋地望着。那些窗子挂着白色的窗帷，窗台上放着天竺葵、耳环花、秋海棠的盆植，挂着鸟笼。

在西杭这边，生活是平静的，衣食无忧，事事遵奉官厅的命令，牢守旧习，遇到万不得已的事也温顺地对新时代的要求让步。他们因为女孩子太多了，镇议会中就议决创办预科中学。

“不能把所有的女孩子都出嫁，只好叫她们当女教员去。”

后来又有人提议，不妨再办一个正科中学。村子方面是渐渐穷起来，完全靠买卖不够吃饭，无论哪一行，生活都渐渐发生困难。让孩子上城去念书，花费太大，而书是不能不念的。因为医生啦，律师啦，那些念过书的人生活可以过得舒服。

逢到节日的时候，孩子们聚集在修道院后边的野地上，玩九柱戏，打网球，做捉鬼哥哥的游戏。做父母的坐在墙边的草地上，望着孩子们的游戏，回忆自己的童年。

走江湖玩把戏的，各种草台班子，常常在“黎萨彭”大厅里开场子。当地的票友们也很热心地在这儿演戏。最受欢迎的是扫帚自己掏腰包请来的科拉思流行音乐团，冬天在“黎萨彭”，夏天在市立公园里。

镇市方面的河滩是红色的黏土层，用木柴打着河桩的。沿河造着一长条的游散场，满种着白杨、赤杨、梧桐。游散场中间，是镇长和波基伐可两人掏腰包建造的一座六角形厅。逢时逢节的时候，六角厅的柱子里挂满万国旗。从六角厅到河滩，有两条石级。夏天的时候，河滩底下设立游泳棚，蓝地白条是福格尔用的，红色的是镇长用的，被太阳晒成灰色的薄板搭成的是“一般人”用的。游泳棚在河面上映出色彩斑斓的图纹，河水扬着涟漪静静流去。

河对岸是平坦的沙地。柴列碶的破屋子，重叠着，黑幢幢的，参差不齐地蔽住了河岸。古老、污黑、朽腐的屋顶上，长着青苔，小屋子歪斜地站立在沙地上，细小的、病人似的眼怅然地望着河水。窗孔嵌着破玻璃片，起着白晕，像上白障的眼睛。

所有的屋舍都是破旧而杂乱的，只有亚历山大·纳夫斯基教堂的红砖房子挺然地矗立。这个教堂，是现在已经绝嗣的地主蒲勃诺夫家的祖上造了的，这位祖上触怒了巴威尔大帝，被流放到托木斯克，不久新皇即位，马上特派专使叫他回彼得堡，那位专使就在这里追上了他。这座教堂有三分之一已埋进在垃圾和沙泥之中，墙上的砖头零落剥蚀，那是人家在吵架的时候，在修理暖炕的时候挖走的。铁的十字架从前还是金的，也弯曲了。除此以外，镇外就没有像样的建筑，只有“法里察泰乐园”算是造得比较好一点儿。

每年河水泛滥的时候，柴列碶一带的房舍都淹在水里，街上也满了水。柴列碶的人们就爬上屋顶室，在大窗口，在屋顶上钓鱼，脱落门板当木筏，在街上河上划来划去，捡一些从林子里流来漂在水面的木头，大家抢夺这些东西。到了晚上，就把通镇市的桥栏砍坏，拿走。

春夏秋三季，柴列碶的人们采摘酸浆草、草莓、核桃，捉小鸟，打扫帚，或是采香蕈，一早晨摘红莓过活，这些都由镇上的人收买。有三个人，一个是西马·戴芙西庚，他专门做鸟笼和鸟舍，还有普西加莱夫一家，他们的职业是打网，另外一个史特莱李错夫家，有一种世传的秘术，用白杨树根做小箱子、小家具之类。镇外人家，在史霍巴艾夫的织呢厂做工，还有十来家是做鞋匠的。

织呢工人和鞋匠都比别的人更会喝酒，而且受大家的重视和尊敬。休息的日子，织呢的熟练工，吵起架来气力很大的格拉辛·克留里错夫，忽然痛打自己的崇拜者，疯狂地叫骂：

“你们打算把我灌醉吗？邪教徒！都为了你们，累得我快要死了……嚯！”

向他出头的，是一个很有丈夫气的，第一个受人尊重的伐维洛·勃鲁米斯忒洛夫，他抡起胳臂，警告他：

“得啦，格拉西加，你得罪尊敬我的朋友，你就是最坏的坏蛋。

怎么啦，你有什么不痛快？算了啦！”

格拉辛受了委屈，哭了：

“朋友，花一点儿钱倒并不在乎，这日子，这日子，过得真难受！”

镇上和镇外，向来就互相仇视的。大肚子的西杭人把柴列碶人认作流氓、醉鬼、强盗。柴列碶也抱同样的敌忾，把镇上的人们称作“守财奴”“吝啬鬼”。

从米海洛夫节起，河冰上开始剧烈地打斗，这样地通过整个冬天，一直到谢肉节。镇外居民中虽然有很多出名的打手，但镇上人数多，终于胜了。柴列碶人每次被打得落花流水，望风而逃，一直逃到那个专门埋葬死畜的沙岗——“母狗坑”。

警察常常从镇上到柴列碶来，发生盗案的时候来搜查，有时来收税，有时来调查镇外居民的财产，有时来干涉吵架。警察以外的人只在晚上到“法里察泰乐园”来。

这“乐园”本来是伏艾伏金的别墅，是一所古老、阴沉的、寂寞的房子。脚底下，头顶上，已有不少破绽。靠河的一边密生着白杨和桦树，像一道坚实的墙垣，掩住了这座屋院，对镇的一边，围着石垣，有桷树门枋的结实的门，大门左边还有一扇重重的小门，小门旁砖砌的凳子上，一天到晚坐着一个不知姓名的红头发的大个子，柴列碶的人们称他作乞堆海尔。

在乞堆海尔之前，干这管门职司的是伐维洛·勃鲁米斯忒洛夫的兄弟安特列，他只干了两个冬天。因为每天天气寒冷的时候，柴列碶人便跟一群豺狼似的哄到这古老的屋子里来，顺手拆剥一些木板之类，去做烧暖炕的木柴。他们拆剥一点儿拿去当柴倒还好，高兴起来还要胡乱捣毁。这是一种从俄国式的漠然的绝望而来的悲痛的疯狂行为。安特列挺身保护主人的财产，同自己的朋友和同胞兄弟争吵，终于丢掉了生命。

临死时候他喉头喘息着说：

“法里察泰，我是为了你，再会吧！”

她雪白的手掩着脸孔哭了，郑重地埋葬了这位保护自己的人，在他的坟上立了一个很好的橡树的十字架，永远为这位上帝的仆人安特列祈求冥福。丧事完毕，这屋院的门口，马上坐了一个新来的管门老头子。他是一个长胳臂、四方脸的沉默的汉子。而且他马上同镇外出名的强汉克留里错夫、勃鲁米斯忒洛夫、佐西马·普西加莱夫打上一架，把他们乖乖地屈服，立刻在天不怕地不怕的柴列碶居民之中，传出了野兽一样的大力，得到大众的尊敬。

这所有出色柱子、有阳台的宽大的两层楼的伏艾伏金的房子，站立在长草蔓生的园子当中，渐渐朽腐下去。房子近边放着烧剩的木柴。公园的树杪，在废墟顶上忧郁地摇晃。“乐园”是在楼上，三扇窗子，格子窗总是闭得紧紧的，窗子上边，好像老头子胡子上的鼻子，是被积雪压塌下来的屋顶。

深藏在屋院深处的“法里察泰乐园”的生活，在柴列碶居民的眼里，是完全接触不到的。夏天的时候，镇上的人从河对岸过来，坐艇子到园子边，偷偷从河岸林子中爬进来。冬天的时候，人家把帽子掩着眼睛，竖起毛皮大衣的领子，遮住脸孔，走过镇外的街道溜进来。

大家知道这法里察泰家里有三个女孩子：派霞、绿特契加、洛治加。在镇上身份高贵的人们中，来得最勤的是司法科长宁采夫，因为他的太太在害病。此外是鳏夫税务局长裘可夫、医生略亨——他是最爱寻欢作乐的人。

大家还知道，当法里察泰家里客人来得多了的时候，她就在镇外叫别的女人和姑娘去相帮招呼。大家也知道，到她那边去的是些什么人，但他们对于自己的妻女，全没有一点儿挂心，把她们挣来的钱，拿去喝酒。

奥勃诺司可伏村、白留美鲁村等村子里长胡子的庄稼人，是很温和老实的人，他们连白天也害怕走过这一带镇外地区。要是万不得已的时候，他们就三三五五地约了队走。有时看见独个儿在路上走过，那些好奇的镇外居民就围住这庄稼人问：

“老伯伯你卖什么呀?”

接着便去看他的东西，带抢带夺，要是那庄稼人叫骂，就会被他们打一顿。

夏天的傍晚，柴列碶的人们在镇上游散场对岸普泰尼察河的沙滩上，躺的躺，坐的坐，艳羡地仰望着，在晚霞殷红的天空里，映出教堂的青蓝的圆顶，受夕阳的反照，映出冰红色的瞭望台和昏暗的火钟楼，福格尔府第的高台。游散场的绿荫，疏疏朗朗地掩映着波列契纳街的房舍，只有屋顶和烟囱清晰地突出着。但镇外的居民，可以分清闪烁在树行间的镇上人，大家用讥讽的口气谈着镇上所发生的事：谁打牌输了多少，谁赢了钱，谁昨天喝醉了被打了一礼拜，怎样打法，为这么那么的原因。凡是镇上的艳事，买卖、争吵等的事，连只是镇上人说说罢了还没有实行的一切，他们都知道得详详细细。

西杭的情况，是由那些到西杭去干活的娘儿们口头传来的。镇外的娘儿们常常去镇上帮人收拾菜园子，给镇公所去洗地板，到市场上或是沿街叫卖草莓和香蕈。

柴列碶的人们对于镇上的事，不管什么，都觉得讨厌，带着恶意地谈论。可是对于自己的事情他们却不大去想。谈起来的时候，也总是懒森森的，专门拣一些人家的事、空想的事，和奥古洛夫的生活相去甚远的话题。

大家都爱唱。夏天的时候，每次游散场那边扫帚的音乐会一唱歌，柴列碶那些一等的歌手：伐维洛·勃鲁米斯忒洛夫、打猎的亚邱西加、庇斯忒莱特就回唱过去。

镇外民中的诗人西马·戴芙西庚有一次编了这样一首歌，表现柴列碶居民的情调：

背靠森林面对泥塘，
多么可怜的地方！
寂寞，辛苦又饿肚，
欢乐没有一桩。
活下去也活不出名堂，
有人想活到百岁长寿，
我真不懂什么行当。
要是能够把肚子装饱，
这个世界当然还好……
可是这样的世界，
倒不如再会再会，
走向坟墓越早越妙！

柴列碶第一位大亨，照大家看来，当然是约可夫·柴哈洛维支·戚芙诺夫。

他是一个骨骼嶙峋的瘦汉子，看样子像一个好动的、说话轩昂的人，可是看他那极其悠然的气概和卓然不凡的举动，听他那沉着的声调，却叫人觉得奇怪。

他的生活是一个谜：十五岁左右的青年时代，忽然失了踪影，整整五个年头没有消息，他的父母姊妹都得不到他的音讯。后来由军管把他从城里送回家来，那时他病得很凶，脸色苍瘦而阴沉，右眼瞎掉，牙齿掉了，背着一个背囊。背囊里有两本厚厚的皮面子的书。一册是《发明家列传》，另一册《世界的短的耻辱》（一名《小法特龙》）。

当他回家的时候，父母早已死了，他的妹子也已把房子田产卖掉，不知搬到哪儿去了。约可夫·戚芙诺夫就住在接生妇兼女巫达留西加的家里，这女人是一个长舌妇，绰号叫作“风哨子”。

人家不知他干什么营生，他显然避开交际，同人讲话的时候，也冷淡的，好像勉强的样子，从不望别人的脸孔，自己也永是眯细眼睛，昂起脑袋，故意把眼睛避开似的。傍晚的时候，他在镇外的野地上散步，暗深深的眼睛注视着地面。而且总是把脑袋歪着，好似把一切都横过来看的一般。

听达留西加说，他在屋子里的时候，常常捧着一本大书看，还不时自言自语。镇外那些老婆子，叫他“玩魔术的”“黑天书”，女人家说他的心里一定有什么过欠。男人家考察他到底是什么路数，向他发各式各样的问题，可是一点儿也考察不出。人家要他请半维大罗①的伏特加，他就请，可是再要他请，他就爽快拒绝，被大家打了一顿。过了几天，据接生婆说，他又出去“求学”去了。

戚芙诺夫第二次回家，已经是四十五岁的盛年，甜瓜似的尖脑

---

① 维大罗约合中国一斗奇。

袋，有了白头发，骨骼峻峋的脸上，长了花白的腮髯，好像被烟熏过了的一般。不过，从前那对忧郁的眼睛，这回是认真含愁地直望别人的脸孔了。

他仍旧住在接生婆家里，凡是有人的地方，不管哪儿都有他的影子。冬天在青蝇酒店，夏天在河滩上。他会修理锁匙，补焊茶炊，旧皮衣翻新，还会修钟表。镇外没有他的买卖，有什么事要他做，也只是揩他的油。但镇上的人给他工钱，因此他在镇外，生活过得比谁都好。

他的生活刻板而有规律，天亮的时候，女人们叫她们的丈夫：

“起来呀，懒鬼！七点多钟了，独只眼（指戚芙诺夫）已经到镇上去啦！”

大家也知道他从镇上回来就是六点钟。星期天他去做晨祷，之后在青蝇酒店喝茶，直到深夜为止，镇外的街头到处有他的影子。他扮着沉郁的脸，一条樱木手杖在沙地上敲着，慢吞吞地走，见人就殷勤招呼，别人随便问他，他都清楚回答。他的谈吐中颇有点儿书卷气，因此大家都尊重他的说话。

有一回，活泼健实的种菜的女人芬加·普西加莱华被自己的姘夫打得很凶，逃到戚芙诺夫屋子里躲避，痛哭流涕地哭诉女人所难堪的悲恸。他温和地安慰她说：

“绥拉芬，你干吗这样哭？简直哭得像一条狗子，不要忘了自己的人相。那种野兽犯不上同他轧交情，另外找一个和气伶俐的汉子大家过日子吧！你已经不是一个小娘儿，应该明白，男人家对女人总当临时太太，所以女人决不能单靠男子，决不能把自己的身体随便交给那个过路人。应该尊重同上帝一样的身子！”

镇外的娘儿们都记着他这番话。因为这番话，她们认他是一位正直的人，从此得到娘儿们不少的亲切。

但他仍旧跟从前一样，有月亮的晚上，就在镇外附近的野地上徘徊，歪着脑瓜子，喃喃地自言自语。

柴列碶的思想家们，围在白杨树下，对戚芙诺夫发出种种聪明的问题。

总是由勃鲁米斯忒洛夫发头，他觉得因为有了戚芙诺夫，镇外居民已不大尊重自己了，他毫不掩饰自己对戚芙诺夫的反感，老想把他吃瘪。

“喂，戚芙诺夫，人家说你牵涉了假造钱币的案子，吃了不少苦头，这是真的吗？”

“钱这东西，它们都是假造的。”他直望着伐维洛的脸孔，平然地回答。

勃鲁米斯忒洛夫有些忐忑不安，却更加兴奋了：

“这是什么道理，比方我用锡做了卢布，用硝石和水银镀一镀，可是政府发出来的用银子做，为什么相同呢？”

“卢布两种都可以做！”戚芙诺夫沉着嗓子说，“不管锡的、银子的，价值都是一样的。纸头也可以当钱用，可见木头、泥土都可以当钱。要是你用桦树皮做靴子，那才是真正的欺骗！靴子是货物，钱币又算什么呢？”

他爽脆地回答了，眼睛俨然地放光。围着他的人们都莫名其妙地沉思起来。

瘸腿的暖炕匠马尔克・克留乞尼可夫，用手摸着光秃的脑瓜和黄黄的脸蛋，沙着嗓子问了：

“我常常在想：俄罗斯是什么呢？俄罗斯，叫它什么好呢？”

戚芙诺夫不假思索地说明了：

“什么，俄罗斯吗？不消说，是一个国度。你算算，四十个省会，一千个县城，瞧，这就是俄罗斯。”

沉默了一下，他又补充着说：

“而且是一个好国度。不过一定要懂得它的好处在哪儿，你就得仔细地瞧瞧俄罗斯……”

“你老是仔细瞧它，所以把眼睛都瞧瞎了吗？”勃鲁米斯忒洛夫捉弄地问。

克留乞尼可夫用手拍拍自己泪汪汪的眼睛，擦擦鼻梁，在想着什么。

伐维洛侧身躺在地上，这样发问：

“喂，你嘴里老说小市民、小市民……”他俨然说，“到底咱们有多少人，你知道吗？”

“咱们同天上的星一样，再也数不清。”

“你胡说，六年以前，不是有过调查！”

“那么，调查的人大概知道吧，我可不知道。一个个都调查到，很不容易啦。”他微微吁一口气，笑着补充了。

“为什么？”

“第一，那些傻蛋都是自己生出来的。”

勃鲁米斯忒洛夫抓到了同戚芙诺夫吵嘴的好机会，受辱地嚷：

“我是傻蛋吗？”

可是克留乞尼可夫、史特莱李错夫，还有善良的佐西马·普西加莱夫，正如他的绰号叫作“和事佬”，便劝住了这位美男子。

克留乞尼可夫劝住了架，用指头扯着膝头上裤子的破洞，挂心地问：

“那么莫斯科是什么呢？”

“什么，莫斯科吗?”戚芙诺夫翻起阴沉的眼，慢吞吞地说，“这说起来，好比你的腿是一条义腿，衬衫整年没有落过水，裤子仅仅遮住屁股，肚子跟袋子一般，装的都是垃圾尘灰，可是头上却是一顶挺漂亮的帽子，比方是一顶獭皮帽，这就是莫斯科!”

克留乞尼可夫深深喘一口气，瞥一下独眼，像十二月节在占卜鸡的周围，画一圈白粉①，懒森森地说：

“也许就是这样子吧!”

他们躺在白杨的树根边，好像河水泼上来的一个垃圾堆。每个人身上是肮脏的褴褛，头发从来不梳，举动迂缓，每个脸上都表现出一种傲然的冷漠，好似那种经历过丰富的人生，对于无论何事都不会惊奇的人。他们蒙眬的倦眼，望着普泰尼察河的浊流，对着河岸红色的河滩和游散场顶上奥古洛夫的青蓝的天空。

潮湿的空气，满含泥塘中腐草的气味，人们的胸头充满了空虚的寂寞，戚芙诺夫的阴沉的眼向大伙扫望一周，好似要把人推开的样子，脖颈转来转去的，好似正在收拾被蛀虫蛀坏了的皮裘。

沉默的巴威尔·史特莱李错夫，每次总是发出一些有实际意义的问题，向戚芙诺夫发问：

“喂，约可夫·柴哈洛维支，把茶渗在伏特加里，会变马台拉酒吗?”

“不会的!”戚芙诺夫平静清晰地回答了，“马台拉酒，只消闻闻气味就知道是放了麦曲做的……”

“你又有说啦!”勃鲁米斯忒洛夫说，“你当反正没有人知道，就说谎吧!”

---

① 俄俗以鸡占运，置鸡于一白粉图中，表示关住一年的命运。

“信不信由你!”戚芙诺夫说。

“我不信，你的话都有霉蒸汽，而且一切一切，总阴阳怪气地难叫人佩服呀，对不对?”

大家吁气，向沙地吐唾，连连打着呵欠，抽起烟来。傍晚时候，白桦树柔和的影子横倒河沿上。“法里察泰乐园”里传来隐隐的歌声：

我的小冤家，

我的亲亲的郎……

尖嗓子的是绿特契加，接上来是洛治加的圆润嘹亮的声音：

郎呀，你肯不肯就应承，

到小奴奴的房里来?

“绿特加那个女子喜欢趴在屋顶上!”史特莱李错夫说，“这是为什么呀?”

“屋顶上可以望见远方呀!”戚芙诺夫说明了。

主妇法里察泰的重浊的嗓音震破了和平的黄昏的静寂。

“绿特加!”

“哎?”

“跑来喝茶呀!”

克留乞尼可夫吹着嘴唇说：“最好弄点儿茶来喝!”

“躺在这儿喝喝!”佐西马·普西加莱夫添上一句。

勃鲁米斯忒洛夫望着史特莱李错夫一边，斥责道：

“前年咱们在这里喝过茶，不是有一只茶吊子吗？那是什么的？”

巴威尔发愁地颦蹙着圆脸，眨着尖利的眼睛，含混着舌子，慌忙地说：

“不消说，我要另外做一只，可以搁在火上的，上面有一个汽罐，用不到管理，水一滚的时候，汽罐便呜呜地响，盖子里有汽罐的！”

忽然想到了一个新法子，他高兴地说明了：

“或者可以装一只铃，把铃装在把手上，吊子里边的水面上浮一块圆板，圆板上竖一支筷子，对不对？还有，茶吊子盖上挖一个窟窿，筷子上钉一枚钉子！通出窟窿外边，水滚的时候，圆板向上边跳起来，钉子就打在铃子上叮叮作响，嘿，这个法子，你看如何？”

“亏你想得出！”佐西马发愣地说，大而茫然的眼垂落黄色的长睫毛。

河对岸的游散场上出现了绅士太太们，树行中闪烁着青蓝的、淡妃的、白色的女人影子和灰色黄色的男人们的身影，听见高声的笑语和扫帚的粗大嗓音：

“莱根特吗？我叫你呀！”

柴列碶的人们远远望着，互相用大声报告这班绅士的名字。

“所长来啦！”勃鲁米斯忒洛夫拉长身体，扑哧一笑，“几天前，从警察所里放出来的时候，他同我讲了一大套，他说：‘你干吗老是偷懒，胡作胡为，不害羞吗？好好儿干活，做人和气点儿！’我就说：‘噢，谢谢你，我的祖父是柴列碶的甲长，辛苦了一辈子，我的父亲也很勤恳，到了我这一代，我得替上代休息休息了。’他就说我，你这样就会完蛋啦！”

“我想……”克留乞尼可夫欠伸着说，“像你老弟安特列那样，为了女人丧命！”

“安特列是为了打架呀？”佐西马说，“加之酒喝得凶……”

勃鲁米斯忒洛夫岸然向大伙一望，说出坚决的话：

“那家伙并不是酒喝得凶，也不喜欢打架，他是爱上法里察泰，他要是不爱她，干吗要跟大伙儿打呢？”

一个高个儿大脑瓜的年轻人，裸头赤脚地摇晃着身子，跨着长腿子沿河边走过来。肩头负着一条钓竿，手里提一只白桦皮的笼子。厚的棉大衣在他瘦削微弓的身子显得累赘，他的脖子细而长，怪样地摆动着巨大的脑瓜，好像一路向人打招呼。

巴威尔·史特莱李错夫连忙叫喊：

“西马，快来啦！”

他跪起膝头望西马两腿走来的神气，好像在计算他缓慢而跄踉的步数。

西马·戴芙西庚的脸蛋是圆的，呆板着，愣生生的眼里没有神采，像羊眼睛一般凸出。

“怎么样，你又作了新诗吗？发表发表！”史特莱李错夫要求了。

克留乞尼可夫笑了一脸说：

“唱来听听呀！”

西马脚在沙泥上踏着，眼不向众人的脸孔，用含混而快速的口调，唱了起来：

上帝，我们都是您的儿女，
可是我们的心里，
只有仇恨和恶意，
从生出到坟墓，

像野兽咬来咬去。

上帝呀！打开我们的心窍吧！

我们难道不是您的儿女吗？

我们受罪在世界，

为了信心为了您……

“够了，不好！”勃鲁米斯忒洛夫拦住了。

戚芙诺夫眼不眨地审察这位诗人，轻声而柔和地应和着说：

“你唱教堂歌唱不好，戴芙西庚，教堂歌最要紧是歌的拍子，比方：

上帝呀，为我们罪恶的儿女，

张开您慈悲的眼睛，

赏赐您的恩惠……

“教堂歌就得这么样唱！你这是三角琴里的调子啦！”

史特莱李错夫摇头反对着说：

“要不得……”

西马呆呆站着，沉重地低倒脑袋，动了动嘴唇，什么也没说，用脚指头拨掘沙泥，差不多要跌倒的样子，踉跟着向前面走去。

戚芙诺夫望着他的背影，低低地说：

“不过，音调很好，瞧不出这张脸孔，倒有点儿才气！瞧吧，一个人肚子里装着什么，是瞧不透的！”

“人家说，写诗可以卖钱啦？”史特莱李错夫问。

“不单卖钱，有的诗人还造铜像哩！莫斯科就有普式庚的铜像，不过，他是在宫里当差的，这普式庚，喀山有戴茄文的铜像，他也是宫里的诗人。”

戚芙诺夫沉思地说，渐渐兴奋起来，脖子愈摇愈快。

“诗人当中像戴茄文那样出身低微的，更加受人尊敬，亚历山大大帝的时候，有一个诗人叫司莱普式庚，是一个庄稼人，皇帝赏他金线的大衣和金表，他还对拿破仑夸耀，‘波拿巴，贵国只有内乱和流血，敝国却连庄稼汉和农奴都会作诗呢。’”

“这句话倒说得不坏！”

勃鲁米斯忒洛夫两手抱着膝头坐在地上，闭着眼听镇上的喧声。他的画中人般的脸，挺不高兴地皱着眉头，大鼻子的右鼻孔微微翕动。他的头发略带红色，发丝卷曲，眉毛晶黑，红毛密生的上须底下，露出式样端正、肥瘦合宜的红红的嘴唇。衬衫张开，袒出金毛的洁白的胸膛。他的健实丰满、端正的身子，使人联想一种动作缓慢的软体动物。

“一派胡说！”他闭着眼嘟哝道，“诗啦，铜像啦，这些东西跟咱们有什么关系？”

“只有绿特加有关系吗！”克留乞尼可夫满脸笑容地说。

佐西马·普西加莱夫活泼地嚷了：

“那是最好的一对儿！那娘儿正是一个美人儿，真正比得上这位伐维洛，真正……”

“为什么是胡说？”戚芙诺夫独眼盯视他，静静地问，“诗要是唱得好，可以把人的心灵紧紧握住，比方‘伏尔迦’，不好吗？”

一只手伸向前面，用一种怪腔的手势按着拍子，使用他的天生钝拙的嗓子低低地唱：

伏尔加，伏尔加，
春天涨大水，
像巨大的民众的悲哀，
不要泛滥在原野吧……

“明白吗?”

深深的民众的悲哀，
遍满在我们的大地!

“俄罗斯的土地！这个总是真正的诗！伟大的诗!”

“你从哪儿听来的?”暖炕匠向他追问。

“莫斯科，监牢里，大学生唱的……”

“你坐过监牢吗?”

“当然!”

“为了假币案吗?”

“不，谁说我造假币，那是造谣的。我被捕是为了流浪罪，被军队驱逐的。有一次在酒店里，认识了一位先生，留我住在他家里，我就去了。他是一个好人，那晚上就宿在他那里。第二天跑来了宪兵，把我们拉走。后来知道，这人和社会运动有关系。”

“社会运动，是怎么一回事?”史特莱李错夫吃惊地问，“以前有一个女人的儿子，在城里当兵，也为这个坐了牢。”

“那是马维希娜的儿子!”

“听女人家说，这老婆婆发了疯啦!”

“社会运动有各种意思。”戚芙诺夫沉静地说了起来，“有的说，土地应该归农民，有的说，一切工厂要归工人，另外的说，一切都交给我，让我公平分配。总而言之，有一点是相同的，要为大众谋幸福。”

“那么，咱们小市民呢?”

勃鲁米斯忒洛夫转身朝着史特莱李错夫决断地说：

“社会运动，对小市民没有关系!”

戚芙诺夫闭着嘴唇，没有作声。

河上蒸腾起潮湿的空气，腐草的气味比刚才更浓烈了。天空稍稍昏黑了一点儿，镇子的上空，黄昏星送着夕阳发出光来。铅色的瞭望台渐渐染成灰紫的颜色，绅士们在游散场喧闹起来，发出笑声，可以清楚地听到扫帚沙嗄的嗓子：

“好，大家停下来!”

突然响起合唱的歌声：

面对着众位同胞，

有时候……

“慢着!”勃鲁米斯忒洛夫抡着老拳说，“亚邱西加要来了，请你们瞧瞧同胞吧!”

于是喊道：

“亚邱西加!”

巴威尔·史特莱李错夫突然含着不满喃喃：

“比方说，白糖——干吗白桦的汁水不能制造白糖?白桦的汁水很甜，况且白桦树多的是!”

没有人回答他。

“还有麻呢？干吗光用麻？比方蒿草，还有许多别的草，难道都没有用处吗？应该都拿来试试看！”

亚邱西加·庇司忒雷特两手叠在身后面，吹着口哨子走来。他是渔夫、捉鸟人、专门取毛皮的猎人，脸骨很高，像蒙古人，小眼睛向下边斜着。左脸有一个深深的疤痕，把一边嘴角吊了起来，在他的脸上，就永远刻上嘲笑人似的歪脸。

“又在那儿吵闹了吗？”把脑袋望着河对岸说，“让我捣他们的蛋！”

勃鲁米斯忒洛夫站起身来，伸了一个懒腰，露出牙来发令：

“好吧，同胞，好好儿来一下！”

嘹亮的嗓子唱出悲哀的旋律，震动了潮湿而沉闷的黄昏的空气。

杜鹃鸟，杜鹃鸟……

他把身子靠在树干上站着，两手荡在身后面，抬起脸孔，闭住眼睛。之后，两手反抱树身，胸脯仰成弓形，喉结动起来，歪嘴微微发颤。

伐维洛背向镇子站着，脸对唱歌的人，以柔美的男中音和唱：

没有窝儿的杜鹃鸟，
夏夜是多么美丽呀，
请为我啼到天明吧！

伐维洛爽然地摇着脑袋，唱出嘹亮的饱含哀愁的旋律，两手按紧胸口，忧伤地望着天空。或是绝望地把两臂晃动，全身的动作都和歌词配合。他的表情也随之而变，有时悲哀，有时痛苦，有时严厉，有时和悦，一会儿苍白，一会儿又红晕起来。他的全身都在唱，他好像沉醉在歌声里，显得陶然的样子。

大家望住他，被歌声所陶醉了，只有戚芙诺夫不动地望着河面，但他的嘴唇在动摇，胡子在抖索。史特莱李错夫手里把沙泥逗来逗去的，小声地喃喃：

“这些沙都是一样的？什么道理，沙都是一样的？”

暮霭苍苍中现出西马弓曲的身影，肩头搁着钓竿，好像一只长触角的大昆虫。他悄然走来，弯倒膝头，略略张开大嘴，呆钝的眼不住地闪眨，直望着勃鲁米斯忒洛夫的脸。

伐维洛圆润的声音痛苦地呻吟着：

啊，我的路是多么幽暗呀……

当悲惨的俄日战争发生的时候，开始几乎没有引起奥古洛夫镇的注意，市民确信地说：

“一定可以打胜！”

波基伐可精神十足，挺胸凸肚，硬着脖子，用鼻尖应答着说：

“日本人，从聪明人的眼里看来，连这个名字也有点儿滑稽的。”

福格尔担忧地打断他的话：

“不过，不能这样说！他们到底也是……”

波基伐可发气了：

“不过，到底也是什么呢？”

于是，在他肥胖的脸上，现出难看的表情，照例用他的一套话争论起来：

“怀疑派吧？我说，一个人要是活着当怀疑派，倒不如不穿裤子活着还好些。”

这件事传到了柴列碶，也引起了冷淡的反响。

“一定可以打胜！”

在好久的期间，战事的惨状还不能动摇他们死硬的信心。

只有一个人担着心事，那是戚芙诺夫，连日常的动作也好像变得快速了。他傍晚从镇上回得比较迟了，总是挟一大叠报纸。每晚上在青蝇酒店，听见他低沉有力的声音。

“打仗的是谁？是俄国人！可是指挥的是谁？是德国人呀！”

他把阴沉的眼向听众一扫，就一一举出联队司令的名字，好像受了侮辱似的，咬紧嘴唇。

“干吗你说他们是德国人？”听众有口无心地提出反对，“他们不是已经吃了一百多年俄罗斯的面包吗？”

“萝卜可不可以喂狼？”戚芙诺夫认真地反问，“镇上网索匠科什妙根他讲过德国人的情形，我想讲给大家听听，我也知道那些情形。”

“大概你吃过德国人的亏，所以你那么恨德国人！”

战事逐渐发展，形势更加恶劣，居民们更频繁地聚集在“黎萨彭”，大家愤慨大胆地说话，恶毒地咒骂德国人。那种时候，地方官希列赫尔便青筋饱胀地发怒，甚至对镇长和科什妙根大嚷：

“我对你老实说，要是没有德国人，你们现在还得受脏鞑子的管束，所以以后你们得对我大大尊敬。”

波基伐可缩紧圆胖的两肩站起来，解劝地说：

“不，老先生，对于咱们奥古洛夫人，不管什么德国人、鞑靼人，有什么不同呢？我们还是一样没有自己的土地，好，请到这边来吧！”

接着小心地把感情盛旺的希列赫尔拉到打牌桌子的一边。

在柴列碶方面，战事的惨状逐渐引起了茫然的仇恨，和对什么事都存着漠然希望的混乱的感情。

“打下去到底会怎样呢？我们用纸牌来卜一个卦吧！”巴威尔·史特莱李错夫担忧地说了，“反正打仗是在大海上，让它打下去也好。”

“够啦！”当大家都明白这战事悲惨的结果时，戚芙诺夫深思地嘟哝道，“嘿，他们说不定会夺取西伯利亚。同时，俄罗斯——我们这边，会发生暴动的！”

他眯细着眼，手指着西边，好像正寻觅一件只有他一个人能够见到的东西。

伐维洛·勃鲁米斯忒洛夫开始沉思了。在一个很长的时期内，逐渐留心听戚芙诺夫的话。有一次，他把一只手搁在他的肩头，正对着他的眼说：

“喂，约可夫，不要老把我的心弄得这么烦躁，老实说吧，到底你在想什么？”

戚芙诺夫好像不想回答，摇摇肩胛想摇落伐维洛的手，可是那只手紧紧地按着不放开。

“放开！”终于把手推开，他平静地说。

勃鲁米斯忒洛夫从来自己所想的事没有达不到目的的，他皱皱阴郁的眉头，一声深沉的喘息从鼻孔吐出来，这声音好像把冷水泼在红炭上。接着不出声地移动手脚，把戚芙诺夫按倒在屋角的椅子上，自己也在旁边坐下，把茁壮、丰满、长金毛的胳臂放在桌上，默默地把盼待的锐利的视线对住戚芙诺夫的脸。

酒店的常客们哄哄地围住了他们，也期待着什么。

“好吧！”戚芙诺夫扫望四周，岸然清了清嗓子说，“要我说什么呢？”

“照你所知道的说吧！”勃鲁米斯忒洛夫指示了。

“关于你的一生，我是什么都知道的，不等你死，也说不尽的。”

“没有关系，反正你总比我先死吧？”伐维洛回答了，大家知道，戚芙诺夫要不服从他的命令，这美男子一定会拔出拳头来的。

戚芙诺夫也明白这个危险，就岸然地把脑袋一昂，悠悠地开口了：

“好，说说简单的思想吧，我为什么想到这种事呢，让我说一说。我在莫斯科的时候，跟那些做小生意的搅在一块儿，卖烧烧头。”

接着，他就详细地讲起一个画圣像的画工，把自己挣来的钱施给囚犯们的事。他滔滔地，但却没神没气，一点儿没有兴味地说着，但他好像恐怕听的人不明白这故事的价值，认为不值得听，于是在言语之间，特别留意着。然后无奈地望望听众的脸，慢吞吞响着他的钝拙的声音。

“你要惹我动气吗？”伐维洛咬着牙齿说，“我这人再和气没有，可是故意反对我，我要动气的！”

戚芙诺夫沉默了一下，接着不高兴地盯视着他，突然发问：

“你，什么东西？”

“我吗？”

“哎，你！”

勃鲁米斯忒洛夫被这个问题盯住，现着笑容向周围望望，强笑着。

“你不是小市民吗?”戚芙诺夫沉着地追问。

“我?当然是小市民!”伐维洛把拳向胸口一敲,“小市民怎么样?”

“你知道不知道,什么叫作适当的人?”戚芙诺夫沉着声问。

“你说什么?”

戚芙诺夫低声地,缓慢地重复说:

“适——当——的——人。”

勃鲁米斯忒洛夫愣住了,他再也忍耐不得了,突然跳起身子,双手抓住桌子,咬嚼着牙齿,抡起衣袖,两脚蹦跳,哆嗦着身子,拉住戚芙诺夫的胸襟,摇着他吼叫:

“约可夫,别再假痴假呆,抓破你的脸皮啦!”

大家看惯他这种牛性子,每次伐维洛说不上道理的时候,他就来这一手,但这引不起别人的同情。

“住手,做这怪相干吗?发疯啦?”佐西马·普西加莱夫从背后抱住他的大胳臂说。

“哎哟,简直像个大肚子女人!”庇斯忒莱特不屑地严峻地说,他的脸相显得更加歪,“你的拿手本领,就只会野兽一样乱叫,听听认真的人话吧!”

勃鲁米斯忒洛夫知道自己已告失败,就不断地摇摇脑袋,好像大为疲累了,伏在桌子上。

戚芙诺夫把半截外套拉正,叮咛地诉述了:

“咱们都是小市民,说得琐碎明白些,就是:什么事对咱们最适当?再说得明白些,在这国度里,什么行业,什么工作,对咱们最相配?问题就在这里!”

没有人回答他的询问。

“做买卖的，当贵族的，还有种庄稼的人，不管身份怎样低微，各人有各人适当的行业。那么，咱们的行业是什么呢?”

演说家吁一口气，扫望观众，得意地笑笑。

“我问过那些干社会运动的有学问的人和大学生，也问过干运动的两个神父和军官：‘俄国的小市民是怎样一种人？什么事情同他们最适当？他们适当的地位在什么地方?’可是没有一个能够说明。”

克留乞尼夫拍一下伐维洛的身子：

“听见没有?”

“让他说去!”伐维洛嘟哝了一声。

“后来……”戚芙诺夫说下去，“碰到了一个老头子，这个人替我们写过好多书，写了三十多年啦，写的稿子看上去总有半普特光景。”

“是科什妙根吗?”伐维洛阴气地问。

“据这老头子说，他为小市民鞠躬尽瘁。”他不回答，依然继续自己的话，“为小市民，他们所受的侮辱，他们受天然的虐待，简直一言难尽。现在我给你们讲吧，俄国人民，小市民阶级、奴隶阶级，共有多少种类。小市民生活的命运，是多么悲惨。”

勃鲁米斯忒洛夫又问：

“你从书上见了的吗?”

“不，不是书上。不过，我知道其中片段的意见。最明白的，只消看咱们的姓氏，咱们都是有名人物的后代，比方史特雷李茨（弓箭手）、普西加里（炮手）、戚芙恩（管理人）之类。纵使咱们自己身份低，但咱们到底承认了俄罗斯的血统!”

“这便怎样呢?”伐维洛第三次痛苦地问。

戚芙诺夫揉着手掌说：

“怎样吗？那就是，咱们要知道自己姓氏的适当的地位呀！”

他把霎光的眼向大家投去，看出大家脸上有了倦意，就大声地威势地说下去：

“古老时候生活很好的小市民阶级被人推到后边去了，在前边霸占了福格尔、希列赫尔之类的各种男爵们，这是什么原因，当然我们应该知道。”

巴威尔·史特莱李错夫吐了一口气，忽然叫喊着，接上来说：

“不错，对啦，让我自由，我要把那些鬼男爵打倒……”

他的叫喊，加重了戚芙诺夫所说的意思。于是大伙儿在吃惊的脸上，现出笑影，用多少带上了光彩的眼，互相面面对望。而且回忆到同警察、官厅的冲突，大声地、断断续续地互相谈讲着这些事，互相揶揄着，开着亲密的玩笑，打来打去的。

戚芙诺夫讲完之后，因为提供了打开大伙儿吐气扬眉的亲密谈话的好材料，大家都大大地快活。

可是伐维洛·勃鲁米斯忒洛夫并不加入大伙儿兴奋的谈话，独自走开到墙边，两手扳着颈子，低着脑瓜，抬眼望着大伙的情况。他觉得从此在这镇外地区，戚芙诺夫就成为第一位大亨了。于是想起自己同警察们闹的别扭，对警长的顶撞，同警察、消防队长相打……这一切，都是为了要牢守自己这好汉的名声，才干出来的，而且因此挨打，流血，付出过相当昂贵的代价。

但是自从来了这老奸巨猾的汉子，只会翻着舌头碰碰自己的黑牙齿，就把从来的英雄好汉推落第一把交椅，赶过一边。连自己交情顶好的亚邱西加，也独自站在墙角边，板着阴沉的脸，不走到自己身边来，却想加入谈话的大伙中去。勃鲁米斯忒洛夫一向喜欢人家谈论他，要别人对他特别注意，而且老是愤愤不平地、怪腔怪调发他独有的牛性子。撕破自己的衣服，裸赤着身体在镇外街头走，把身子在尘灰泥污中乱滚，把活的猫狗捉来丢在井里，见男子就打，见女人就侮辱，乱嚷着唱秽亵的歌，很难听地吹着呼哨，被一种肉眼瞧不见的重荷压抑着，把他那长得挺魁伟的身弯倒着。

当那种时候，他的漂亮的脸蛋变得平凡，失却了几个特点，嘴上无拘无束地挂着愚蠢的笑影，睡眠不足的充血的眼睛带上浑浊的潮润，用带有动物的忧郁的含恨的眼色，望着所有的人。但是，镇外地区的人，有谁跑到他的身边，用一句两句好听的话称赞他的英勇……那就好像路边上蒙满尘灰的白桦树，吸收了久旱之后的甘雨，马上就苏醒过来。美丽的眼发出和悦的光辉，弯曲的背脊伸直起来，结实的胳臂把熟识的朋友亲密地抱住。然后，唱几支漂亮的歌，怀定一种路见不平就会拔拳相助的气概，而且什么事情都肯帮助别人了。

可是现在，所有的伙伴都听了戚芙诺夫，听出了神，把他忘掉。他看见大伙不理睬他，没有人同他说话，他几次想提起椅子向大伙掷过去，受辱的念头越来越重地压迫了他的心头，他的手没有气力了。过了一会儿，大伙陆续走散了，勃鲁米斯忒洛夫头也不抬地、悄悄地离开酒店。

第二天早晨，他出现在警察所长的屋子里，圆圆的眼睛望住伏尔姆斯发红的难看的脸孔，拳头打着自己的胸口，心头扰乱着初次经验的感情，热衷地饶舌：

“他说，咱们是小市民，是俄罗斯人，但他们贵族是德国人，所以无论如何，要是不换一个地位……”

伏尔姆斯昂动着白色的眉毛，问道：

“怎样?”

“什么?”

“不换一个地位，以后怎样?”

“他没有说完。”

所长把食指送到鼻尖上瞧瞧，不知为什么，嗅了一嗅，不满足地皱皱额皮。

“别的家伙怎么样?”问了。

“别的家伙,”勃鲁米斯忒洛夫向周围望望,“别的家伙没有怎样，虽然有旁人，说话的可只有他一个。”

“那个暖炕匠怎样?那家伙一定也在那里，在不在内?”

“那家伙，没有怎么!”伐维洛沉着脸说。

“大家都没有怎么?”

“大家都……”

所长瘦削的身子在安乐椅背上仰向着，指头像打拍子似的在桌上敲着，说道:

“你们那个鬼地方，所有的家伙，个个都是酒鬼、强盗。你们这些癞疥疮，必须一股儿送上西伯利亚去!就是你这个家伙，也不是好东西，畜生!”

所长挺没味地，好像用舌头敲敲似的讲了好多时候。勃鲁米斯忒洛夫两手叠在身后，眼睛一瞬不瞬地注视着桌面。桌子上横的、竖的，很刻板地放着些怪形的东西:黄铜的狗，一块四方的铁，短的黑色手枪，瓷的裸体美人，牛骨做的骷髅形的碗，中间放着香烟，一大叠文件夹，中间高高地屹立着一只大理石底盘的有四方罩子的洋灯。

所长伸着指头唬吓着说:

“你到这儿来，要小心点儿!”

接着，把手放进衣袋里，事务式地说下去：

“此后，你得留心大家的谈论，全部向我告密，好，给你一个卢布，以后再给，拿去!”

所长摊着手掌伸出来。伐维洛阴沉地说：

“我来不是要钱……”

“那我不管你!”

所长把两手托在椅臂上，上半身向前仆倒，提出身子，做出好像要跳过写字台的姿势。

勃鲁米斯忒洛夫阴气地低着脖子问：

“我可以走吗?”

“好吧!”

八月将尽的时候，天落着细雨，街道上流着水，潺潺作响，清凉的风时时吹拂。树木轻轻摇晃，黄叶飘落地上。远远的乌鸦湿淋淋地鸣叫，铃声叮叮，箍桶匠敲着木桶的声音。勃鲁米斯忒洛夫怪相地噘起了嘴唇，在泥泞的路上走着，好像故意挑选着泥潭的地方。右手中紧紧握着一块银圆。他好像拿了一件笨重的东西，犹如女人提着水桶一般，胳臂离开身体，上身略微歪斜一点儿。

昨天他恨戚芙诺夫，现在他的胸口泛腾一种冰冷的空虚的欢喜，一种讨厌的记忆，固执地缠扰着他的脑筋。

镇上是彼得和巴威尔的大节日，游散场上华贵的市民们装着高尚的神气走来走去。其中那些在镇上有声势的人物，显得高人一等。消防队和业余音乐家的演奏队正在热闹地奏乐。

伐维洛·勃鲁米斯忒洛夫在靠近游散场的街中心走。他的两手被细条皮带反缚身后，痛得厉害，嘴里尝着血的咸味，一只眼睛肿得望不见东西，一只受伤的腿，在石子上跌碰着，身子跄跄踉踉的。

警长卡班杜亨把皮带用力一拉，手颈就痛得更凶。所长从后边问道：

“是谁?”

“柴列碶的家伙，叫勃鲁米斯忒洛夫的。”

“为什么?”

“在市场上胡闹。”

所长低声严厉地说：

“打这条狗子!”

“是，所长。”

他就受刑，一个警察坐在他脑袋上，一个坐在他腿上，另一个警察用鞭子抽他。

“混账，你给了卢布为的要打我吗?”伐维洛站在雨中诅咒。

当他走过酒店门口的时候，他想到了自己的耻辱，这耻辱像一点黑暗的斑点遮住了他的一生，引起压迫般的肉体的恶心，简直想也不会想了。不知不觉地他走到了伐连加的家里，愕然惊醒的时候，他已经在戚芙诺夫屋子的窗下，他张开口，正要叫骂，忽然转过念头，推开小门，走进去，看见站在院子里的巫婆，就把一卢布银圆塞进她的手里，吩咐着说：

“快点儿，两条! 面包，烧黄瓜，明白没有?”

接着，走进戚芙诺夫的屋子，把湿透的上衣丢在地板上，挥着胳臂，捏紧拳头敲自己的胸口，又敲敲脑袋，呻吟地说：

“约可夫，好吧，随你处置! 实在——真的，唉——人! 我是什么东西? 垃圾? 落叶? 我有什么价值? 有什么生活?”

他好像在做戏，却是一种认真的，抽搐着全部灵魂的戏。苍白着脸，涕泪横流，锐利的悲哀燃烧在心头。

他说了一顿自己的忏悔和悲哀，听不见戚芙诺夫的话——也不想听。他对自己的做戏发生了兴味，从心头的某一角落，鉴赏着自己的技巧。

一会儿，他累了，于是眼睛立刻看见戚芙诺夫的脸。约可夫·戚芙诺夫正对着桌子，照例在瘦小的掌上，托着颧骨高突的脸，露出黑色的上齿，眼里含笑地注视着，这笑眼冷却了伐维洛的狂热。

“你——怎么啦?”他避开戚芙诺夫的注目，问道，“生了气吗?”

戚芙诺夫吁一口气。

“喂，伐维洛，你的灵魂到底还是干净的!”

“我的灵魂，要为镇外全体人民生存!”勃鲁米斯忒洛夫高兴地叫。

“这么糊里糊涂活下去，你会完蛋的。到哪儿去碰碰运气吧！莫斯科，或是别的省会!”

“离开家乡吗?”瞧着戚芙诺夫阴沉沉的脸，怀疑地叫，“你倒说得便当!”想了一想，又兴奋起来，“走不了的，不行啦！你也知道，爱情是铁链！我走掉了，绿特加怎么办呢？这样的女人另外再也找不到啦!”

“带了一起走好啦。”

“带不走的吧。”

勃鲁米斯忒洛夫捏紧了拳头不断地敲着桌子，弄得酒瓶都摇摆起来。

“我对她这样说过：上都市去吧，进一家漂亮的窑子，那我就做你的姘夫。不料她说：到了都市，我就只好算第十名，在这儿，我是第一名漂亮的。不错，第一名美人儿!”

“有什么意思?”戚芙诺夫肃静地说。

伐维洛望着他，没奈何摇摇头。

“你把我的心弄平静些！”他又说，“你猜我干了什么？”

“你告密吗？”戚芙诺夫问，“没有关系，他们要找着我，也找不进的。我从来嘴里不谈皇帝的事，他们不会注意！”

“这个，是真正的灵魂！”勃鲁米斯忒洛夫倒着伏特加叫，“大家喝一杯酒讲和吧！要不然我心里难过！”

他们干了杯，互相亲嘴，戚芙诺夫后来使劲地抹过嘴唇。以后谈得平静起来，非常的投合。

“好，你想想吧！”戚芙诺夫慢慢地规劝着说，“干吗你要跟钟摆一样，摇摇不定？欺骗别人，又欺骗自己，你脚下的地盘在动摇呀。老弟，你是一个到处都不合适的人，因为你是一个小市民！小市民——真正的小市民，因为心里是什么都有，但都是混乱的，动摇的。”

“对啦！”伐维洛摇着头叫，“嘿，实在不错，我的胸怀里什么东西都有！”

“可是缺乏一个轴心，一切东西，都在咱们的心里乱纷纷的。有谁追逐着咱们，咱们一低头，那就完结了。咱们本身没有一点儿权利，所以，有人就出卖基督，除了把灵魂出卖，别的什么也没有。只好过不干不净的生活。年轻时候，把大地弄脏，有了年纪，就向虚空中爬，做挂单的，出去游方巡礼。”

“不错，没有规律的生活！”

“规律好比是一匹马，要到哪儿就能去哪儿。可是一定要伸出手去，这规律不须我们伸开手，实在的，老弟！”

戚芙诺夫滔滔不尽地说，像一条带子，把这位镇外地区流氓的头儿紧紧绕住，而且很引起他的注意，使他心地平和下去。但他不想同戚芙诺夫争吵，因为这个歪头黑齿的汉子绝不会妨碍他的声名。勃鲁米斯忒洛夫望着戚芙诺夫的两绺胡子索索抖动，在头沿上，在眼角到太阳穴上，梗起小蛇一样的皱纹，不禁对他发生了兴趣，感到非常受用。

“喂!”戚芙诺夫把视线对着伐维洛的脸说，“你告了我的密……”

伐维洛觉得一阵寒噤，缩了缩身子。

“总之一句话，俄罗斯要站起来的！一切的阶级都要抬起头来，大家这样地想：外国人干吗对我们发挥强权。这就得唤起民众爱自己的国家，这片宝贵的俄罗斯的土地!”

戚芙诺夫眯细着眼倒了伏特加酒，喝干，又倒。

“你会喝吗?”勃鲁米斯忒洛夫引起很大的兴味，问了。

这位劳苦者回答道：

“把这点儿伏特加喝完就不喝……”

听了这回答，伐维洛很为高兴，他哈哈笑着，蹦跳着两脚大叫：

“这想法很妙!”

这晚上，勃鲁米斯忒夫就一直留到深夜，从此碰到人，他总是说，戚芙诺夫是世界上最聪明的一个。但他对付戚芙诺夫虽分外的尊敬，见了他心里总是觉得不安，记起告密的一回事，他心里想：

“那个恶鬼，纵使嘴里没说出来，却总是找着机会狠狠地收拾我。”

这么一想，胸头的热血便沸滚起来，像良种的马一般，放开鼻子孔呼呼地喘气，被一种肉眼瞧不见的不幸的预感围住心头，心就阴暗地沉下去，觉得忐忑不安了。于是，他便到“乐园”去找自己的姘妇绿特加，驱除胸头的烦闷。

绿特加是二十三岁的高个子的肥胖的女子，胸脯丰满，圆脸孔，大而青灰色的眼睛，带有一种天真的泼辣。栗黄的头发梳得很光洁，对中分开编两条辫子，垂在胖胖的背上。头发的重量，使脑袋不得不略略昂直。这给她几分傲岸的神情。鼻子配上她的脸，显得小些，尖尖的，软骨性的。嘴也小，红得发紫的嘴唇特别鲜明，她常常用舌子尖在那里舔着，因此嘴唇好像抹了滑膏，总是亮晶晶的。她的眼睛含着一种满足自己的生活，明白自己的价值的人的明朗的微笑，放射着光辉。

她走路像打滚一样，坐着的时候，也摇摆着打扮艳丽的上身。在这动作之中，有一种使那个性情乖戾的酒鬼裘可夫焦灼不安的力量，他常常瞪着血性的眼望住摇摆不定的绿特加的身体，恶狠狠地呵斥：

“不许动，像鬼头！好好儿坐着！”

他的圆脑瓜和紫棠脸长着红沉沉的硬毛，眼睛吃惊地眨着。

“杨梅汁！”快活的医生略亨用这样的称呼赞赏绿特加，露骨的脸蛋现出没奈何的笑影，小心翼翼地离开她的身边。这汉子爱上苗条纤秀的洛治加。洛治加是常常唱歌的女子，像一只精神饱满的黑狗。她的头发是卷曲的，性情固执，翘起的嘴唇长着柔毫，牙齿细密。她对略亨很不客气，当面叫他“绿毛骷髅”，这女子总喜欢替别人题绰号，她叫裘可夫作“脏水桶”，阴险的司法处主任宁错夫是“酸死人”。

第三个女子是矮个儿、红头毛、无言而贪睡的派霞，常在打哈欠，说话慢吞吞的。她的嘴很大，一口参差不齐的大牙，斜视眼，浑浊而碧色，很难看地瞧不起别人的样子，走到乞堆海尔面前，就怀着害怕和好奇的心理。

主妇法里察泰·纳柴洛夫娜·伏艾伏齐娜是四十岁的半老徐娘。对那些女的很和善，衷心卫顾她们，当她们吵嘴的时候她劝架，能够使她们心平气和。清秀善良的脸色，眼睛永远带着微醉的、奇妙而明朗的微笑。有时亲自博取客人们的欢心。俄罗斯舞跳得很好，会弹奏竖琴，唱爱情小曲。她的嗓子声量不大，却柔软甜蜜，能够散布种种的情感，跟水一般灌进听众的头脑。头发梳成垂鬓压耳的型式，服装特别讲究，特地定着时装杂志阅读。当她喝醉了的时候，她一定朗诵一首“天使飞行深夜的天空”的诗给女子和客人们听，她现在的营生颇为顺手，大家知道她在银行里有一千七百卢布的存款。

勃鲁米斯忒洛夫走到“法里察泰乐园”门口，乞堆海尔替他一脚把门踢开。

“你好!”伐维洛手藏在半截外套衣袋里，碰一碰管门人的长胳臂，说道。

“你好!”乞堆海尔随便粗声回答了。

勃鲁米斯忒洛夫同他打过两次架，两次都遭到惨败，从此对自己的优胜者怀了忧郁的憎恨。

他走到绿特加那里，她摇摆着身子舔着舌头迎接他，青灰的眼显得阴暗了，现出醉人又自醉的笑脸，傲然地发出焦恼的声音，说道：

“啊哟，等死人啦!”

“等我?”勃鲁米斯忒洛夫瞥了一眼说，“不是前天刚来过?”

她不说话，走近他身边，断续着热乎乎的喘息。

“你弄错人了吧?”

“跟你?”她小声问。

互相打情骂俏了好一会儿，她请他喝啤酒。他躺倒床上，诉起苦来：

“你看，我也三十岁了，有的是本领，却找不到灵魂的归宿。”

“那么我这儿多来来好啦!”绿特加坐在床上，一眨不眨地望着他的眼睛。

他皱着眉头摇摇头，凄然地说：

“你是我最大的欢乐！在我的眼里，别的女人都三个钱一大堆，对你却总是不会厌倦!”

“我难道不养你吗？难道不尽量给你钱花吗?”

“我不是说这话呀！傻子，我说的是灵魂，你那些银角子算得什么呢?”

他俩倦怠地谈着。他俩习惯互相不了解各人的心事，也从不明说各人的希望和想念。

“那么你要怎么呢?”绿特加毫不关心地摇摆着身子问。

勃鲁米斯忒洛夫闭了眼睛，他不愿意看见那女性肉体所显出的挑拨的媚态，和女子荡在床沿上的糙米色的、结实的萝卜似的两条腿子摇晃的样子。

“要怎么?”他喃喃着说，“想到哪儿去跑跑呀!”

“那你就去好啦!”她故意地笑着回答，“谁拉住你吗?”

“大伙儿呀！还有你!”

床上鸭绒的腐气、香油、啤酒和女人的体臭，飘散在屋子里。窗子关闭着，蒸热和阴暗之中，大的黑蝇嗡嗡地来回飞鸣。屋角圣母像前，点着青玻璃的神灯，好像受着一种静寂恐怖的打击，而难看的闪眨着的眼睛，一抖一抖地闪着光焰。两个汗涔涔的肉体，在闷窒的空气中疲累了。毫无意义的话，像快要烧完的木柴的残烬，缓缓地、低低地响着。

勃鲁米斯忒洛夫披着好看的乱发，穿着破衫子，张着热情、大胆、忧郁的眼睛，常常地跑来。

“格拉斐拉！”他敲着自己的胸膛嚷道，“你的好宝贝来啦，你的破家伙！贪心的野兽，快呀，到我身边来！”

绿特加眼中燃着绿火，摇摆着身体，弓一样屈着，好像知道一定会得到舍施的乞丐，亲切、欢喜地说：

“啊哟，正在想念你啦！可怜，别人都欺你，你到我这儿来吧，我要好好儿安慰你，爱你这个孤零的单身汉。”

“格拉斐拉！”伐维洛热狂地叫，“把我这颗心拿去，我给你，我闷得透不过气了！”

在这样的时候，他显得分外美好，自己也意识到自己的美。他的强壮的身体在女性弹性的胳臂中显得异常温柔。他的眼睛在女子心头燃起忧郁的火焰，引起热情和女性的哀怜。

“我没有意志，没有自由！”伐维洛像念书一般说，连自己也相信了这话。她的睫毛上凝着泪珠，用刺人的眼凝视着他的眼睛。喷出一口口的热息吹拂他的脸孔，像油然的雨云，覆盖被太阳晒焦的土田似的，拥抱了他。

在这样的场面之后，勃鲁米斯忒洛夫常常从枕上轻轻昂起头颅，好久好久地，战战兢兢地望着累乏了的女子的苍白的脸。她的眼微微闭住，嘴唇甜蜜地抖索，听得出心脏很快地鼓动。耳边白白的脖项，像一只小的动物轻轻跳动。他小心地把腿子溜下地板，突然，想立刻回去了，留心着不使女的醒来。

这常常如愿以偿，但大半总是女的忽然起身，吃惊地问：

“干吗?”

“回去。”他头也不回地简单地说。

她的脸色变了，灰色的眼睛望着他穿上衣服：

“几时再来?”

“来的时候来吧!”

“好，再见!”

“再见!”

有时他忽然对这女子感到疯狂的憎恨，抓着她的身体狠狠地说：

“魔鬼，没有你，我就自由……”

开头她咯咯地笑着说：

“痒呀！不许抓，呃!”

受了她的叫声笑声与挣扎的刺激，他开始打她。绿特加避开他的手掌逃到窗边，大声叫喊：

“库治马·彼得洛维支!”

乞堆海尔就跑来，但他到来的时候，他们已经和好了。勃鲁米斯忒洛夫不是跟绿特加并肩立着，便是拥抱着坐在一起。女的便现着天真无知的笑脸说道：

“啊，对不起，库治马·彼得洛维支，我们只是闹着玩！喝点儿酒吗？好吧，还有下酒的!”

乞堆海尔沉默地喝了伏特加或啤酒，望着勃鲁米斯忒洛夫，故意咳嗽一下，走出屋子去。伐维洛吓得汗流浃背：

“傻子，同你玩玩你也不知道!”

她舔着嘴唇笑笑，吐一口气，又抱住了他，诱人的视线注视着他的眼睛。

伐维洛谈起戚芙诺夫和他的话，她欠伸着说：

“那个电报员科略也这么说，不久会发生暴动！宁错夫正为此担心，至于那个医生，是什么都不管的！”

“暴动的人，”伐维洛喃喃着说，“因为脂肪太多了，无聊得很，所以干暴动！”

绿特加不关心地说下去：

“那人的话，可以告诉宁错夫吗？”

“什么话？”

她编着发辫，诱惑地摇动身子回答：

“我不知道，你告诉我呀。”

“不，不必说。这种事还是不管的好，同你没有关系的。我也不过同你一个人说说，大家都不要听的！”

约莫过了一分钟，他叹着气添上了说：

“他讲小市民的话，也许倒是真的，暴动或者也说不定。当然暴动这类的事，是毫无意思的。不过，我或许也会参加的，呸！”

“那你留在我这里就安全啦！”绿特加抱着他甜蜜地说。

“好，我到你这儿来吧！”勃鲁米斯忒洛夫热情地叫。

一天傍晚，三个女子在外面散步，绿特加和洛治加在长野莓子的树林里乱跑，派霞独个儿在林中走着，嘴里咬着黄瓜，采一些别人采剩下来的莓子。

洛治加背诵一些念熟的歪诗，绿特加摇摆身体，挺开心地舔着嘴唇，时不时急急慌慌地发问：

“什么？你说什么？”

然后惊讶地说：

“你的念性真强啦！”

“他教我好像教八哥一样！”洛治加说明道，“叫我坐在他膝头上，拉着我的耳朵，嘴凑在耳边教，教了一遍又一遍！”

绿特加叹息着沉思地说：

“做医生的人知道一切秘密，他的胆很大，什么人都不怕！”

“什么也不怕！不过，另外还有好的歌……”

她又快口快舌地说下去。当她们走过红发派霞的身边，派霞两眼惺忪地望了她一下，喃喃着说：

“她们真无聊！”

“你说什么？小尼姑，记着吧！”洛治加像投一弹石子似的一边走一边说。

“嘿嘿！”绿特加怔了一怔，沉吟地拖长了语尾，“他真大胆——”

长野莓的灌木上，黄蜂、蜜蜂嗡嗡飞绕。小鸦儿在白桦的绿荫中吵闹地飞跃。树枝上一只老鸦岸然地站着，凶凶地啼叫，守护小鸦儿的动静。报告晚祷的钟声，懒洋洋从镇上响过来。远远地有蒸汽管放气的焦灼的声响。河中橹声欸乃，孩子在那儿啼哭。

“你喜欢香蕈的气味吗？”绿特加小声问自己的朋友。朋友没回答她，只是管自得意地讲：

“他把一切东西看成一样，没有害怕的事情！嘿，你听……”

扫望一下，小声地说：

“有一次，上帝……啊，你看，西马望着我们呢！”

绿特加眯着眼望过去：

“真的！他又在那儿作诗呀！”

“啊，对啦！”洛治加胡乱摇着头，“疯子嘛！”

“过去瞧瞧？”

“好，去玩他一下子！”洛治加同意了。

长个儿的西马，手里拿着钓竿，站在石垣倾塌的缺口上。空洞的眼昏眩地一眨不眨，一直望着她们的脸。两个女子笑嘻嘻走到他面前去，分花拂柳地款摆着身体，左右曲折着使衣服不绊在草莓和薮丛之上，然后发出低低的唤声。

“钓鱼吗?”绿特加亲切地问。

西马立刻回答：

“嘿!”

“今天好早啦!”

“今天鱼儿早上钩!”小伙子依然盯视着她们说。

洛治加轻轻拉了一下绿特加，问道：

“念一点儿诗给我们听吧?”

西马点点头。

“你的诗还不错呀!”黑发女子望着水说。

“不行!”戴芙西庚轻轻回答。

这使洛治加生气了。

“唱啦!”她气鼓鼓说，“怎么神气呀！你也不会作出什么好诗来！只不过咿呜、咿呜罢了!”

“我正在想，祷告歌应该怎样作。”西马对绿特加轻轻地说。

她每次见到这个青年，骄傲的眼光立刻消失，眼睛变得更大更暗，更加青灰色，凝然不动。胸头骚动，身中不安地感到焦躁，恋恋地舔着嘴唇，而今天尤其厉害。

“多么丑的男子!”看着他焦枯贪欲的脸，驼背，鞭子一般细长的胳臂，和木头似的手指，她心里想。但她的视线淹进西马的眼中，好像被吸到这亮闪闪的深底里去。受到不安的压迫，她不知不觉地想碰一碰他，走得更近了一点儿。

他一再地把自己的诗念给她听，她倾听着他的平静而快速的声调，她常常感到一种不快的窘苦，不知要对他说什么才好，就吁着气没有作声。但她不想再沉默，她问：

“又作了诗吗？”

“作了。”他点一点头回答。

“我回去啦，你随便吧！”洛治加向他们讥刺地瞥了一眼叫道，“格拉斐拉，你同他接一个吻，放他走吧……”

说着，嫣地一笑，向树林子走去，大声地唱：

小奴奴心酸苦，
从桥头跳落河……

“啊，干吗，听着呀！”她吐着气继续说。

他抬起头来，脸上露出感激的微笑，他的脸孔抹上红晕，空洞的眼也带上了润湿，绿特加离开他身边。

神圣的马利亚，
崇高无上的圣母呀！
请你把慈悲的眼睛
对着可怜的儿子的运命！

他的两腮哆嗦着含混地唱，身子不动地站着，抬起乞怜的眼，凝望她的脸孔。她扭着肩，按拍子轻轻地点头，右手放在石垣上，左手捻弄衫子上的纽扣。

婴儿在窄小的暗室

快将为饥寒而死，
恶毒的病魔咬着孩子，
残酷的死神掩住他的眼！
父母的爱抚，只些少地
使幼儿们欢喜
但他们的爱，到死时候，
只有在去墓地的途中。

“得啦！”她离开他说。

西马望着她，悄然地沉默着，觉得她生气了。她的脸色变成苍白，眼光黯淡，嘴唇紧紧闭住。西马抱歉地解释起来：

“这是黎莎·史特莱李错华死时候作的，这女孩子病了好久，她妈妈每天出去做工，常常骂她讨厌的小鬼。可是她死了，她妈妈马里亚·纳柴洛夫娜却整整哭了三天三夜。”

“我知道！”她很不快地低声地说，“我的孩子也死了，我有过两个……”

她向身边望了一望，园子和秋叶凋零的树林中，弥漫了红色的暮霭，紫红的太阳发着光辉。

“跟我一起来吧！”她忽然嘱咐西马。青年把钓具放下，怯生生地提起脚来跟她走去。她跑得很快，像逃跑一样，又像钻进地底去似的，把他带到园子的暗角落里，指着一堆干草堆，嗫嚅地说：

“坐下来！”

他坐下，她抱住他的颈项，很快地偷偷儿问：

“你爱我，爱我吗？”

“爱的。”西马愣生生地回答。

“嗯，我也爱你!”她很快地说。

他吃惊地望望她的脸，身子向后一退：

“你，你说谎，跟我开玩笑吧!”

“啊，老天爷!”她小声地叫，“真的，你瞧，我画十字啦!”

于是他扑到她身上，把脑袋投进她两膝中，高兴地流着泪喃喃地说：

“我的心肝，我老早就爱你啦!”

她推开他，低低地说：

“好，快些，快些呀!”

西马不明白她的意思。她一把抓住他，又慌张地离开，立刻吁一口气，用力地、沉着地说：

“哎，你到我那儿去吧，你来，我叫管门的放你进来!”

她把臂膀一动，离开他，站起身来，显得英挺而美丽。

“我有男人，你知道吗?”她望着他的昏迷的、醉酒一般的脸，探试地说。

“知道!”他喃喃说。

“还有情人……”

他蠢笑着凝望她的脸，恍惚地没有作声。

“嗯?你觉得好不好?”她好奇地问。

“我对他去说……”

绿特加一惊，伸了一个腰：

“说什么?对谁去说?”

“对伐维洛，没有关系的!”青年安慰似的兴冲冲地说，“我去说，你不用担心。”

绿特加的眼里闪烁一下柔和的母性的光。

“不行！”她严肃地说，“小傻子，还不可以呀！”

她把胖胖的手放在青年的肩头，柔和地又说：“他会打你的，你这小傻瓜，不许作声啦！”

她扳过他的身子，轻轻敲了一下，低声说：

“好，现在回去吧！去吧，再见，好，不许作声！你要不留神，会挨打的！”

他想回过身来，拥抱她。当他回身时她已向相反的方向走去。青年在一堆腐化的垃圾边不动地站着，梦似的笑着，润湿的眼凝注着树林。白而飘飘的裙子，像一朵云似的隐去。

绿特加急急地归去，好像被一种不快的东西追逐着自己，飞似的走上楼梯，跑进自己的屋子，把门关上，下了锁，扳着床栏，深深吐了一口气。

神灯在阴暗中瞬眨着悲哀的绿眼，影子在圣母像前祈祷似的摇晃。

女子好久好久望着屋子的角落，接着，悄悄地跪倒，好似躲进床后边一般，两手按着胸口，大声地、阿谀地诉述：

“圣母马利亚，可怜你的仆人，罪恶的女儿格拉斐拉！”

西马·戴芙西庚的名声传扬到河对岸，地方官把这位诗人叫到自己那儿，好久地闭着眼，晃着脑听他的朗诵，之后，他说：

“好好儿用功吧，你还缺乏学问！你爱看书吗？”

西马念累了，害怕长官岸然的风貌，沉默着不响。

希列赫尔摸摸剃过的脸，仔细打量这站在门口的怪形的身体，又说了起来：

“好好念些书吧，你喜欢普式庚吗？你读过他没有？”

“没有。”

“什么?”官长吃惊地说,“你可记得小学教科书里的诗句?”

朝霞红红,小贩们走过
马车隆隆,到车场——

“这就是普式庚的诗呀,你的诗从哪儿学的?”

“教堂里。”

“啊,对啰!不过,你应该知道普式庚。我送你一本,这回我手还没有,我到城里去买一本来。怎么样,你身体很坏吗?”

“很坏!”诗人学语地回答。

“身体应该养好!星期天到乞林亭松林散散步,那儿都是白沙青松,对你的身体很有益。”

之后,给了他五十哥贝,很亲热地把他送出大门。

神父伊萨·克特略夫斯基也赏识西马的诗。

“很不错,西马,很不错!”他扬一扬高贵的脑袋,“我真佩服。纯正的思想,朴素的风格,很打动人的心魄!好好儿努力吧,小伙子。上帝赐给你的才能,不要把它埋到地下去。你得借你的祷告书——圣西门的力,从黑暗走上高处。你喝酒吗?”

“不!”西马叹息地说,“我不大会!”

“啊,那很好!”神父伊萨说了。当诗人走到他的身边,接受祝福的时候,他在他的手里,放进三个五哥贝的铜币:“给你买点儿东西吧,谢谢你念了使人人赞赏的好诗!”

此外,镇上的上流人物也招待了西马。他急急忙忙战战兢兢地朗诵了诗,混吞了一些缀句和文字,接了二十哥贝十哥贝的银角,回去了。

还有街坊上的小商人也常常招他，热心地听他的诗，给他三个五个的哥贝。几个比较年轻的对他劝告：

“喂，小伙子，你作些快活点儿的诗吧，这些太阴沉，你会作快活的诗吗？”

“不会！”西马悲哀而抱歉地回答。

“这真可惜！”

略亨医生听了诗人的朗诵，笑着嚷道：

“这儿又是一个当牺牲的家伙！”

之后，他抄下了几首，答应他送到什么地方去发表，擦着自己的瘦嶙嶙的手说道：

“长条儿的小伙子！这个倒很不坏，不过，时机不凑巧，真是！让我到各处投投看，不一定会登出来。”

他没有给西马钱。

戴芙西庚开始躲避别人，不常常到镇上去了，只有万不得已才去。他明白别人并不真心爱他，只是把他当奇物，没有一个人真正了解他的心境。他的长身干，粗笨的脑袋，支持这脑袋的畸形的细颈子，黄沉沉的高颧骨的脸，空洞洞的双眼，战战兢兢的态度，不动的无用的手，这一切，都引不起他人的好感。

终于发生了使他离开那些绅士的事情。有一次，税务局长裘可夫坐在西马身边钓鱼，突然对他吩咐：

“喂，丑小鬼！替我作一首诗，给你三十哥贝，懂不懂？你认识洛治加吧？作一首诗说她，让她生气！明白吗？明天傍晚，你到法里察泰那儿去念，我叫他们放你进去！”

西马不回答，蹲了约莫二分钟，乘裘可夫没有留神，跑掉了。他不喜欢这个小眼睛大耳朵的红胖汉子。他知道裘可夫是很下流的人，喝醉了酒，便喜欢虐待人和动物，镇外的农人，见他比毛虫还讨厌。自从他接近了绿特加，对这个人更加厌恶了。每次想象这家伙红胖的大手，摸上自己女友的身体，青年的胸头便好似注进一股冷气，双脚乱抖，睁大眼睛，感到莫名的烦闷。

他作了一首骂裘可夫的长诗，常常独自儿念着，有一次念给绿特加听了，她恶意地笑了一笑，捧着西马亲了无数的吻，说道：

“真好，他真是一只猪猡呢！”

自从这次以后，约莫过了四五天，西马遇见了税务局长的秘书，爱赌的伊凡牛可夫。伊凡牛可夫望住他的脸一声呵斥：

“嚯，碰到你了，找了你好久啦！快来，咱们局长找你。”

“我不去！”西马说着，拒绝了。

伊凡牛可夫拉住他的外大衣，大声地问：

“啊，你要吃耳光吗？”

于是，西马出现在裘可夫的面前。税务局长躺在长椅子上，脸上露着笑影，沙着嗓子说：

“什么？你作了诗到处乱念，我倒一点儿不知道，谁叫你念的？”

西马全身受着恐怖、厌恶和忧苦的打击，忽然不自觉地，像别人的声音似的，大声叫嚷着说了。

“欧绥·裘可夫老爷！”他喘息着，好似飘飘云中一般地说，“诗句中没有用父称的，没有人叫过陀洛维支的呀！”

“什么？”裘可夫哑然问道，“你念念看，呆木头！”

西马念了：

关于您的真情
我不愿乱说一阵，

可是说到伊人
打断我的头颈……

“哼，还有呢！”裘可夫催促了。

我要是跟您平等，
我还担什么心，
一点儿也没有困难
大大地笑您一阵。

裘可夫从长椅上伸落累赘的腿子，抬起脑袋，咳嗽起来。这动作使西马更加害怕，他也闭着嘴咳了一下。

“哼，还有什么？”裘可夫痰声地说，吐掉了痰。

西马慢吞吞地接续下去：

我见了您也害羞，
害羞又惹气……

税务局长睁大眼睛，点着指头低声地说：

“什么？”

诗人打了个寒战，弯倒身子，一溜烟逃出屋子，从此有三个星期找不到他的影踪。后来，他自己对镇外地区的人说，裘可夫骂了一声：“揍死你！”把靴子扔他。

这件事马上传遍全镇。

“看中了小伙子，反而被他欺了。”西杭的人们说，“河对岸的家伙，都是坏蛋，同他们亲近是危险的。”

但是在奥古洛夫镇和柴列碶七千人口中，有一个人是诗人真正的朋友。当西马享受了绿特加的事务式的温柔走出“乐园”的时候，四方脸的乞堆海尔就在门边叫住了他。

“是你吗?”明明知道是他，看见这个长长的身子从小门口怯生生地走出来，他还是这么问一声。

“嗯，抽一支烟吧!”他说。

西马在椅上跟他一排坐下，老头儿的大手放在他的肩胛或膝头，低声要求：

“嗯，念首诗吧!”

西马便念了一首。乞堆海尔叹一口气，悄悄画一个十字，又要求：

“再来一首!”

这小伙子喜欢把自己的诗念给他听。他特别用心地念着，以缓慢柔和的低语，使用喜欢的句子，加深了意义，一遇到认为深意的句子，就特别使劲地送进听者的耳朵。

在这历尽沧桑的老屋的门边，西马觉得毫不辱灭地可以凭着名誉葬下自己的思想，他好像觉得在这里遇见了温和的好奇心，不拒绝他的灵魂的，在他心头引起愉快的骄傲的东西了。

从这日渐倾颓的古贵族的屋院深处，时时听到女子们的叫唤，电报员科略的次中音，放高利贷者的儿子华尼加·希略波夫的钟一般的声音，和芬加·普西加雷夫的粗暴的歌，竖琴的声音。这些忧郁沉醉的生活的音响，并不打扰西马和他的听客。

“嗯，再来一首!”乞堆海尔要求了。天河的银光，群星的欢乐的闪烁，红铜色的月儿徐徐移动，云阵静静运行，老头儿从火红的长眉底下仰望着这一切，望着，静静地听着，耸动着肩，悄悄在胸口画着十字。

被贫穷嚼烂着，咬碎着，被大自然的威暴毁灭着的郊外地的黑幢幢的小屋舍，密密地包围着伏艾伏金的屋院，好像一件破烂的大玩具，四周堆积着一堆堆的垃圾。西马紧靠在门框上，不知疲倦地念着诗。

但他不时地记起自己女友的神秘温柔的亲热，胸头便觉得骚动，想着她的快口的话语，事务式的身体的摆动，便尝受一种打击的悲哀，心里想道：

“几时让我自己痛快欢乐一次！那些别的人……”

他不想念了，声音渐渐没劲，词句中失掉了精神。

“嗯，好啦，谢谢你！”乞堆海尔说着，塞三五个哥贝在他手里。

“我不要！”西马说着，缩进了手。

“嗯，拿着，我是单身汉子，不需要钱！”

恐怕使乞堆海尔不好意思，西马拿了钱向野外走去。

每当晌晚日落和夜深的时分，他爱坐在大道边的小丘上。长胳臂抱住膝头，身子纹风不动地倾听着什么。在他的四周，一种辽广的歌一般的生活之波静静地不断地流荡：蝼蛄虫嚁嚁地叫，野鼠慌慌张张地窜过，鸟儿飞回窝巢，影子映在丘陵之中，茅草窸窣地响，逐渐浓郁的青空闪烁着星光。

在这样的月夜，戚芙诺夫时常忽然出现在他的面前，把手杖敲着靴子问道：

“怎么？在推敲诗句吗？”

“嗯。”西马说着，显得狼狈。

戚芙诺夫回头望着他，和蔼地点了一点：

“嗯。好好儿用心吧，上帝会帮助你！”

这么说着，便悄悄地走开。他使西马感到在这会儿是亲爱而必要的人，便站起来，慢慢地跟上去。

戚芙诺夫回过身来等他走去，望着西马：

“你怎样作诗呢？我很想听听啦。”

青年高兴了，便自顾地开始活泼地说明了：

“开头——我想。我是常常在想的，约可夫·柴哈洛维支！因此我的心脏一定有毛病了，它被忧苦压迫着。有一次，它像小鸟儿似的搏动着，忽然停了。”

“对啰！”独眼说，把横斜在地上的自己的头影用手杖敲了一下，“那你尽在想些什么啦？”

“种种的事情，约可夫·柴哈洛维支！”青年做着抱歉的样子说，“见到的，记起的人，狗……鸟儿都有……”

“嗯，对啰！”

戚芙诺夫搔着鼻梁慢慢走去，西马一边说一边跟着他走。

“不单鸟儿，一切都是同样的。走来一个人，低头脑袋，一边望着地面，一边在想着什么……冬天，狼叫着，它一样寒冷、饥饿！可是它走过来，大家就害怕，其实四边都是狼呀！听见狼的叫声，我就好像沉醉，不忍再听了！”

月光从他们身后照来，影子落在前面，一矮一长，两个都很瘦。一个是尖形的，不大摇动地向前行走，另一个却一会儿追上，一会儿离开，一会儿又并成一起，变成轮廓模糊的黑黑的一团，痉挛地在地面上转动。

西马跄踉着说明：

“我正在作一首说狼的诗！”他站定了念起来：

豺狼徘徊在旷野和森林，
抬起着鼻脸向天空嗥叫。
我想着狼——我心悲凄，
好像想着骨肉的兄弟，
没人喜欢也没人要，
我在这人群之中！
活在世上多么辛苦，
我悄悄儿地活着。
我害怕像一匹灰狼——
大声地痛哭诉苦！

戚芙诺夫挥着手杖，望望天，望望远方，又望望自己的脚边。

“干吗你不想作些快乐的诗？”他叹息着问。

西马瞥了一眼，抱歉地回答：

“写过税务局长裘可夫，可是写得不好。亚邱西加唱的：

生活在我们柴列碶，
人们的灵魂是悲惨的……

那也是我作的！我还有一首说镇子的……”

“什么？说镇子的？”

“是这样的！”青年摘掉破旧的无边帽，不知干吗提在眼面前，低低地唱了：

啊，我要唱一只快乐的歌，
可是有谁要听那样的歌呢？
这应该快乐的镇子是寂寞和烦闷，
一切活着的都害仇恨和罪恶的病。
我们的镇子像一座寺院，
替一切的人们准备了坟茔。

他沉默了。

“完了吗？”

独眼注视着青年的脸，笑着问。

“这有什么快乐呢？小傻瓜！”

默了一下，他又重复着说：

“嘿嘿，小傻瓜！”

这个冷淡而柔和的叫声，并不使青年感到侮蔑，他微笑着这样说：

“不过，我也没有说呀，约可夫·柴哈洛维支，说这是什么快乐的诗。”

“你没有说吗？”

“没有！”

“对啦，嗯，好吧！”

猫头鹰在左边幽暗的沼地的枞林中，阴森森地啼叫，静寂微微地震荡了一下，马上又油一般地凝住。前边遥远的原野中，燃起静静的篝火，忽地炽耀起来。

“你瞧！”独眼说，“白鲁美尔村的庄稼人在焚火堆，晚上有点儿冷啦！”

“诗，约可夫·柴哈洛维支，我想作倒不难，可是要用简单的句子很不容易。我想把诗句都弄得跟祷告文一般，到底不知要怎样才好，简直不明白，句子作得长了，就有点儿像祷告文，对吗？有一首诗，也是说镇上的：

灰色的阴霾又经过沼地，
深深的寂寞弥漫镇上，
人们倦眠在沉重的苦恼中，
他们的头上挂着独眼的天空……

“什么天空？”戚芙诺夫吃惊地问。

“独眼的。”西马狼狈回答，离开他的同伴，道歉地说道，“天空只有一只眼，白天是太阳，晚上是月亮。”

“独只眼，跟我一样吗？”戚芙诺夫笑着说，“嗯，没有关系，很不坏，不过你忘掉了星。”

“月圆的晚上，哪里有星呢？”

“嗯……不错，很少！那么，阴霾怎样呢，还有月亮？”

“是这样的，阴霾跑过，于是月儿与整个天空就震动得好像要塌下来一样。”

戚芙诺夫不响，西马轻轻地又说：

“我说独眼的天空，实在没有想到你！”

“没有关系！”独眼说。

“我的诗以后是这样的：

天空中阴霾追逐盲目的月儿，

地上有谁的影子悄悄地追着我……”

“你说来说去还是你的一套!”戚芙诺夫突然地说，“只知道饥饿的生活啦，死啦!”

青年很想把自己的诗念给戚芙诺夫听，可是独眼却好似不大愿意听他的，挥着手杖，慢慢地一边走一边说:

“这一切当然对生活有力量，贫穷啦，死啦，可是人们终究克服不了它！我的祖父是饿死的，我的父亲也挨饿，我活着也并没有饱过。他们都死了，我也在死去，这是实在的!”

西马在想自己的诗，没有作答。

“嗯，我死了，也没有东西留下来。”戚芙诺夫决然地说，“恶人死了，人们就说，啊，他多坏呀！好人死了，他的善行留在人们的记忆里。有时候，一只狗死了，大家也惋惜，死了的猫有人记起，好猫啦，很伶俐的，多可爱，挺会捉老鼠。可是约可夫·戚芙诺夫、西马·戴芙西庚要是死了，没有一个人会提起咱们的名字，咱们活也好，死也好，对于大家没有丝毫关系。你要想什么，就想去吧，实在的，想去好啦！这是最重要的，你是孤独的人，孤独的人是最好的，这世界上最忠实的人。”

西马不响，独眼的平静而柔和的话没有扰乱青年推敲适当诗句的思路。

“你应该变成一个使人欢喜而不是使人悲哀的人。你应该以欢喜去爱人，悲哀是没有价值的，好像穿灰衣的囚徒，悲哀的人都是一律的，不管贵族或市民都是一样。你实在还是歌唱欢乐吧，或者是把欢乐像快活的鸟儿一般的欢乐提供给人们吧！你有才气，所以应该认真爱自己的才气！兄弟，应该爱大众，这是做事业的主要的工具。比方一个凿子，也是应该珍重它的，纵使对方是一块铁，你也会了解的，而这个凿子也爱你的手，在工作上成为你的力量，很大的力量。”

两个影子走过野地上
一个老的和一个小的……

西马的脑筋闪出了这样的句子。他跌跄了一下，把长长的两手向前面伸了一伸：

在他们的面前，影子
像烟云一般地晃摇……

在幽暗的心头，在记忆中，火花一般爆闪出各式各样的句子，有的消灭，有的生长，结成一条活的链索，变成歌词。西马得意的、愉快的心头充满了和平的欢喜。

“喂，你想!”独眼的话沉痛起来，“俄国有许多叫作小市民的人，还有比这小市民更不幸的吗？有一种人叫吉卜西，他们到处流浪，在市场诈农夫的马，在村子里偷鸡，也许他们不干这种事，不过大家都那么说他们。可是小市民是住在固定地方的，在世界上，他们毫无用处……”

青年圆眼空虚的视线直望着前面，向前走去，好像遇到山也会爬上去的神气：

老的向小的

说了些什么，
远远的前方
闪烁着灯火……

在遥远的前方，黑黝黝的、高矗的屈诺拉美涅森林上面，升起浓浓的黑云，灭吞了群星，火堆的火忽然一亮，烧得更旺盛了。

“我马上就是五十岁了，这世界已看得这么久，也经历了种种生活，还是没有遇过一天好日子。可是直到现在，我的心还是这样对我说：傻子呀，你活着应该热爱一切。没有爱的生活并不是生活呢！”

西马笑着作成了诗：

狭窄的道路，
艰难的脚步，
影子遮蔽了
路边的洞穴。
失足落洞穴，
两人齐跄跌，
依然举低步，
直趋向前途；
吁嗟天之父！
请指彼迷路，
如何暗夜中
走向你之国！

他站停了，拉拉独眼的衣袖，高兴地叫：

"约可夫·柴哈洛维支，我又作好一首诗，真的刚刚作好！你听呀！"

当他念完了之后，独眼阴森地注视他的脸，赞赏着说：

"嗯，对啦！你瞧吧……"

"啊，天！"西马低声叫唤，"作完了一首诗，真是快乐得流泪呢……"

"好吧，这种快乐，正是世界上需要的！回头吧，我们走得很远了！"

他们回头，道路显得明亮，影子落在身后，互相靠近着走去。

"最重要的……"戚芙诺夫的沉着的声音响彻在夜的静寂中，"你要爱自己的才气！你自己，对于你并不重要。可是你的才气，是给世界的礼物！上帝，当然是好的！记着一句老话：'上帝是上帝，不要害自己！'最要紧的是爱！没有爱的人是愚人！"

近秋的黑云把天鹅绒一般的阴影遮蔽着原野和沼地，向他们的身后追来。月儿遇见了这些黑云，在自己的周围，映出了柔和的圆圈。

"喂，西马，西马！"戚芙诺夫的沉着的嗓子带着颤动，"我见过不少的世面，也受过人世的劳苦，人是爱好悲哀也爱好欢乐的！我真心对你说，这世界上，俄国人民实在是好，他们当然野蛮，是挨饿的不幸的人民，但是，真好，是善良的，得天独厚的人民！你要是好好儿观察俄国人民，你就会爱他们！那时，老弟，你作诗吧！"

西马笑笑，把尖尖的肩头碰了一下独眼。

沉默了一下，戚芙诺夫很自信地又说：

“好人民，亚门。”

红头发姑娘派霞在这个“乐园”里，除了特殊的职务之外，还得做女仆的工作。厨娘最先把派霞叫起，她就得去收拾大客厅。这个客厅是一间货栈似的大屋子，五扇箭形的窗，其中两扇紧紧闭着，挂上彩色的绒缎。

客厅天花板画着五颜六色的花卉图案，图案中，还嵌着绿色黄色的大头鸟儿和两个爱神。一个脸上的颜色已经褪了，另一个腿和肚子也已斑驳。

厨娘马特留娜·普西加雷华告诉派霞，这天花板的图案是一八一二年时一个法国俘虏画的。派霞每天早晨拿着扫帚揩布走进这客厅里的时候，就站在门口，板着脸向上望这满是漏水渍、裂缝、灯烟的彩色天花板。

有时马特留娜叫她：

“你在干吗？又在发呆地望吗？快点儿收拾好，大家都快要起来啦……”

派霞笑着回答：

“马上好啦！这个法国人画得真好！他怎样画的呢？阿妈，一定是仰躺着画的吧？”

马特留娜生气了：

“你才一天到晚睡觉过日子呀！瞧吧，你会睡死的，胖得那样子，肚子也挂到地上了，会烂死的！”

“这可怜的法国人现在在什么地方呢？”派霞叹着气想。

常常她望着这法国人的杰作，望出了神，连主妇和同伴们恶狠狠的骂声也没有听见。宿酒未醒的她们，像猫儿扑乌鸦一般扑到她身边，想把客厅里的垃圾揍擦她的身体。

派霞挨了打，也不抵抗，只是闭着眼呼呼喘气。大家打倦了停了手，派霞才怨喃着哭起来。她先看看自己的衣服，什么地方撕破了，然后走到院子里，沙着嗓子哭，嘴里发骂。

她的叫号一开始，小门外边就探进乞堆海尔的大脑袋，默默地听着她的哭诉，听了好久，后来好似听倦了，管门人便轻蔑地对她说：

“嗯，算了吧！不要脸的。在这儿哭，别人要听见的呀！别人要听见的呀！”

“也许，我痛啦！”派霞镇定下来，给自己辩护。

乞堆海尔不客气地说道：

“要你痛才打你呀。”

有一天晚上，正当灯红酒绿的时候，喝醉了的宁采夫和华尼加·希略波夫恶狠狠地欺侮了派霞。派霞跑到院子里，靠在门上大哭。

“你又哭啦？”乞堆海尔推开小门问。

“叔叔！”她抽噎着诉苦了，“天哪，我的命生得这样苦吗？”

“嗯！不要哭啦！”乞堆海尔命令她。

但她还是哭。

乞堆海尔听着她的哭诉，过了一会儿，深深叹息着说道：

“嗯，什么声音呀！嗨，你要哭断气了！到这边来吧！”

他扶她到门外，向四周一望，扶她坐在椅上，自己也并肩坐下，劝她道：

“嗯，不要哭了，坐下来！哼！晚上和暖起来了，四边没有人，谁欺侮你呢?”

派霞哽咽着告诉他，谁欺侮了她，乞堆海尔厌恶地不让她说完：

“嗯，别说了，我不喜欢听这种龌龊的事。不要说了，明白吗?”

她服从地沉默了，伏在他的肩头。男的想把身体让开，可是没有地方可让，他就把长长的手臂从自己膝缝里拔出来，弯倒腰，眼睛不望她地说：

“听，马库西娜，狗在叫，听见吗? 那只狗上了链子又不给它吃饱，把它的性子弄得更坏了。你瞧，晚上的路多好呀，一个人也没有。哎，一颗流星跌下来了，到了世界的末日，一切的星便跟雪片一样从天上落下来。最好活到那一天，那一定很好看的……”

他讲了好久，他的眼常常无意地投向右边，瞧见姑娘的两腿，圆圆的手肘头，袒露的胸膛，他觉得她的累赘的身体，渐渐压下来，又暖又舒服。他的膝头不动，伸了手想去抱，忽然，听到鼻息声。

“睡着了吗?”他吃惊地小声问。

没有回答。

“嗯!”乞堆海尔说着，耸耸肩头。

她甜蜜地吹着嘴唇，深深地低低地做着鼾息。他望望她红毛蓬松的脸，派霞的眼吃惊地半开着，脸上泪痕未干，两臂软软地挂在身下。

乞堆海尔微笑着，摇摇头叽咕说：

“真是傻丫头!”

瞧着她深深的甜睡和孩子似的软绵绵的身体，他完全惊呆了。斜眼望着她，违反自己的意志，抑制了伸过去的长胳臂，好久好久地坐在她的身边，一直坐到天亮。这时候，听见屋子里醉人的叫嚣，一会儿，镇上教堂的钟声打了四点，他就摇醒她说：

“嗯，到我的门房里去睡吧！嗨，走吧，一会儿大家都要出来了……”

“怎么我睡着啦？”派霞惊醒过来，向四边望着问。

“你就这样——闭了眼睡熟了。”

“啊，天哪！”

“嗯，走吧！”

管门人推开她面前的小门，望着她白白的影子，一直看她走进厨房隔壁自己的屋子里，然后砰的一声，把门关好，张开两腿，直望着地面，摇了摇头。

这晚上，派霞和乞堆海尔间的友谊并没发生什么变化，可是不多几时，派霞又挨了打。

那次，在热闹的酒席之后，绿特加半夜醒来，像害病似的觉得很不舒服，胸口发烧似的气闷，皮肤干燥得像是长了铁锈，眼睛发痛。她把腿子伸到床下敲了敲地板，等了一会儿，又敲得更响一点儿，终于发起火来，大蹲特蹲，她的眼睛气得发了昏花。

派霞走来，她把鞋子扔到派霞的脸上，狠狠地骂，撕破派霞的褂子，把派霞从楼梯上推落去。

派霞又哭了，走到乞堆海尔那边。他还刚刚起床，衣衫不整的，挺不高兴的样子。

“干吗呀？”他问。

“格拉斐拉打我……”

“为什么？”

“我不知道，天哪！”

“天哪！”他学了一句姑娘的粗嗓子，用主人的口气命令她，“走去，把脸洗一洗！”

她摸索着向屋子走去，乞堆海尔伸过一手用指头敲敲她的背脊，阴气地说：

“瞧着，我替你去出气！”

他提起一脚，把一只破茶壶踢得远远的，就决绝地向法里察泰正在跟厨娘吵嘴的厨房走去。推开厨房门，迈进他的四方形的身体，他就厉声对主妇说：

“您总是动不动就打佩拉盖雅……”

“你干吗，库治马？”主妇受不住他的话，懒声地问。

“我说，为什么要打佩拉盖雅？”乞堆海尔一手抓住门框，又说了一遍。

肥胖的马特留娜和法里察泰·纳柴洛夫娜自己，骇得瞪圆了眼睛。这个人三年以来从来很温驯地老坐在门边，不作声响，听了谁的话也不开口的，为什么突然跑来，好像对主人有什么权力的神气。

“不许打她，她还是一个孩子，傻丫头。”

法里察泰·纳柴洛夫娜笑着点头，走到他身边，今天主妇头发向上梳起，结成一顶帽的样子，身子显得高了一点儿。她宽大的红色室内服，手上的手镯和指环，挂在衣带上钥匙的哗唧的声音，微微露出的细齿，嘲讽似的眯细的眼睛，瞧着这一切，管门人也不得不低下了脑袋，垂下两手。

“你到这里来干吗？”法里察泰恶森森地问。

他张开嘴说了什么，却也听不清楚。

“到外边去！”主妇把手一伸，吩咐了。

乞堆海尔回转累赘的身子走出去了。耳里听见她的声音：

“老头儿，你好像没有睡醒啦！”

他站在阶级上抓住栏杆摇摇，木栏杆很不结实地发出咯吱的声响。厨房里马特留娜媚态的声音，听着非常难受：

“瞧他进来的样子，真怕人！”

“我倒也不在乎！”

“嗯，你的度量真大！”

“我是贵族出身的女子。”

“大家说你是将军夫人呢！”

“贵族是不怕谁的。宁采夫对我说过一句话，那匹森林鬼不知会到什么地方去！镇上有人讲许多坏话，这些谣言也风传到这里来，所以他做出这种行品来啦！什么？他要威迫我，没有用的。”

乞堆海尔回了一回头，老牛似的喘着气，向院子走去。好像耕种荒芜的田地，弯腿子踏着草，踢开烂木头和碎砖瓦。

绿特加不换衣服洗了洗脸，喝了一杯浓茶，又睡了。觉得胸口头像针刺一样地痛，心头好像有黑水蛭钉着，吸着血渐渐胖大起来，连呼吸也困难起来，而最后塞住了咽喉。

她的眼前现出近几天晚上的苦恼的情景。喝醉的裘可夫浑身无力地长满了瘰点，站起来跳舞，麦粉袋似的身体仰天跌倒，伸了两手慌张地沙着声叫唤：

“扶我起来，快点儿！”

兴奋的宁采夫在法里察泰的面前扭着瘦骨如柴的脚跟，在地板上跌冲着，跳俄罗斯舞，嘴里大声叫唤：

"嗐，把咱们最后的钱拿出来吧，贵族夫人!"

因酗酒发了苍白的医生，同洛治加两个开着玩笑，做着恶谑撩她生气，懊丧地流眼泪。电报员科略不知为什么哭了起来，拳头打着桌子大叫：

"尸首，你们都是尸首!"

大家用冷水冲他的头，以后他就靠在法里察泰膝头上睡着了。平常老是快乐和气的华尼加·希略波夫也变得阴沉了，对绥拉芬·普西加雷华喁喁不尽地说着什么。她听了他的话，悄悄地揩眼泪，几次在他的额顶接吻，这是一种特别的，又可笑又可悲的接吻。

完全是不顾前后的、从来所没有的、狂乱吵闹的情景。大家好像都变了暴发户，把黄金当水一样乱花。买来了最贵的酒，对付女子也从来没有的暴乱，而且互相无穷无尽地谈着毫无趣味毫无道理的话。

对付这批人是有些困难而担心的，主妇甚至对绿特加和洛治加低低地警告：

"自己不要喝得太多，今天那些客人都有点儿异样呢!"

门轻轻打开，绿特加抬起脸来，西马的瘦白的脸笑眯眯向屋子里探进来：

"还没有睡吗?"

绿特加不舒服地张开眼睛，软弱地答道：

"不舒服呀!"

他点起足尖轻轻走过去，弯着腰望她的眼色：

"坐在你旁边好吗?"

她点头允许了，他便在床沿上坐下，把绿特加的粉白的手放在自己的膝上，自己的手轻轻地从肘头一直到手背，开始抚摩着她发烧的胳臂：

“昨天坐在大路边，作了一首诗，念给你听吧！”

“圣母马利亚的诗吗？”绿特加从齿缝发声问。

“不，只是说到为人在世的，念吗？”

“嗯，念吧！”女的吁了口气答应了。

上帝——赐给你的恩惠！
我们——是你的仆人！

西马开始吟哦起来。

绿特加吩咐着说：

“你都是那一套，尽唱老调很吃力的呀！”

西马微笑低头，停了嘴。

“嗯？”绿特加闭了眼问。

他用比较快口地，约略可以听清的声音，又吟哦起来：

上帝——赐给您的恩惠，
我们——是您的仆人。
从哪儿去求取呢，
战胜悲苦的命运
和可咒的贫穷的力量呀？
我们有什么罪过呢？
我们是服从您的，

决不会背叛您，
而您却以黑暗的死，
以悲苦，使我们
每天每天地受罚……

“干吗你老是叹气？”绿特加颦着脸把他打断，“你还是给我作一首情诗吧。老是上帝呀、上帝呀，你难道是教堂执事吗？你爱我你不能作诗吗？”

西马停止抚摩的手，摇摇头：

“我不会作女人的诗。”

“你懂得爱情，为什么不会作爱情诗？”女的严肃地说。

她在床上坐起身来，两手抱住膝头，摇晃着身体想着什么。青年黯然向屋子四周扫望，屋子里的东西，一切都是熟悉的，都不讨他的喜欢。四壁贴上淡红的纸，天花板上白晶晶的，随处露出纸的碎缝，连镜子的梳妆台、面盆，床对面，胖大的旧五斗橱显出得意膨胀的样子，屋子角落一只烟熏的火炉。屋子里是幽暗的，日日夜夜，令人气闷。

“胡说！”绿特加悄然地慢条斯理地说，“你胡说，不会作女人的诗。有一次，你不是作了圣母马利亚的诗吗？呃？”

为了救赎万人罪孽，
你把自己的儿子赐给万人。

“对呀！”她不高兴地兴奋起来，响着舌板瞪圆了眼，“那些自称有教育的脏狗，就把圣母马利亚作成卑污的歌！哼，猪猡！”

西马瞥一眼她的衣衫不整的裸赤的胸部，伸出了软弱的手，好像这只手突然中了邪。

“你猜那个医生怎样作马利亚的诗，听了真会发笑呢，那个恶心的家伙！”

她伸开两腿，轻轻把西马拉到自己的床上，身子仆到他身上去，把自己的胸口快要碰着他的脸。青年觉得很舒服，却有些发窘，背上感到痛，长躯干快要从床上溜下去，忙把腿在地板上撑去，想支住身体，可是没有效。

“跌落去了！”他慌张地说。

“啊哟，真无用，怎么啦？”

她帮他坐住，抱着他，温和地对住他的眼，要求道：

“作吧，呃？”

“什么？”

“滑稽的诗。”

“可是，有什么滑稽的诗呢？”青年沉静地问。

“作作我的诗，或者是……”

她沉默了，好一会儿，用探试的目光注视他的空洞的眼，后来，用自己柔软的手掌按住他的眼，叹息着说：

“没用处的，你这没用的东西！你在我身边胆小得很。他们那些人什么话都不在乎地油嘴滑舌乱说八道！”

“上帝不能乱说！”

绿特加又沉默了，粗手粗脚搂他的腰膀，任性地说：

“不许抓我！冷冷的手碰着真讨厌！”

青年抬起脸，女子的手从他的额顶滑落。他举起乞怜的眼望着她的脸，苦痛着嗫嚅地说：

“你爱我吗？我不惹你喜欢吗？”

女子两手攀着后脑，仰向着天花板，思索着说：

“要是我能够常常作滑稽快活的诗，大家就会害羞啦。我把大家的事情……哼！”

西马伸手摸着她的胸头，又说了一遍：

“你不爱我吗？”

“嗯，不要来这一套！”她镇定地说，“谁说不爱你？我不向你拿一个钱。”

又想了一想，目光玩弄地闪着，再添上了说：

“什么人我都爱，这是我的职业！”

青年吁一口气，把腿挂下床沿，叹气似的说：

“要是你真有几分爱我，我想我一定得向伐维洛说去！要不在他面前我难为情……”

她感到不安，忸怩着直起身来，抱着西马，规劝地说：

“不许这么想，哎！明白吗？我只爱你一个！伐维洛……他，瞧呀，算什么，只是一个儿……”

她闭着眼，伸了一个懒腰。

“我跟他有什么呢？”她又沉着自信地说，“你害怕呀！不要怕他，他会杀你的！真的，啊，他会做出来的！我很爱你，我的心肝，你明白吗？”

她把他瘦嶙嶙的身子抱得更紧，注视着青年黑洞洞的眼睛，一边连连接吻，一边沉思地证明着说：

“我觉得这纯洁的爱，可以赎回我犯过的许多罪恶，我怎么能不爱你呢?”

西马被她吻得直发怔，好像一只负伤的鹤被热火烧灼一般，闭着眼睛用自己的嘴唇去探索她的。

女的比平常都性急的，没有喜色，没有欲念，这样地说着，事务地委身给他：

“你不要担心好啦!”

后来，她又温柔地悄悄说：

“你作吧，西摩西加，作一首叫人害怕的诗！你应该胆子大点儿，世上的事照你想的说出来好啦！你想，那些有教育的在说怎样的话，可是别人还一样尊敬他们，他们甚至把大天使都当作笑话讲哩，天哪!”

她的眼张得大大的，射出绿色的火花，容光焕发，呼吸迫促，乳房像两只白鸽似的抖动。

青年伸出战栗的手，抚摩她的颈子，注视着她的天真的眼，接着，又听见她喁喁低语：

“我爱你，是我的一种义务……我知道，我是一个罪恶的女子，我的一生都是罪恶。”

满镇沸扬开悄悄的私语——老百姓和当局都小声地互谈着，只有电报员科略一个人不顾一切地大声乱说。于是一天天地，讲的人也都大胆起来。

爱修饰、活泼、瘦削的他，抬起戴夹鼻眼镜的尖尖的鼻子，满镇地走着，到处散布不安的谣言。有人问他：

“那你怎么知道这些事?”

他就含蓄地回答：

“但这是事实呀！”

说着，拉整一下自己漂亮的衣衫。

医生略亨咳嗽着，对他说：

“可是，你也不必兴奋吧。你像一个哲学家似的批评人：不能使事件发生的时机推得快一点儿，也不能把它阻止。不能使地球不转，也不能因为痉挛得厉害了，叫它停止，或是叫这淫雨不要落。要到来的事都会到来的，不会有的事绝不会发生，不管你到处跳来跑去找寻，这是马克思证明过的，大家知道，不消说了。”

“可是亚历克舍·史推拍诺维支！”科略把身子向屋顶伸着叫道，“人必须要做些什么的吧？”

“照上帝的命令，养孩子，使地球上的人多起来。此外的一切，让皇帝去管，天哪，做人除了这简单快乐的工作，别的复杂的事都不适宜的。你也就是这样的人！”

“天哪，你这人说话多么阴气呀！”

“住在乡下地方的人，只配这样子啦！因为每本地理书上都这么写的，俄国邻镇的人，几乎全都是只知喝酒赌博，害着愤世嫉俗的毛病。可是你把小刀子晃晃有什么用处？你希望宪法吗？你等着，一切宪法跟其他幸福的东西，不久都会实行的。安静点儿坐着，念念列夫·托尔斯泰吧！此外的事，不必出手，最重要的，是托尔斯泰，他懂得人生的意义，什么都不必做，欢欢喜喜的，一切的事自然而然自己会变好的。这是乡下人最好最需要的哲学。”

“你说话倒有点儿像戚芙诺夫呢！”科略发愣地叫。

“戚芙诺夫？啊，那个装钉匠吗？”

“他的正行业是钟表匠。”

“当然他也是钟表匠，乡下人行行都来，同时也行行都不精。”

“啊，我的天！”青年忧苦地叹了一声，吹着烟走出去了。

这位害着暗病的医生的脾气，科略是不能理解的。但医生这种玩世不恭的俏皮口气却在这年轻人的胸中引起大胆的想头，使他中了迷，使人联想装在赤皮包里精巧的外科器械的医生的外貌，很中了青年的意，他喜欢医生很漂亮的打蝴蝶结的手势、软飘飘的白衬衫、剪裁合适的呢大衣、尖头的织花皮鞋和雪白的手臂敏捷苗条的动作，也喜欢瞧望他雪白的脸上薄薄的嘴唇，乞求着什么似的颤动，眯细的眼睛，含着讥讽的眨闪。有时医生对青年讽刺得很凶，使他陷入忧闷，但他每次的言语总是引起青年人一种夸耀的气氛。因为他拿这些言语用到自己朋友中间去，使大家都不胜惊讶，借此，青年就觉得自己是特别的人物，出色的知识分子，漂亮的头脑灵敏的人。

可是同医生谈了话，把热度冲冷了的科略走到了街上，就看见到处都充满着骚动不安的好奇的心理。大家都不安地等待着什么。三个在报上写刺激文章的居民，岸然罩着政治家的忧劳的面色，急急忙忙地走过街头。互相遇见，马上开始热烈地议论，继续一个两个钟头，他们的身边围满听众，都静心细听着。

科略参加进争论中去：

“照从来的情形，我们已经活不下去了！”

“为什么？”有几个人认真吃惊地问。

“太没有意思呀！”科略托住溜下来的夹鼻眼镜说明。

“对不起，请问是谁的行动太没意思了？”

“全个俄国！你们大家都太没意思呀！”青年记起略亨的话，呵斥地说。

“喂，年轻的，说话小心点儿！你这是什么话?”

许多穷人满心热望地向科略问许多话，因为这些问题都带有实际的性质，他不知道要怎样回答才好，害怕闹成一团，他逃走了。

镇子上普遍地显得生动起来。丈夫出门的时候，妻子叫他买这买那准备过冬的东西，丈夫就冷淡地回答：

“等等再说吧，还不知道这世界要变成怎么个样子呢!”

有权力的人开了几次会议，讨论着什么事，后来市民们知道，下半天做礼拜的时候，依萨神父要讲道，说明目前的局势，解除大家的不安，同时在“黎萨彭”要开什么大会，警察所长向城里要求派三个警官，要是可能的话，再请求派一些兵。

“兵呀!”永远喝醉的裁缝匠米纳可夫眨着眼睛叫喊，“果然啦，嘿嘿!”

他没有说出果然怎样，大家焦闷了好一会儿，后来他说：

“他们决定，把我们赶到镇外去呀!”

大多数人认为不会有这种事，可是也有不少互相讨论：

“这是怎么回事，咱们在镇子上只不过一些名声，好的只有一条大街，和市场的广场呀。”

傍晚时候，米纳可夫坐在尼古拉教堂面前的地面上，滔滔地流着泪，悲叹道：

“上帝的先知们呀，发发慈悲吧！我们快要完结啦!”

警察官卡班杜亨站在旁边安慰裁缝匠：

“喂，爱果尔，不要女人气！还不会有这样的事呢!”

当局要安定人心的计划，倒是实在的。所长把科略叫去，唬吓了一顿，这大胆的电报员，从此没在镇上乱跑了。

警官卡班杜亭到米纳可夫那儿严肃吩咐：

“喂，爱果尔，到所里去一次。”

“什么事？”

“叫你不许乱放谣言。”

有一个外边来的人被捕了。伐维洛·勃鲁米斯忒洛夫失了踪影，暖炕匠克留乞雷夫也不见了。

爱做戏和演喜剧的人开始准备公演，但在公演准备的忙乱空气中，市民们明白看出，有一种特别的、跟平时不同的情形。

礼拜天教堂做礼拜的时候，坐满了奥古洛夫镇上的人，大家汗流浃背地听着伊萨神父漂亮的讲道。他讲了亚芙扫罗、彼得大帝、沙罗蒙王的智慧，十二年的事情和绥伐思得堡，农奴解放，和列强羡慕俄国的富力，以及轻信谣言之害，等等。

市民散出了回到家去，在路上想道：

“一定发生了什么变动，教堂里绝不会说没有根底的话。”

不安逐渐地增长，大家听见别人讲话就神经紧张，分别围聚在到处的角落里，互相交换听来的话。

“外国人为什么老向俄国寻仇？”

有人带着教训的口气说明：

“主要的因为他们地方小，人口多起来没有办法，没有地方住！摊开地图看，马上明白。我们将他赶到海边上。海边上生活困难，没有东西吃，四边都是沙泥和咸水！百姓都是穷光蛋……”

“那当然要艳羡俄国……”

那时听到戚芙诺夫的声音：

“为了这件事，决定召集乡下地方的人们，老早就发出了布告！”

群众互相询问：

“谁说的这话?”

“河对岸的独只眼。”

安分的人们挥着手走开：

“也不知听了谁的话才好！”

“诸位正教徒注意好人吧，他们会告诉我们聪明正派的话……”

身体魁梧的长须老头子，箍桶匠夸鲁古洛夫问道：

“我们这里哪有这种人呢?”

大家对他表示同情：

“对啰，这种人大家不知道的。”

“谁去吃馒头呀?”

“去吧。”

“没有意思的念头！”箍桶匠说着，伸了一个懒腰，“你算了吧，住在千里外的人们，对我们能说什么呢?聪明的人，自己什么都不做，对我们的事叫他们说什么，路远迢迢的知道什么?对镇长史霍巴艾夫说去，把你的房子给我们，我们要抢了。不要拿捐税害我们，我们也可以用法律争取，这便是我的希望！世界边上发生的事，同我们又有什么关系呢?”

这箍桶匠的眼睛很小，像一些小小的裂缝，裂缝里面有一种杌陧不安的深深的暗影，永远沸腾着不比寻常的兴奋，燃烧着绿色的仇恨的火。他的胳臂也不安地、奇怪地摇着，好像快要从他硕大的躯干离开。弯曲的手指互相扭绞着，两片手掌大声地拍响，而且这手的动作，常常和他说话的声调一致。

“呸！真出色！”戚芙诺夫闪动着眼说。

“你自己去呸吧！”箍桶匠还报了一声，回过身体，向前走去了。很多人跟着他去。

“诸位正教徒！”戚芙诺夫向十来个留着的人说，“我对你们说最近的形势，我们小市民……”

但戚芙诺夫的时间拣得不巧，正在这个时候，大家家里都烧好了馒头等他们去，这一礼拜只烧一回，而且刚刚烧好的馒头滋味特别的好。同时还有一点，戚芙诺夫也忘记了：在他面前的这些人，从来习惯着过刻板的生活和刻板的思想，早已不会相信别人的话。他们跑到街头，跑到人群当中来，不是来附和别人的意见，而是要把别人的意见带回家去，研成细末子，放进日常平凡生活的沉闷的思想中，而这日常生活是一年又一年、慢条斯理继续下来的。他们的家是暗幢幢的，别人的思想放进他们的头脑里，经过长时期局促阴暗的糟蹋，不久就变成无力的东西，毫不发生作用地消灭下去。好像风把花种吹到泥塘里，没影没踪地烂掉，没有成长的力量，不能有开放花朵，拿快乐的笑脸仰向天空的一天。

后来只剩下了马乌鲁希娜一个，她张着润湿的红眼，望住他的脸，好像在等待着什么，使戚芙诺夫要走开去也不方便。

“干吗？老婆婆？”他轻声问。

“我的儿子要去了！”母亲告诉他。

“他到哪儿去？”

“到天堂里去……”

“什么？”戚芙诺夫苦笑了一下。

“好容易找到，还是不对吗!”

老婆子身子怔了一怔，哆嗦着手把劳苦、疲倦、衰老、孱弱的身子裹进肮脏的毡子里。

“再会，老婆婆!”独只眼说着走开了。

老婆子面向巨大光辉的教堂，独自微笑地站在广场上。

把手杖打着地面，戚芙诺夫慢吞吞向河对岸镇外地带回去。一边走，一边咬咬嘴唇，吹吹口哨子，伸起左手，扳着指头计算着什么。

礼拜一这天，平静而晴快，因为昨晚的酷寒，街头的泥污都干结了，镇子在蔚蓝的穹隆之下像新郎一般整洁清秀。

箍桶匠打箍子的声音，钝浊而有节奏地响着。对河岸史霍巴艾夫工厂的蒸汽管子咻咻地喘气。狗在远处吠叫，慌张而忧心的。

可是早上，满镇子就有谣言，说电报已经断绝了。

照例，到十点钟，修道院的马车在邮局门口停下，马车里坐着肥胖和蔼的住持尼莱夫加地，车夫座上坐着笑嘻嘻的苹果脸的尼姑伯芙拉。邮局的大门关着，门口，花白胡子的卡班杜亨，嘴里含着烟斗在那儿愁眉苦脸地站着。住持尼莱夫加地叹息着从马车上下来，站在阶沿口，看见从来一向和气好心的警官的和平时不同的表情，完全惊呆了。

“早呀，尼风德！愿上帝的恩惠和你同在!”

“谢谢你!”警官回答，他的口气中好像说：“你说什么呀，不要骗我吧!”他说着，就仰起了脸孔望着天空。

“请你开开门吧!”尼姑请求他。

卡班杜亨低头望着她脸孔，问道：

“干吗?”

“什么?干吗!”尼姑受了侮辱的说,“我要打两个电报呀。”

“邮局停止办公!”

尼姑震惊了:

“啊,天哪,救救吧,你怎么回事?是昨天停闭的吗?镇上发生了什么事呀?”

卡班杜亨把手一挥,命令她退去:

“尼莱夫加地妈妈,不许多说呀,我对你说过了‘邮局停止办公’,这就完了!”

“那么,电报呢?”老婆子怯生生的,又带点儿气愤问。她在这十年之中,执行修道院的通信事件,从没有受过一次阻碍。

“电报也不行。”

“不行吗?”

卡班杜亨享乐着只有自己知道的秘密,得意地把他那滑稽的脸孔做出一副怪相。等到煽起了尼姑的讶异,在她心头引起了不安,终于突然含着感情说出了原因:

“彼得堡的总电报局破坏了,在各地方电线集中的电台,被彗星撞坏了。你一定知道电报是怎样的东西,你是一个很聪明的女太太!”

住持尼莱夫加地困惑了,怀疑地望着他的脸,生气得流了眼泪:

“啊哟,我的天,我不是女太太,我是出家人,嘿,你捉弄我,罪过的呀!”

教训了警官,尼姑她们就回去了。可是过了约莫五六分钟,这件事已经引起了满街的惊奇,小商人们先先后后接连着上邮局来探看。人们站在路中心，抬着头瞧望饰有花卉的局长室的窗子。这时候，卡班杜亨被人问什么原因已问得头昏脑涨，气鼓鼓地乱喊乱叫。他马上拿出杂记本，舔舔铅笔，写道：

所长阁下：

卑职现被人民包围，谣诼四起，无法制止。

卡班杜亨

以后，突然拉住了身边的一个顽童，箍桶匠绥莱治牛夫的儿子葛里西加，在他耳朵边小声说道：

“到所里去一趟，把这张条子交给书记，给你五哥贝，跑快一点儿!”

活泼的葛里西加跳起就走，像一个大炮弹立刻飞得无影无踪，一阵哄笑和鼓励，在他的背后相送。

不久，大家不得不想了：警长希伯·伏泼里司基在街对面出现，他的前面还有两个掮枪的兵士，后面跟着两个马警。

老实胆小的亚希普，镇子上的人从小都认识他。他们记得他是尼古拉教堂里的圣歌作者，大家叫他希伯。他的老子华西里·尼基帝支·科里涅夫是一个可爱的教堂执事，有一个笑话，一向当作话柄的。他给大神父的请求书中，用了好几句的“我哭泣”，亚格方格尔圣者就给他起了一个滑稽的名字，叫作伏泼司基（哭人）。

这个怯弱无能的人，拔出了指挥刀，远远地就唬吓着叫喊：

“喂，解散!”

这模样连卡班杜亨也好似惊了一跳，他忙挺直身子，把烟斗藏进衣袋，叽咕地说：

“啊哟！真神气！”

人们四处散开。马警在骨赤裸柴的马背上摇晃着，不言不语地站在先头，几个人跑出去了。留着的互相说道：

“神气活现对付哪个呀?”

“好威风!”

“什么事，朋友，哎?”

大家不知怎么回事，互相纷纷乱说，他们不得不把那种不安的心念藏进纷纷议论之中，而且，互相之间，想把自己的愚蠢和害怕包藏起来。有几个马上猜出了事情的真相：

“对不起，这是什么道理?我寄信给自己的主顾去，这封信寄出了没有?”

“我今天或明天，城里有钱汇来呀!”

浓烈的阴霾从泥塘四周升腾起来，像灰色的蚊帐，围住了全镇。许多房舍蹲坐在地面上，用它那窗子的眼，没有惊奇也没有讽刺地，木然生气地注视着自己的主人。远远地，箍桶匠阴森的声音，“咚，咚，咚！咚，咚!”地响着。

秋天的短暂，像老头儿的腿子一般靡弱无力地枯萎了。街头满罩忧郁的阴翳雾，其中像细微一般，悄悄儿播散出许多阴森的谣言和劫难的幻想。

“会计局门口有兵士站岗……”

“嗯?”

“皮匠潘菲尔说……”

“还有河对岸那个捣蛋鬼伐维洛·勃鲁米斯忒洛夫，前天从所里解到所长自己府上去了……”

“说不定彼得堡又发生了冬天一样的事变了……”

“暴动吗?”

“不过，那一回跟咱们并没有关系。”

有人悄然地说：

“镇外有那个独只眼呀!”

“还有，在村公所当差的那个驼子，也是很厉害的家伙!”

“哑子——也会讲话吗?”

“聪明的人许多都是残废的，这不是我胡说!”

四处吹起高声而表面的笑声。接着大家又互相说俏皮话，但这俏皮话说得不大顺利，不知从什么时候，大家的心头发生出一种新的东西，要求着解答。而且当大家向野外望去，小山也好像比平常大了一点儿，高起来了，互相密密地排列着，把全个镇子环绕住了。

远处好似在下雨，野地上吹来清凉的风，刮过细细的灰沙来。许多房舍的窗子里都已闪出黄黄的灯火。这时候，晚祷的钟声应该响了，但是却没有听见。出奇的寂静掩盖了镇子，只有风声萧萧地叹息，默默卷过潮湿泥泞的大地，飞过屋顶。

一部分居民聚集在“黎萨彭”阴暗的楼下大厅里，另一群走到市场附近的广场去。期待着发生什么事故，一直坐到深夜不动。不知什么缘故，把这一天发出的事和记忆中过去那些断片的谣诼接连成一起，变得特别的紧张。

“主要的，还是为了日本人!”

“照前两三天科什妙根的话，还有德国人也是一样……”

“科什妙根这老浑蛋，只有讲到女人的时候他顶聪明……”

“嗯，不，历史上的事，他都知道。据他说，那些德国人是彼得大帝招了来的。”

“还有嘉沙林娜（女皇）也招了些。”

“老兄，这种想受招的人，很不少呢！”

一种异乎寻常的没头没脑的想头，好像刚刚出生的眼睛没有张开的小猫儿，到处地磕碰着。

“对啰，实在有很多外国人，要跟咱们作对呢！”

“同你作对，拿一条手杖在地面一竖，这就得了！过了一百年也不会动一动。”

“你很勇敢呀！”

“算了吧，你们勇敢又有什么用处？”

酒尽管喝下去，却没有一个醉倒。大家好像胶成一团似的走回家去，路中还不时地静下来，站着听声音。风摇着枯枝作响，雨洒洒地落下来，饥寒的狗汪汪地吠着，呜咽着。

这个镇子同国家生活的关系是很薄弱的，当它们有关系的时候，大家全不注意，现在大家知道关系忽然断绝了，那关系也早已没有。大家想起了此地以前种种不同的生活，种种不同的城市、不同的人。每天早上十点钟，邮局的三头马车从城里疾驰而来，邮差加尔根从中午到傍晚，拖着拐腿满镇地跑。傍晚时候，城里的报纸在各酒店出现，在“黎萨彭”还有两种报。不料忽然一切都停顿了，于是这小小的镇子便被遗弃在森林和沼泽之间。大家抱着这样的情感：咱们被人家忘掉了。

一种焦灼不安的忧郁气氛酝酿起来了。人们变得懒惰，不高兴做事，每天做惯的事，也好像失掉了意义。

“正想到什么远地方去过活！”夸鲁古洛夫提一条大手杖在市场中走来走去叽咕。

“镇上那些当官的在干吗？”

“对呀，躲起来啦！”

“正在想法子吧！”

“时候到来了！”

在经验丰富者的眼里，看见这小事件在时时刻刻大起来，变成使整个生活都会黑暗的庞大的东西，一种显明而不知底细的危险正在从什么地方抢去了这个人生的意义。

所长把开酒店的老板们叫去，谣言传开，说不定所有的酒店都要关起来。

“这以后再想出什么把戏来呢？”老箍桶匠愤慨地叫喊，“叫大家都上街头上去吗！这可不是夏天呀。”

“你待在家里好啦！”有人从旁打击他。

“可是，在这样人心惶惶的时候，家里还待得住吗？大家必须挤在一块才好过活！”

他逐渐激昂起来，张大了口咬嚼着，抖索着和白发挤在一片的脸髯，怨骂着说：

“怎么回事啦！人家在别个地方干着什么事，咱们却一点儿气味一点儿声息都闻不到！这回咱们真正变了上司的俘虏啦。要干，就在咱们面前堂堂皇皇干好啦。那咱们也没有话说！不管怎样，这暗中的把戏总得搬到亮处来才行。”

他的话使奥古洛夫镇居民的不安更其加深了。

戚芙诺夫挥着手杖在街上走，不时地侧着耳朵，他的阴沉的眼注视着每个人的脸，好像吉卜西人在马市场上相马。

有人问他：

“发生了什么，你没听到吗？”

“不知道。一定有点儿道理的，一时也猜不透！”他回答着，闭紧嘴走去。

他的独眼而瘦削的脸孔显得非常潦倒的样子。他的衣服很皱，头发蓬乱，好像刚从狭窄的地方挨出身来的模样。

一会儿又瞥见科什妙根的不健康的脸，凄惨的脸色，抖索的黄手，和被人拔过似的白胡子。

全部镇上的生活碰着了一种眼不能见、手不能触的障碍物，完全停顿了。人们一天两天地在同一地方徘徊着，又跑到依萨神父那儿去请教，神父正在害病。想起了镇公所参事会的会长——他又上城去了。

人们到处围叙，互相以怀疑的眼、仇视的心情你瞧我，我瞧你，偷听别人的私语。

第三天，一早上满镇传言，说是市场附近的绥敏尼可夫酒店里，有人发表局势的真相。人民就闹哄哄地涌到市场里去。

酒店靠墙头的一张桌子上，驼背西雪马来夫老头儿挥着两手在大声啰唆：

“俄罗斯终于觉醒了……”

他的大脑袋晃来晃去，嗓子也破碎了似的，眼中充满惊讶，两腮光灿着汗水和眼泪。酒店里挤满了人，椅子、桌子挤得吱叽作响，门口头又涌满了从街上挤进来的群众，不时听见玻璃窗碰破的声音，像哭声一般。绥敏尼可夫不近人情地发出尖厉的声音：

“到底谁来赔偿我们呢?”

有几个声音向西雪马来夫倔强地叫唤：

“喂，邮政局永远关门了吗?”

“请你说一些要点吧，老公公!”

“他光说俄罗斯怎样怎样，这个驼背鬼!”

“听了还是不明白怎么回事!”

市场的广场上，好像一只锅子，群众像沸汤中的面块，滚滚地骚动。天空变成一顶灰色的大帽，套在镇子上，布满了云，落下灰色潮湿的细粒。

“自由，社会关系，进步和思想……”西雪马来夫叫嚷了。

群众从外面推进门来，从破玻璃窗爬上来，叫嚣着要求：

“声音高点儿!”

“驼子，听不见呀!”

“到街上来讲吧!”

“现在，终于……”老头子张大了嗓子，“一切社会的阶级……”

兴奋狂热的群众数目多得不得了，热狂像山头野火一样燃烧起来，眩惑的眼，陶醉的恶意的笑声，闪烁在群众之中。裁缝匠米纳可夫低声告诫地说着，像鱼似的在人缝间穿梭过去：

“兄弟们，这是危险思想的演说!”说着，露出狡猾的笑，使着眼色。

在他面前，伐维洛·勃鲁米斯忒洛夫推开人群在四处乱闯，他卷起衬衫的袖子，兴高采烈的眼光熠熠，向广场上的群众大声叫嚷：

“算总账的日子到来了，嘿!”

安分人家的人们起先是取着旁观态度，平静地望着这个混乱的场面，后来叫住伐维洛问道：

“你嚷什么啦?”

“什么?”这个强汉威胁地反问，突然现出满脸的喜色，把结实的胳臂抱住问话的人，“好宝贝，不好吗？哎！老百姓发怒了，对吗？日子到来了！听见没有，要自由？要生活，要不要吗?”

群众苦笑着问：

“自由在哪儿?”

“老兄!”勃鲁米斯忒洛夫又叫了声，用拳头打打自己胸口，“灵魂得到自由了！灵魂解放了，好吧!”

“醉汉!”安分的人们这么相互说着，皱皱眉头，离开他的身边。

女人盯视着这个漂亮好汉，都紧闭嘴唇，故意低下眼去，叽咕地说：

“多么不要脸呀!”

脸上有黑痣的米纳可夫始终偷偷跟在伐维洛身后，轻声说：

“这是真正的演说——啊，啊，啊!”

在酒店门口，兴奋发汗的一群，拥着驼子，像烟囱出烟似的蓬勃汹涌出来。驼子像一个用破烂抹布做出的球。

“把桌子扛出来!”

安分的人们不愿附和在群众中，把身子避到墙脚边，紧紧地靠住，像街头流浪儿似的远远望着。

“闹得多么凶呀!”

“警察也不来一个!”

"昨天还多少来了两个警官!"

尼古拉教堂的教产管理人，屈指可数的富商巴左诺夫打着俏皮话，冷冰冰地说：

"对不起，这是什么话？突然跑出来历不明的人来，居然大发议论？买卖——营生——什么都不管理体制了。到底叫谁维持镇上的治安呀?"

"怎么回事啦?"夸鲁古洛夫不听别人的话，发问道，"太太平平过日子，忽然闹得鸡犬不安，人翻马乱，到底为了什么啦，哎?"

"镇外的人来啦，瞧，那边有毛五十呢，去吧!"

门口，西雪马来夫的头，在群众上面晃动。他的嘴张得很大，发出狂叫：

"咱们大伙儿要亲爱团结，勇敢大胆……"

有人发问，打断他的演说：

"谁挡住了路?"

驼子的身体哆嗦着，两手乱挥一挥，不见了。代替他，出现了蓬头袒胸、漂亮而凶狠的勃鲁米斯忒洛夫的影子。

"诸位同胞!"他扬着两手叫唤，"听吧，听我说，听我良心的叫声!"

群众安静了一点儿，听见有两个像不祥的夜鸟似的叫声：

"什么事！什么事!"

"司法处长裘可夫对我们，对我跟米纳可夫说：'你们跑去听，谁说了什么话，来报告我——如果有人讲过激的话!'"

"放什么屁!"有人讥刺地喝骂。

"诸位同胞!"勃鲁米斯忒洛夫叫道，"在咱们当中，什么叫作过激？现在，日子已经到来了，大家开发自己的命运吧，把阻挡咱们的，一个个都滚出去，对不对？把压迫咱们的全打倒！咱们要照自己的心愿自由行动！起来，反抗命运！”

“诸位，他说的话都是过激思想呀！”巴左诺夫对近墙边的群众战战地说。

发出了愤怒的叫声：

“滚他出去！”

“从桌子上拉他下来！”

“为什么要滚？够了！咱们不愿意再受压迫了。”

安分的人们互相小心翼翼地用压抑下的低低的声音说着，开始陆续回去。

“不过呢！”

“这么闹着，要是大家都闹起来……”

“真是什么话，哎？”

夸鲁古洛夫大声嚷道：

“咱们被人丢了，忘掉了！”

戚芙诺夫和科什妙根离开群众，避在一边，他们都带着手杖，慢慢地走着。

“什么呀，万能博士？”绳索匠扮着苦脸说。

“没有什么，马特维·沙维里支，就这么回事！”

独眼用手杖敲着自己的靴筒，低声缓慢地说：

“你以前说，老百姓忘掉了国家，这是实在的。”

“咳，压迫，压迫，把活的灵魂压烂了，结果都变成烂草鞋！”

“重要的一点，就是不明白，这种骚闹是什么意思，是谁发头的？”

“到我那边喝茶去吧！”

他们带着沉痛的心，离开群众，慢慢地在街上走去。

有不少人离开了群众，群众的叫吵不但没有静下来，反而愈吵愈凶了。留在市场里的群众，你挤着我，我拥着你，热度愈来愈高。女人们也参加进来，尖着嗓子添加了声势，吵闹更加厉害了。喧嚣像强烈的啤酒一般，泛着泡沫，渐渐醉起来，有点儿昏迷了。普遍的不安没有消除，疑惑还是没有解消，没有一种力量能够在群众中形成一个思想、一个感情。他们只是哗啦哗啦瞎闹一阵，不能合成为于一种活生生的聪明的智力，把大家的要求提示出来的力。

而且他们的话，除了自己所深知的日常生活以外，也没有说到别的什么。

女人们渗进家常的话。到处燃起白眼冷视，恶意的嗤笑，快要忘掉的老话，以及仇恨的火，开始发出烟来。

“不，阿妈，不！这个你不消对我说的！”

话题移到三堆从货栈里偷出来的白菜。华尼加·希略波夫不愿意同黎莎·马多西基娜结婚，以及会计师用鞭子打女儿等等的事。

不知在什么时候，米纳可夫挨了打，他手扶着墙垣走去，吐出血来，沙着声音呻吟：

“天哪，何苦来呀？”

风呼呼地吹满了全镇，吹散了群众的吵闹，吹冷了密集群众的兴奋，把他们从街头赶进自己屋子和酒店里了。

树木阴森森地飘动，狗子不安地做着不祥的吠叫和呜咽。

戚芙诺夫把手杖敲着地面，在黑暗中默默地走。勃鲁米斯忒洛夫同他并着肩走，像溜滑似的，时时跄跌着，他挥着两手吼叫：

“你知道很多事吧，独眼？”

戚芙诺夫害怕伐维洛仆过身来，郑重回答道：

“也不大知道呢。”

这大胆汉抓住他的肩头责备道：

“你还怜悯大众，对不对？”

独眼望着前边沉在黑暗中的镇外的灯火，不作声。

“对啰！”伐维洛决断地说，“我明白你，今天我也对大众怜悯啦。现在从我看来，一切的人都变成朋友了。你常常说，小市民，我对他们真觉得可怜！连德国人也有些可怜！你说德国人怎样？他们也不是天天都笑嘻嘻的。喂，独眼，连你的灵魂也只有一只眼睛啦！你对人们怎样想，哎？你说你说！”

戚芙诺夫不愿跟醉汉说话，沉默着，有点儿害怕，于是咳嗽一声，小心地开口：

“人们怎样？你们都过着痛苦的生活呀！”

“唉！”伐维洛悲哀地叫了一声。

“可是，所以弄到这田地，他们也不是没有责任的。”

“对啦！”勃鲁米斯忒洛夫哭声地叫道，“在我看来，老百姓有怎样的责任？大家都说，勃鲁米斯忒洛夫是什么人？可是，今天，见到了吧？我高高地站着说了话，而大家静静地听，对啦！我要他们搬条椅子放到桌子上，对不起，把椅子拿来，让我坐着来讲。他们就拿来了。以后，我坐在椅子上，把想说的都说了，你猜大家在哪里？大家都比我低，在地面上呀。你明白吗，我比大家都高呀！所以我对大家可怜了……”

走到桥头，黑沉沉的河水泼着桥石，滚腾作响，向静寂中流去。他们在吱叽作声的桥板上，提着摇摇晃晃的脚步，大声地走过。

“我对大家可怜！”伐维洛跄跌着叫唤，“我说了实在的话，一句话，让人们得到自由。什么事情不能做，这让大家自己去判断！一切都得自由！啊，我想唱一唱，对啦！亚邱西加不在这儿……”

他在暗中站下来喊道：

“喂，亚邱西加！”

戚芙诺夫加紧脚步，弯了腰，急匆匆向镇外走去。

“亚邱西加！”他听见身后面暗哑的喊声，便吁了一口气，把手杖挟在肋下，跑起步来。

“戚芙诺夫，柴哈洛维支！”

戚芙诺夫听见这喊声，知道一刹间已把伐维洛丢得远远的了。胸头一轻，从桥上走落镇外的沙地，沙泥溜进脚底里，好像要他拉转身去。压人的深深的黑暗，压上了眼睛。

勃鲁米斯忒洛夫喊得嗓子差不多痛了，心头一冷，醉意也清醒了一点儿，于是生气地嘟哝道：

“跑掉了，独眼鬼，嗯，好吧！”

急步走过桥顶，把桥板踏得发响，忽然又站下回过脑袋：

“这家伙不会掉进河里了吧？”

他便走到桥栏边，向正中脚底下放光的地方张望一下，摇摇头。

“嗯，嗯！”

于是把一只手回空一摇，唱起来：

把我的亲吻

烧坏你可爱的小脸蛋……

“跑掉了，独眼！瞧不起我吗?”唱了一半，他又嘟哝了。

没有你，我的爱，

我活在世上什么来！

勃鲁米斯忒洛夫脑子里烁了一下群众饥渴的眼色，群众从下面仰望着他，他们的眼睛里燃着圣像前烛烙似的火。人们的胸头现出了期待已久的感情，一种想活动、想吵闹的阴沉的欲望强烈了起来。

他跋涉着冰凉的沙泥，酒意已醒了一大半，却依然乱叫着，挥舞两臂，身子在风中晃来晃去，舒展着肌肉，像一条软棒。

远远的一扇窗子里映出了灯火，在丘冈起伏的原野上，像草堆似的黑黝黝的房舍中，高高矗立着“法里察泰的乐园”，窗子的光射不透深深的黑暗。

“到她那边去吧，到亲爱的格拉霞那边去！”体内突然一阵热流，他决心了，“同她去谈谈，除了她之外，没有人爱我！独眼狗逃掉啦！”

他绝望地摇一摇手臂，望着伏艾伏齐娜的房子想道：

“那里一个客人也没有，大家都躲起来了。”

伐维洛走到门口，乞堆海尔照例站起身子走过来，可是今天他却拦在小门口把门关住。

“让我进去！”伐维洛粗鲁地说。

“格拉西加有客。”乞堆海尔回答。

“胡说！”

管门人支吾着。

“不是一个人也不见吗？”

“有客呀！”

受了阻挡，勃鲁米斯忒洛夫发起性子来，他想起那张又软又暖的床，身子寒得抖索了一下。

“裘可夫来了吗？”他痛苦地问。

忽然，乞堆海尔好像要笑出来，仔细望住他，这老头儿四方的肩头战栗着，脑袋也在发颤。

“你怎么啦？”他呵斥着，忘记了这管门人臂膀比自己强，拔出拳头来，他的手颈被乞堆海尔的手一把抓住。

“嗯，不要发火，不要嚷嚷，浑蛋！”库治马·彼得洛维支沉静地说，他的声音还带着快乐的神气，“等一会儿，同狗一起放你进去！没有什么，他们只是谈谈。在她那里的，是戴芙西庚。”

“谁？”伐维洛拔出手来，退了一步问。

“没有谁！西马·戴芙西庚呀！”

“西姆加？”伐维洛学了一句。一阵冰凉的惊讶塞住了喉管。

“你不许碰他一下！”乞堆海尔斩钉截铁地说，“要不，我可不肯饶放你，你当心吧！你要是打了他一下两下，不管你打得多轻，明白了没有？你打格拉西加，没有关系，你要打任便你打多凶，她是自己作孽！你打她耳光也可以。可是，西姆加不许碰他！好，你进去吧！”

他打开小门，但勃鲁米斯忒洛夫好像被人缚住了手脚，站在门前，低倒头，反剪着两手。

“嗯，进去呀！”乞堆海尔推着他说。

他好像一匹受伤的马，高高地提起脚步，向院子进去，走到暗暗的阶梯边，忽然在潮湿的阶梯上坐下，沉思起来。

“亲爱的你，我的唯一的人！”他忽然想到绿特加唱歌一般感动的话。

胸口充满了不快的，尖了劲儿的兴奋，一阵头昏，抖索着手，有点儿不舒服起来。

“乞堆海尔胡说八道的！”他故意自慰着想，“他说谎。”

他的脑中，想象着把那个滑稽怪相的呆笨的青年同绿特加并在一起，然后，又把漂亮有劲、人人害怕的自己跟他比较。

“西姆加可不是魔术师！”勃鲁米斯忒洛夫想起西马空洞的眼，咬着嘴唇，尖了劲儿地想。

他把脑袋一昂，站起身来，走上了楼梯，故意大声地踏出脚音，扳着梯栏摇出叽吱叽吱的声音，尽可能做出威风堂堂的声势。走到门口，把门踢了一脚喝道：

“开门！”

门内透出绿特加低沉的声音：

“谁啊？”

“开门！”

勃鲁米斯忒洛夫觉得喉头干燥，舌头不能随意翻动。

“你是伐维洛吗？”

他把肩头靠在门板上，并没用什么气力，门板便破裂开来。当碎板落到绿特加脚边时，她连忙拉开门钮，身上向后退去，很快地叫：

“你怎么？哎，你怎么啦？”

勃鲁米斯忒洛夫在门口一站，马上向女的走去，圆睁着眼，盯住她的脸孔。她的脸灰白，难看，满含怒气。她没有穿袜子，只一件紧身汗衫，短裙子，右手挽到身后，左手托住咽喉，笔直地站着。

“格拉斐拉！”伐维洛把脑袋一昂，嗄着嗓子，慢条斯理地说，“你怎么啦，魔鬼？”

他的手发抖，自然而然举起来想打，但是他的眼睛不能离开像琴弦一样紧张的女子的视线。当他还来不及打下去，没有说出第二句话以前，床底下一阵吵乱，伸出西马乱发蓬松的脑袋来，青年慌张地叫喊：

“慢着，伐维洛！”

绿特加恨恨地发出叫声，跑出屋子。勃鲁米斯忒洛夫在这一刹间好像觉得她用一种柔软而沉重的东西打着自己的全身，眼睛中冒出绿色和红色的圈圈。他无力地望着门口的暗洞，然后挂下两臂，望起西马来。青年苦恼地爬出了自己半裸的长躯干，好像一只很大的蜥蜴。

“对不起！”他颤声地快口地说，“她——可怜我，同我好——实在的！我——除了她，还有谁？你，伐维洛，你是好人……”

伐维洛茫然地张着眼睛，渐渐仆到西马的身上，伸出一只手来。青年就在地板上坐倒，他一把提起青年细长的颈子，使他站在自己面前，注视着他的眼睛。西马喉头呼呼地喘着气，手指尽力扳挖捏住自己喉头的结实的臂膀，然后把脑袋向后仰着，发怒似的做出一副怪相，把舌子翻动着，眼珠从眼眶里突出来。伐维洛左手按住了西马的“灵魂边”，以后十个指头捏紧他的咽喉，愈捏愈加用劲了。

喉头的软骨索索地发响，西马两条臂膀挂下来，好像摸袋子似的在腰边乱擦，愈擦愈重了。勃鲁米斯忒洛夫一次两次从地板上提起青年的身子摇晃，慢慢地手指松弛下来，放开了手。青年便颓然地在他脚边的地板上倒下，两掌后在地板上，脑袋在地上碰了一下。勃鲁米斯忒洛夫把身体一抖，跟木头似的愣住了，于是抓住床栏，在床上躺倒。

这时候，乞堆海尔走进来，在他后面，现出法里察泰、厨娘和娘儿们的白白的身影。勃鲁米斯忒洛夫咬着嘴唇，身子不动地坐着，呆望着躺在自己脚边的戴芙西庚的脑袋。

“你干的好事，狗子?”

勃鲁米斯忒洛夫见了他，马上跳起身子，像被铁链锁住的狗，想逃出身去。管门人挺胸一撞，伐维洛跌跄了一下，向后退去，绊在尸首上，跌在地板上蹲倒了。

女人们大哭大叫，乞堆海尔长长的胳臂向勃鲁米斯忒洛夫伸过去，喝了一声什么，一会儿，只剩了管门人一个，女的突然不见了。

烛火在桌子上索索地抖，影子哄哄地围住了青铜的烛台，在灰色的桌布上，战战兢兢地晃动。一股阴森的冷气。

伐维洛从地板上站起来，坐在床沿，抚抚胸口，低声问：

“真的，死了吗?”

“你这狗子，我怎么对你说了? 你可以打她，可是不能打他!”乞堆海尔呵斥着说。

“我没有打!”伐维洛喃喃着说。

管门人眼睛不放开他，弯倒腰摸摸西马的身子，直起身来说：

“气息也没有了！用冷水泼泼看吧!”于是惊慌地张开两手，继续说道："你这浑蛋，狗子！你怎样想呀？在你们这班无赖中，他是唯一合上帝心意的孩子！你这种家伙，怎么比得上他。"

勃鲁米斯忒洛夫两手托在床上撑住身体，纹风不动坐着不出声。管门人走过去，拿起桌子上的蜡烛，照他的脸，望见他额上渗出大颗的汗珠，一动不动的眼睛和微微抖索的下颏。

"怎么啦，浑蛋，害怕吗？"把蜡烛放在桌上，他问，"不要发疯，才好呀！"

他侧耳细听，屋子里静得没有一点儿些微的响动，外面街上也没有一点儿声音，他默默地在屋子中央站了好久，两手放在袋子里，抬眼望着勃鲁米斯忒洛夫。勃鲁米斯忒洛夫弯着腰，垂着头，坐着不动。

楼梯上有低低的脚音，谁在暗中摸索着走。

"谁？"

"我！"派霞的低声的回答。

"干吗？"

"警察不在！"

"到镇上跑一趟才行。"

过了两三分钟，派霞小声说：

"我，到哪里去好，库治马叔叔？我，害怕！"

"你坐到楼梯上去吧！我在这里！"

"你在同谁说？"勃鲁米斯忒洛夫忽然低声问。

"我同谁说话，管你什么事！"

"你同我讲讲吧！"

"你想吃点儿苦头吗？"乞堆海尔叽咕道。立刻又换了严厉的口气问：

“你为什么要杀人？”

“这我哪里会知道？”伐维洛梦梦然地回答，“偶然碰巧！好像跌进车轮底下，我又有什么原因要杀他呢？”

勃鲁米斯忒洛夫在床上蠢动着，重重叹一口气，低声说：

“把他扛到院子里去吧？”

“什么？你说什么！”乞堆海尔严厉地说，“等警官来，不许动他！”

“警官早点儿来才好啦！”

“怎样，良心不安吗？”

“不！”勃鲁米斯忒洛夫踌躇着回答，“哪里，只是，因为……他也不是一个坏人！”

烛火燃尽，跳了一跳，熄灭了。

“嗯，你还见鬼呢！”乞堆海尔喃喃了。

伐维洛缩起两腿，坐上床上，两臂在胸口交成十字，手指拍着自己的肩头，牙齿抖战着说：

“把门关起来吧！”

“干吗？”乞堆海尔反问他，也不等他回答，严厉地说，“你，小心点儿，不用想逃跑！好好儿坐着！”

“像我这样的坏蛋，叫我到哪里去，除非上警察所去自首吧？”

“好吧！好好儿待着……”

“闯了这样的祸，你当我还高兴吗？”伐维洛喃喃着说，显然他是害怕沉默，“格拉西加干吗做出这样的事来？”

“你们都不是好东西！”

“我这一生就算完了！”

“你自己也这么想吧？当然，完结了！”

他们又沉默起来，门外的黑暗稍微淡了一点儿，走廊下已经透出灰色的微光。

楼梯发出讨厌的大声，谁慢慢上来。

“谁？”乞堆海尔问。

“打猎的！”派霞在门外小声回答。

门口，乞堆海尔的头上，发出一道火柴的光，照见亚邱西加·庇斯忒莱特的歪脸。管门人笨重地站起来，满意地说：

“啊，你带了枪吗？”

“我正在树林子里走着……”亚邱西加说明道，“马特留娜·普西加雷华跑去叫我，伐维洛在哪里？”

“在这里！”勃鲁米斯忒洛夫冷淡地答应。

“怎么啦，老兄？”

伐维洛抖索着说了原委。

“库治马，干吗这样黑，把灯点起来吧！”

在渐渐露光的黑暗中，看见他盘膝坐在床上，挥动着两手。

“就这样，我就落进运命的手里。都为了女人，弄到这样子。”

“莫作声！”乞堆海尔轻蔑地叫了一声，“派修哈，把灯拿来！”以后，又事务地对亚邱西加说明：“只有我们两个人，点了灯反而不好受。”

勃鲁米斯忒洛夫愤然地急口说下去：

“我早知道同她不会有好结果，却做梦也想不到从中会跳出西马来，他是局外人！库治马说得不错，应该杀死格拉西加那个婆娘！”

“我没有说过!”乞堆海尔粗暴地呵斥。

“你不是在门口说的?”

“谁听到的，证人呢?”

“我听到的，你等着吧!”

“哼，大家会相信你!”

他们气鼓鼓地吵着嘴，庇斯忒莱特拿了点上火的灯进来，乞堆海尔接了提到头边。于是顺次地照见坐在床上，两手叠在胸口，头发蓬乱的勃鲁米斯忒洛夫，横在地板上的西马的尸身，和火炉边的亚邱西加。亚邱西加手握着枪站在那儿，歪着脸，全没有什么可笑却现着笑脸。

“再不能同你一块唱歌啦?”勃鲁米斯忒洛夫以吮吸的眼色望着友人的尸身，问话似的喃喃着说。

亚邱西加啐了一口说:

“要是可以代替，我代你到西伯利亚去，真的。听说那边野物很多，在此地，只是白白糟蹋子弹跟火药！还听说那边人很少，这更好!”

“不错!”乞堆海尔打着哈欠说。

“嗯，老兄，实在的!”勃鲁米斯忒洛夫说，“我总是觉得自己太可怜！会受审吧……还有许多手续，马上送到西伯利亚多好呢!”

庇斯忒莱特又慢吞吞地慰劝似的说:

“许多手续，你喜欢吧，住在这地方实在无趣味，你这么想就好了。这西马唱过‘我们活着真无味’，是不错的，当然，大家都拼命想弄出趣味来，现在就不用再想了。”

“他的诗作得不坏!”乞堆海尔望着尸身记忆起来，悄悄在胸口画一个十字。

“在这种地方，随便谈谈，作作诗多好！”亚邱西加奇怪地搐动牵歪的脸，叹息着说，“我已经二十七岁了，我常常这样想，真悲惨，不，真可怕！所以老实说，还是离开了人独个儿过活的好，你不知道自己会干出什么事来，这实在是可怕的。”

“对啦！”乞堆海尔同感了，“半夜里呆坐在门边，有时想，不会忽然被雷打死吗？”

他移过灯来，捻着灯芯，把火头一会儿弄小，一会儿弄大，灰色的影子也跟着在墙上、天花板上、地上，一会儿聚在一块儿，一会儿散开。

“你们谈得好像守岁夜呢！”勃鲁米斯忒洛夫无力地叽咕道。

亚邱西加做着西马常做的抱歉似的眼色，望着乞堆海尔，微笑着继续说：

“有时候，自己觉得好像老头子，仿佛已经活了一百年，完全知道明天要怎样，明年又要怎样一般，真的！”

“听说镇上闹得很凶？”乞堆海尔声音沉着地说。

“对啦，正在吵闹，我昨天前天都去过，大家大喊大叫，到底为了什么，也不大明白。伐维洛也叫的，咱们要有自由，各人要为自己过活。这些东西是有的，这些东西你要就可以有。我就是有了这种自由才没有办法，我不喜欢同人吵架，为什么要吵架呢？我要的是安静，我爱安静。”

他用下颏向尸身一指：

“这就是自由吗？不，有了自由便怎样？巴威尔·史特莱李错夫是喜欢的，他说，最好得到许多身份证，一个月当贵族，以后，做一个商人。”

“他同死了的西马是一样的人。”乞堆海尔说。

庇斯忒莱特沉默了一下，同感了：

“说不准有点儿像！”

大家都沉默了。

楼梯上又有轻轻上来的脚音，庇斯忒莱特抬起脸来，嗅着空气。

“库治马！”洛治加小声地喊。

“嘿？”

“警察不来了！”

“嗯？”

“不来了。”

“干吗？”

“我不知道。”

“不来就不来吧！”勃鲁米斯忒洛夫俨然发怒地说，“我自己去好啦！”

“出了命案，警察应该出来的。”乞堆海尔怨苦地说，“我知道章程，我在救火队干过事。”

“干吗点了灯？”洛治加从门口张进来，惊诧地问，“天已经亮了！”

乞堆海尔不信地望望她，把灯熄了，黄黄的灯光变成了灰白的微明。

“真亮了。”乞堆海尔说，懒懒地欠伸了一下，又继续说道，“那就走吧，伐维洛，没有法子！”

“走吧！”勃鲁米斯忒洛夫身子不动地同意了。

“把手缚起来吧!”管门人解下腰带提出来。

伐维洛从床上站起来，别过脸，跨过尸身，走到管门人身边，背转身，把两手挽到身后，乞堆海尔又照原把半截外套穿正，束上腰带，他的脸歪了一歪，嘟着唇说：

“不，不用缚了，你也逃不了的。”

“不会逃的。”庇斯忒莱特应和着说。

“不会逃的。”勃鲁米斯忒洛夫说，“怎不见那婆娘呢?”

“她吗?”管门人嘟哝道，“躲进什么洞里边去了，害怕吧。好，走吧!”

一边从楼梯走下，一边擤着鼻子，哼着，又叹了一口气说：

“可怜的西马，愿他上天吧!你这人也可怜，你简直是什么男子汉，裙边的虱子呀!”

楼梯上边响着高音的不安的声音：

“库治马叔叔。”

派霞从梯栏口仆出身来，用手做一个缚绳子的手势。

“好，知道啦!”

走到外边，他笑了一笑，对自己的囚人说：

“派霞叫我缚你呢!”

“我有什么对不起她?”伐维洛沉着声说，“指头也没碰过她一下啦!”

“不，她不是对你，只是担心我呀!”乞堆海尔得意地说出原因，又对亚邱西加说：

“那个娘儿，脑筋有点儿毛病，应该进修道院去，在此地实在不配!”

庇斯忒莱特和伐维洛并肩走着，尽力不望伐维洛的脸，枪腿向下，挟在腋下，两手放进蓝天衣呢做的紧身褂子的破袋子里。头上戴着皮帽，大帽舌子遮着眼睑，脸上映出黑影。

三个人不作声地走了好一会儿，只有清晨的薄冰在脚下吱吱作响，很冷。房舍的小小的玻璃窗子，睡眼惺忪望着街道，镇外还在睡眠。

“好吧！”庇斯忒莱特立下来说，“在这儿分手吧，我要上林子里去啦，我只是来瞧一下的，我怕她们说谎的，不料却真有其事。好吧，伐维洛也许不能再见了？”

勃鲁米斯忒洛夫怀疑地望着他，伸出手去，亚邱西加拉着他的手摇了一摇。之后，转过身子，跑走了。

勃鲁米斯忒洛夫抬着眼望他的背影，望了好一会儿，又向四边望望，从人行道走到街道中央去。

“到哪儿去？”乞堆海尔像牵羊的牧人，喊了。

“你不是看见我吗？”伐维洛愤然回答。

“你要缚着走吗？”乞堆海尔平静地说着，停了一下，“刚刚对你说过的。”

勃鲁米斯忒洛夫摇晃着身体，向前走去，不时踏碎了薄冰，脚踏进泥潭里。他也不顾那些结有薄冰的泥水潭，大着步向前直走。

走到桥上的时候，望见山丘上五颜六色的房舍，窗子都紧紧闭着，好像那些上流的街道，都在害怕着，闭了眼睛。

一会儿，一条狗追上他们，不慌不忙地缩住尾巴，在他们跟前走着，抖抖毛，弯着腿子搔搔身体。

“嘘！”伐维洛低而平稳地向狗嗾着。

狗以戚芙诺夫同样的独眼，向他望望，站下来，踌躇一下，缩住尾巴轻轻地走开去。

雄鸡迎接秋天的清晨，零零落落地啼叫起来了。

绿特加跑出屋子，默默地走落楼梯，向院子跑去。当她穿过院子时，小心翼翼地走，因为赤着脚，害怕在暗中踏着危险的东西受伤。潮湿的夜气，冷冰冰触在胸口和肩头。绿特加摸索着走到门边，正要叫喊乞堆海尔，忽然转了一个念头，站下来：

“要是别人，倒还不妨，偏偏碰着西马，真不凑巧！我跟西马好，大家一定要笑我。啊，笑我还不够呢！”

门吱的一声推开，听见沉重的脚声。

“你，是库治马·彼得洛维支吗？”

“哈哈，逃出来了！”乞堆海尔走到她身边，嘲笑着回答。

“快去呀，他要把西马杀死了，为什么你又让他进来？”

乞堆海尔一把抓住她的内衣，拉曳着低声地呵斥：

“我叫他进来揍你呀！也像你揍派霞一样！”

这之前，他打了她。绿特加挣出手来，身子望后退去，尖声地喊：

“法里察泰·纳柴洛夫娜！”

“好吧！”乞堆海尔退开身子，小声地说，“你记着！”

屋子里听见到处门户开闭的声音，主妇的大惊小怪的声音，不知谁像跳舞似的踏脚在地板上的声音。

她发着寒战，两手按住撕破的内衣和掉下来的短裙，轻轻走到阶沿口头。在她的胸口，激烈地燃烧着比恐怖更多的羞辱的念头。

楼上不知什么样了，她想知道，走到梯边，这时候，洛治加叫喊着跑下来：

“啊哟，不得了！”

接着是主妇的哭丧的声音：

“快点儿，叫医生！你，派霞，到警察所去，快点儿！”

绿特加闪到走廊下躲着，等自己的同伴们跑出了院子，便跑进法里察泰的房间，脱去衣裙，在房中央呆立了一下，好像要跳进什么地方去。

“一定得走掉！”

她看见镜子里的自己的影，身子一抖索，便急急忙忙穿起乱丢着的主妇的衣服。

几分钟之后，她在镇外的街道上走着，决心躲到绥拉斐马·普西加雷华的家里去。走着走着，一阵阵地闪出羞辱的、压抑的念头：一定要躲起来，乞堆海尔会把她丢在屋子里的衣服撕破，他会恐吓着说要打她，大家知道自己跟戴芙西庚有关系一定会笑话。

当她正想着自己的时候，也时时地在脑子里闪烁：力大如牛的伐维洛，说不定真会把西马勒死的。于是脚下就迂缓起来，把厚厚的围巾裹紧了身体。明白地感到许多不快的痛苦的事情在等待着自己，而自己是无路可逃的。

普西加雷华住的一条巷子，不留心就走过了，站在人家的屋门口，听见镇上尼古拉教堂的钟声慢条斯理像诉述似的震动着空气传来。

镇外的房舍像黑黝黝的小山似的站着。潮湿的风从沼地方面吹进屋舍之间的街路。听见树枝碰在屋顶上发出来声响，狗子像在做梦，低低地呜咽着。

“还是到那人的家里去，到那只猪猡那儿去。”绿特加突然下了决心。

她立刻取道向桥上走去。她觉得宿在裘可夫的家里是最好的办法。伐维洛绝不会来，警察即使有公事，也绝不敢半夜三更打扰长官的公馆。

但当她逆风前进的时候，她想起裘可夫来：黄色的宽弛的身子，喜欢吓人的脾气，含有下流性气。她知道这人的粗暴，于是引起了厌恶，胸口一阵不快，但心里已下定了模糊的决心，渐渐坚强起来，因此，她就和气而狡猾地笑笑。

在他家阶沿口，伸出粗胖的手拉了门铃，门里边一个喑哑的老妇的声音不安地问：

“谁？找谁？”

绿特加凛然地大声答应：

“找欧绥·辽特洛维支！”

老婆子又问有什么事找他，为什么这样晚来。绿特加生气地顿着脚回答。

“实在对不起！”老婆子开了门道歉说，“半夜来的只有电报，尤其近来，恐怕发生意外，特别小心一点儿！”

“好啦，不要多说！”

裘可夫一手提着蜡烛，在廊下屋子里迎接她，肩头披一件棉大衣，嘴里含着一支大雪茄，冒着烟。他笑眯眯张开眼来，拖长着嗓子说道：

“啊哟，你吗！什么风吹来的？干吗穿得这样子，吃了一惊啦！”

“我冷清不过！”她大胆地说。

“好，到这边来。喂，彼得洛夫娜，装茶炊来。快点儿！”

拉着绿特加的手，给她披上毯子，领她进去。她舔舔嘴唇向四边看看，不知为什么，特别安静地做着深呼吸。

“坐呀，我点起灯来。你来得真好，真好！整整有两个礼拜，简直像一只空洞里的猫头鸟，尽管叫，还是无聊！手指头被火烫坏了！”

他从来没有说得这样多，绿特加呆然地望着他，平常总是那么粗暴、多疑、冷笑的他，今日却完全换了一个样子，很优雅地谈着话，时时向窗口望望，做出怪样的留心。

“街上怎样，平静吗？”

“现在是晚上呀。”

“晚上也一样呀！近来这几天……白天很短，那些吵闹的，白天还不够，便延长到晚上。昨天半夜里，忽然听见打窗子的声音，起头只有一声，接着别的地方也响起来。我躺在床上想，说不定会突然冲进来的，这些无法可施的家伙！”

他套上灯罩子，火熄灭了，但他还是不慌不忙，静静地说：

“走到街上，到处只是那些不要脸的家伙！大家大叫大闹，他们又当作十月暴动啦——固然现在正是十月！”

他又点上灯，把脏手在大衣下裙上揩揩，很累赘地迈开两只沉重的脚，向屋角上走去，换上了睡衣和一双大的毡拖鞋。

“这个小镇子，简直像一只捕鼠机，天哪！”他小声地说，“脚踏进这镇子，就完了，完了！”

屋子里发出伏特加、烟草和酸胡瓜的气味，所有的家具好像马上就会动起来。那个用白瓷砖砌成的炕床，也用着它黄晶晶的通气口的眼睛，突向屋子的正中，好奇地向四周环视。

“你在找床吗？”裘可夫在墙边橱架上把茶杯弄得作响，说道，“床在隔壁屋子里，我平常就在这把长椅上睡觉，因为那只床是挺大的双人床。”

“你在摸索什么啦？”她走过去问，“准备请我吃东西吗？拿到这边来，这是什么？”

“这个吗？等一等，是甜酒，也许是可涅克，喝喝看，老婆子打破了瓶，倒在这里的……”

拔了瓶塞，把瓶子送到口边去。女的把瓶夺去：

“等会儿再喝！先把桌子收拾好，好好儿的。以后，像夫妻一样对坐在食桌上。我只当是妻子来找丈夫的。”

他把手掌遮着额顶，抬眼向她望着，暧昧地开口说：

“怎么呀，你——什么道理？”

“没有什么！”绿特加和蔼地说，“只是，你这儿来了女客，一个年轻女子呀。你却只是想喝酒……”

“女子！”他笑着说，“对啦，真见鬼，你是女子！”

她一边在桌子上放好茶壶茶杯酒瓶，一边向四角落瞧望，顺便用手指碰碰公事用的白金墨水壶，又拿起茶匙估估重量，点点头。

裘可夫坐在长椅上，眯细着眼，抚着胡子，吹着厚的嘴唇，眼睛紧随着她。

“你这地方真糟！”绿特加严厉地警告。

“糟！”税务局长学了一句，也不是表示同意，也不是发出疑问。

“满是灰尘，好像一点儿不收拾的。咳，咳！”

“都是那老婆子不好！”

"这就算有教育的人吗?"绿特加责备他道,"难道受过教育的人一定要过这样没有秩序的生活吗?"

裘可夫皱起额皮说道:

"好啦,你来了我真高兴!总而言之,我不是一个儿了。咱们做一对情人吧,你也找不到好的情夫啦!"

她同他并肩坐下,他伸手去抱她,绿特加皱着眉头望着他的脸。

"你为什么这样老?"

"生活无味呀,格拉霞!"

"眼睛底下为什么长出许多疠?"

"好啦,没有什么,因了喝点儿酒,就长出这些东西来,对啦!我常常想,俄罗斯人真不值钱,对谁也没有用,天哪!"

绿特加凄然地摇摇脑袋,打断他的话:

"啊哟,欧绥·辽特洛维支!有一次你跌了一个筋斗,那种怕人的样子到现在还忘不了,那时候,我骇了一跳,还当你死了呢!"

裘可夫全身一怔,大叫道:

"你怎么?你怎么啦?"

"我?没有什么呀!"她吃了一惊,用温柔的手掌轻轻抚摩着他的油光光的脸。

"你心里有什么痛苦吗?"他小声说,"突然跑来坐着,为什么呢?你说吧,一句话。要不,你就走,到来的地方去!"

"天哪,我挂念你,才到你这儿来!"女的毫不生气地说,"我觉得你的身体渐渐坏起来!"

他摇摇头:

"说谎!"

“为什么我要说谎?”

“我不知道，你对谁也不牵念的，你说谎!”

他决绝地说了。绿特加困罔地掩住了眼。

税务局长瞧了这神情，心里和缓下来。

“没有你，我觉得太清冷，你这人挺快活的，不会怕寂寞，可是……”

忽然，他停了口举眼望望，咯咯地笑起来。

“说话说得忘了神，真见鬼!”

老婆子搬了茶炊进来，圆黑的老鼠眼向女客盯了一眼，气鼓鼓地哼着鼻子，膝头碰着挡路的家具，走出去了。

“好，喝茶吧!”裘可夫沙声地说，“对啦，以前我拉梵婀玲音乐拉得很好，现在都生疏了。我的死了的妻子很喜欢音乐，妻子是一个很好的女人。”

“那么，你还是不相信我?”女的坐上桌边，问了。

他把酒倒进杯子里，什么也不说，露出轻轻的笑声道:

“喝酒吧!”

“你为什么不相信我牵念你?”绿特加固执地问，“现在，眼对着孤零零、多病、担心会死的人，难道我还不牵念?”

税务局长把空杯重重地放在桌上，一手抓住椅子背，突出可怕的眼珠，脸色发着灰白。

“你!”他恨恨地屏着气，爆着吐沫叫道，“你……你怎么啦?”

她毫不惊恐，喝了一小口酒，舔舔嘴唇，摇摆着身子，蔼然地盯视着裘可夫的脸:

“嘘!不要做这样难看的脸，不要发怒，乘你还没有喝醉，你说吧！”

“我不要，不许胡缠！”

“那，到底为什么？”

以后他又呵斥了她两三次，但绿特加看出这没了劲儿的毁损了的肉体，在她的面前实在非常害怕的，于是更加变得事务式地亲热起来。

“我老早就为你担心的，欧绥·辽特洛维支！”她甜蜜而有点儿傲然地说，“你的病，你的孤零的家庭生活，和渐渐衰老起来的样子……”

“叫你不要说了。”

他想狠狠地说，可是声音疲倦而无力，痛苦地喘息着，又喝了一杯。

“你又没有一个亲族！”

“胡说，我有的！”

“谁？”

“我有一个侄儿。”

“在哪里？”绿特加不相信地问。

“在喀山，是一个大学生。你问干吗？”

裘可夫在椅上摇晃着身子，傲然地笑着，又在杯子里倒酒。

绿特加眼光试探地注视他的眼，问道：

“你从来没有讲起过这个大学生！”

“但总之是有的，就是了！”

他敲着膝头，得意扬扬地嗤笑。

绿特加脸色阴沉地不作声，忽然，想起一个愉快的念头，瞪着大眼，露出细密的牙齿，低声笑了起来。

“啊哟！”不知为什么，裘可夫突然叫喊，“为什么？”

“嗯，有个大学生，很好！”她自由自在，像做戏似的说，“只是大学生又有什么好处呢？大学生不是女人，他怎么能照管你、安慰你呢？而且年轻人还要麻烦你呀，你对他，不觉得害羞？”

她做着媚态，挨到他的身边。他低下眼睑，缩紧了身子。

“况且住在此地也很危险呀！”

“为什么？”裘可夫喃喃说。

绿特加靠身在环臂椅上，两手放在桌上，叮咛地说明：

“你不是说，老百姓在发怒吗？这是为什么？对啦对啦，你为什么这样望着我？有人打你的窗子，啊哟！那他们是对谁发怒呢？这正是对你们这班受过教育的人呀！我知道！”

“你胡说！”裘可夫低声说，瞪圆着眼望望她，接着想起了什么，提起指头又说，“你为什么一边笑一边说？你是谁？鬼知道你是谁！”

“我？”绿特加叫道，“不，不要胡说！我是信上帝的，我不是不要脸的，我不会把圣母马利亚胡说白道的！”

她努力搜寻一些粗暴的话，把来投掷到裘可夫的脸上。

“当然，你是受过教育的人，当然！可是谁嘲笑迦芙里罗圣者？是你们呀，是受过教育的医生，科略和你！不对吗？而且最不要脸的，也就是你们！好吧，现在你们到市场上去，把你们唱过的歌向大家去唱吧，那将发生什么样的事情呢？”

裘可夫累赘地回过颈子，盯望着她，又向四周望望，不作声了。眼前的东西，好像移动起来：书架、茶盘、酒瓶、摊着纸包的写字台、事务桌子、放着格子花纹毯子和枕头的长椅，还有两只大眼睛那死一般地嵌着玻璃的暗洞洞的窗子，一切都映在眼前。

白瓷砖砌的暖炕的通气口也光灿灿地旋转着，吐出黄色的光焰。

她记起从这个人和其他男子那里所受的侮辱，接连地饶舌，胸头感到压抑不住地充满着的精力，把心里的恐怖都忘记了。软软的身体在椅子上摇摆着，周身好似渐渐燃烧起来，失去了人的形态。眼光闪烁地，声音渐渐洪亮起来：

“那里有一个信神的老婆婆，叫齐诺维亚。要是说实话，你还在法朗哥维西契尼跟派霞……”

“住嘴！”裘可夫说着，伸出手来提起杯子，“好吧，干杯！你已经醉了吗？”

“不，哪里的话，我没有醉！”绿特加推开他的手站起来。

“你要什么？”裘可夫因为没有喝醉，心里有点儿忧闷，又发出了已经说过十几次的问题。

“我不要什么，我只是想这么说说。大家都认识齐诺维亚，相信她……”

她想了想，又亲热地说：

“真的，你真可怜。多么不幸的人呀！你又快要死了……”

“绿特契加！”裘可夫握紧两手，哭声地说，“求求你，不要再说这种话，我已经……”

“再跌一个筋斗，保你完结！”

他向她伸过手去，想说什么，哆嗦着嘴唇，闭住眼睛，从睫毛底下流出眼泪来。

她默默地望了他几秒钟，接着移到他身边，抓住他的两手，挽到自己屁股后面，又捉住他的耳朵，把他的脑袋仰到后面，几乎使他红色的喉骨从肥肉中尖尖地凸出来。

“还没到那样的年纪。”她一句一顿地说，“你不过四十五六吧？可是瞧瞧你的脸，多难看！像我，就是流眼泪的时候也挺美的！”

“嗯，干吗，你这是干吗的！”他扭着头从她的手挣扎开自己的耳朵，沙声、气闷地说。

她坐在他的膝头上，裘可夫深深吐了一口气，把脸孔挨擦着她的胸脯，开始责备了：

“呸！你多么坏呀，你这个泼妇！嗯，干吗？你来很好！我是你的仇人吗？这些话都是胡说白道，你怎么说出来的？”

这么说着，他的发抖的手指捉开了她的衣纽，摸着和暖的皮肤，立刻，胸头燃起一种活力，把恐怖都赶跑了。

“亲爱的格拉霞，让我们做一对好朋友，好吧？我们要好一点儿，好吗？我的侄子是个浑蛋！”

“我知道！”她说着避开他的手，“嗯，再不睡，天快亮啦，好，站起来！”

他做一个狐媚的微笑站起来，把脸向隔壁屋子的门口一扬，像一只受了宠爱的老狗喃喃着：

“拿了灯。”

她在寝室里脱着衣服问：

“你同那老婆子有没有什么暧昧？”

“嘿嘿！”裘可夫用湿手巾擦擦泪湿的眼回答。

变成了裸体的绿特加两手津津有味地抚摩着自己美丽的肉体，摇摇美丽的脑袋，苦痛地说：

“嘘！这屋子多糟，这算受过教育的人吗？垃圾、龌龊，啊哟哟!”

税务局长望着她，擦着两手笑。

他立刻睡下了。绿特加转了一个身，想去熄灯，忽然瞧见墙上一张女人的大照片：瘦长的脸，戴眼镜，左边鼻孔底下有一个小瘤。

“啊哟，多么难看的脸!”绿特加捻着灯心想。

照像慢慢在黑暗中消去。

“是太太，还是老太太？大概是太太吧!”

于是对照像伸了伸舌头，把灯熄灭了。

黑暗浸满了墙头，天花板和家具上死一般的静寂。

裘可夫睡得像一个死尸，在灰色的尸布底下，那红红的脸显得又黑又肿。他的鼻子像吊死鬼似的发抖，又红又硬的胡子摇动着张望，口内夹着鼾声的呼吸，摇动着的短髭倒立着，下唇翻出，露着马一样的大牙齿。裘可夫的全个脑袋是一团刺毛，深深埋在枕头里，使人联想硕大的年轻蒡草。

“尊贵的圣母马利亚，饶恕我的罪过!”被一阵悲哀和烦恼所袭，她在心中这样说。

以后，把睡衣裹紧身子，烦恼地想：

“那个野兽大概在拘留所里过夜了……”

又这样地空想着，蒙胧睡去。

“那个老婆子一定得赶出去，伏治马·克拉芙桀加·史特莱李错华，她是一个跛子，叫花的……”

她做了这样的梦，她很快很快地从山上跑下来，山逐渐险峻起来，跑得更加快了，没法子留住自己的脚，觉得马上会跌下去，跌得粉身碎骨，于是张大了嗓子喊叫。

出了一身冷汗，张开眼睛。裘可夫正在粗暴地摇她的肩头：

“嗯，断气了吗？简直像个死人。”

“不要吵，不让人家好好睡觉！”她眼并不望他地气鼓鼓地说。

税务局长咳嗽着，吐了一口痰，耐着气说：

“起来，起来！快十一点钟了，也许有人会来，要是来一个熟朋友，看见这样的女客……”

她抬起头，慢慢舔着嘴唇，望他的脸。裘可夫的脸显得很怪，又黄又青，发红的眼像一对伤口。只穿一条裤子站在床面前，露着牙齿，嘴里含一支牙刷。

“从后门出去，不许走前门，知道吗？”

绿特加裹着被坐起来说：

“到外边去……”

她原想说些别的话，可是气得嗓子发抖，说不出来了。

税务局长悠然地走到隔壁屋子去了，这边的屋子却已很光亮，收拾得挺干净，发出茶炊的声响。

“这老婆子，倒开心！”她打扮着，忽然这样想，“赶出去……”

她觉得自己的身体有点儿痛，不大舒服。好像当她睡着的时候，被一种重重的、软软的、不留痕迹的东西打了一顿似的。只是胸口痛得难受。

“赶我出去！”她心中重复想，“对啦！”

她的手发抖，拿起面盆里的漱口缸，从手中滑下，碰在地板上摔得粉碎。

“干吗？”裘可夫叫着，在门口出现，“睡昏了！”

“简直像赶马的车夫！”绿特加想，开始很快地化妆。又不信似的回过脸来看看，“烂污狗！赶出去吗？老婆子，开心了吧。随你的便！我会把你的窗子打开的。嘿嘿！”

她把围巾包了脑袋，只露出怒气腾腾的眼睛，走进隔壁屋子去，于是不望裘可夫地说：

“嗯，再见，欧绥·辽特洛维支！”

他笑嘻嘻地伸出握一叠绿纸的手。她小心地从粗大的手指中拿了钞票。

“谢谢你！”

“够吗？”

“够了。”

“打左手边走，穿过厨房——再见！”

她在厨房门前深深吁一口气，又轻轻地裹好头巾，打开门，像跳进火坑中似的跑过厨房到院子里，跑到街上。之后，咬一咬牙齿，抑住胸口的跳跃，快步在人行道上走去。

在她的眼里，牢牢地记着露牙的红脸、哆嗦的两腮和倒立的红毛，不肯离开。

“先到……”她眯着眼想，“齐诺维亚那儿去看看，到她那边就可以明白事情的真相！可是等一会儿，你，等一会儿。”

脑中和裘可夫说着话，脚步很有劲地走着。

绝望的、暴风雨前的沉寂弥漫了全镇，只有远远听见箍桶匠在做工的声音。三三两两断断续续的好听的声音，响彻在寒冷的空气中。

“咚，咚，咚……咚，咚……”

勃鲁米斯忒洛夫在拘留所的木板床上转侧着，模糊的眼望着现出怪样斑纹的满是洞隙的墙头。到这里来已经不是第一次，在这个狗舍里挨打，也不止一次或二次了。大概墙头的污渍中，还有着他的血点。

逐渐地衰弱、昏茫、发愣、糊里糊涂地过去了。心里的念头也变成断断续续的，忽然好像跌进灵魂的漆黑的深渊里。这深渊里潜伏着深深的忧苦，一种难堪的悲哀，像剧烈的毒汁，从这儿通过血管，传遍全身。

他不大想到西马，但看见西马的空洞洞的眼，含蓄着剧烈的好奇心，凝视着眩惑着好像在对自己的老朋友说：

“啊哟，怪人，你在这儿吗？没有法子啦，我不是你的仇人吧？”

有时他觉得一切只是一个噩梦。绿特加的胸房是伐维洛所有，那个不成样子的小伙子，怎么敢用手去碰一碰……

但是一想到不知满足的她的肉体，说话时唱歌般的鼻音，醉醺醺地吮吸人般的碧眼的光，他就握紧两拳，咬紧牙齿，懊丧得想哭出来。好像有锯子在胸口头锯。兴奋得满身流汗，在拘留所的小房里，瞎子似的乱闯乱走，从齿缝里快口地说：

“我不真正爱你吗？除你之外，我还有什么亲爱的人，黑良心！”

他又想：因为他真心爱绿特加，他的一生，他的未来，都献给了这个爱情，为了她，他不离开这个镇，不存什么希望，不去找寻佳运。竭尽所有的力，在镇外保守了第一个大胆、第一个强硬的名誉，也就是为了她。

他把自己想成这样的地位，觉得很舒服，他便固执地想：

“一辈子都为了你！”

他使自己像皮球一般膨胀起来，超越目前所处的困境。

因为用力过度，他疲乏了，忽然变得胆小，向屋子四边望望，觉得自己像一匹关进脏马厩中的马。

“大家把我忘了，没有一个人来望望我。”他朝铁窗站着想，“我被自己的命运鞭打了。”

从窗子望见警察所的院子，院子中饰着枯黄的践扁的草，中间放几辆救火马车，车档子向天，车中搁着水龙的嘴。马厩门开着，闪动着几匹马的脖子，其中一匹灰色露骨的，不住地翻着上唇，露出疲累的笑，眼睛上边有一个深深的凹，右边的前腿，绑着黑带子，显出有一点儿寡妇的样子。

干草场的门口，钉子上钉着一些给马治病的鸟的骨骼。椽子底下，突出被雨打日晒变成洁白的带角的羊骷髅。屋顶上枯丫的树梢，一停不停地动摇着。

人们带着担忧的、不快活的样子，在院子里来往，互相低声说话，显然是急忙着向什么地方去的样子。

伐维洛打开了通气口，马上有强烈的肥料气、柏油气，皮革气吹进牢房里来。同时从到处街上，传来一片奇怪的声响，好像把院子里的乌鸦窝都捣毁了一般。

“闹得好凶！”勃鲁米斯忒洛夫艳羡地想，记起了在群众中的自己的姿影，重重地叹一口气。每次想到那时的情形，他愈觉得有意思，出色漂亮，使他愈加想跑到群众中、喧吵中、狂奔中去。

他觉得有点儿肚饿，向墙头吐了一口口水，又想起绿特加来，在心里恫吓她：

“记着吧，母狗！”

又想起戚芙诺夫来，他皱着眉想：

“大概，一天到晚在那里饶舌吧，独眼鬼！老是骗人！”

可是一想到西马，想到审判，想到上西伯利亚，他就躺在木板床上，想得身子都发麻木了。

关进以后第三天的正午，卡班杜亨走进拘留所来，他就把门关好，坐在木板床上，拍拍伐维洛的身子问道：

“躺着吗？”

“我马上提堂吗？”勃鲁米斯忒洛夫迟疑地问。

“不知道，老弟！”卡班杜亨叹息着说。

他的胡子很乱，向下挂着，眉毛向上一扬，脸上露着惨淡的生气的表情，木然不动。

“现在也顾不到你的案子！”他的白蜡似的眼睛注视着墙壁，慢条斯理地说，“发生了什么事情，你知道吗？”

不等候回答，他摇摇头报告道：

“大家都得到自由了。”

“谁？”勃鲁米斯忒洛夫不关心地问。

“全部老百姓呀。”

警官从翻起的大衣袖子里拿出烟草，又从衣袋里拿出烟斗，吹了几口，装起烟来。

“对啰，每个人都得到啦！今天教堂里还有谢恩的祈祷。大家什么事都可以干了。”

伐维洛望着他的脸，慢慢坐起身子，同他并肩坐着：

“是谁下的命令？”

“皇帝陛下啦，别的还有谁下令？”

“大家？”

“我不是说了吗？”

“那么我呢？”

“你也有份，干吗没有你？既然说是大家，当然你也在内。”

“我犯了案！”勃鲁米斯忒洛夫悄然地不快地说，“自由，偏偏拣了这时候到来，真见鬼！”

他怀疑地听着自己的话，真奇怪，从来嘴上说到自由，心里想到自由的时候，便会在胸头引起一种特别的、飘茫的、甜蜜的希望，而现在却只有一种黯淡无力的反响，毫无刺激性地悠然消逝。

警官抽着烟，向墙头吐口水，沉静地说：

“世界还不知要变得怎样，哼！一向只知道互相欺侮。”

伐维洛站起来，挺出胸膛说道：

“好吗，放我出去！”

“等一等！”卡班杜亨摇了下头回答，“我不能够，还没有上边的命令。我只是为了朋友关系，来瞧瞧你，上边叫我把你送进拘留所，我就把你送进。咱们只能照命令办事。上边命令我把勃鲁米斯忒洛夫放掉，我就会跑来对你说：‘喂，勃鲁米斯忒洛夫，回去吧！’你说对不对？”

“那么，戴芙西庚怎样了？”伐维洛半信半疑地望着警官问了。

“这同你有关系，同我又有什么关系？我不是他的弟兄，又不是他的老子，我当然没有去打听。”

“好，把我放出去吧！”勃鲁米斯忒洛夫走到门口，倔强地说。

但警察也不去阻止他，敲出了烟斗的余烬，他无奈地说：

“往哪儿走？真怪！刚刚躺着的，忽然就跳起来，往哪儿走呀？”

要是卡班杜亨阻止他，伐维洛一定就会跑出去了，但因为没有受到什么阻碍，立刻使他失掉了傻劲，靠在墙上，脑袋里画出无数的疑问，于是脑袋发痛，腿子战栗起来。警官拂掉膝头上的烟灰，担忧地讲了人民都变得无耻，谁的话也不肯听，秩序完全捣乱。

“就这样地，男男女女都胡闹起来，天哪！在以前做那样的行动，就得拘捕了。一个人拿棒打人，大伙儿就立刻不安静，乱跑乱走。当官的人也不管老百姓了。当官的好似说：‘听你们便好啦，你们已经得到自由了！让你们自己生活去，我站在旁边望着，看你们弄到什么田地！’”

他生气地鼓着脸，砰的一声关上了门，出去了。

勃鲁米斯忒洛夫望着门，走过去，用脚踢踢。门嘤的一声沉重地打开，他望着阴暗的走廊叫唤：

“喂，把门关好！”

没有人答应。伐维洛露出牙齿，在弓形的门框中站了一下，觉得有人用力地抱住自己，向前边推出去。于是，把门打开，慢慢走到走廊下。路径是熟悉的，耳朵有些发抖，走一步，留心地把脚步放轻一点儿，心里却很焦急，只想走得快些。可是，当他走到消防队的院子里，他忽然停步了。

放开大步跑了五六步，跑到马厩边，他用梯子爬到屋顶，从屋顶跳到人家的菜园子里，跌了一跤。向四边望了一望，跳过两三畦冻白菜叶和马铃薯蔓的田畦。

他累得喘不过气来，爬进一间仓房的角落里，膝头跪着地。墙外边，像烈风吹着电线一般，人声嘈杂地嗡嗡地响着。

勃鲁米斯忒洛夫向西边望望，从堆着柴的一边抽掉了一块破木板，突出前面，从篱笆缝里伸出脸去，篱外立着十五六个老百姓，都是熟面孔的。

这些人聚在一起，正在认真而低声地谈着，其中夸鲁古洛夫白发的大脑袋挺得最高。大家都穿得暖暖的，没有下雪，却有人穿着柔软的雪靴。他们脚踏在泥草冻结凹凸不平的地上，在互相小声地说：

“我说，那么好吧，你瞧！”夸鲁古洛夫闪着目光说，“不料，老婆子刚刚躺下，就是哗啷一声，窗格子好似扔来一块石头。”

“就是他们两对捣蛋鬼！”巴左诺夫害怕地、思索地报告了，“是镇外的科什妙根和独只眼，这是一对，还有一对是电报员和衙门里那个驼子。”

“对啦对啦，一定是他们！”

“怎么办呢？”

勃鲁米斯忒洛夫打了一个寒战，那些人所常常说的“怎么办呢？”正合他此时的心境。他好似吊着链子的狗，把身子紧贴在角落上。他不喜欢这班快乐自由的人，同时也知道他们不喜欢自己。而今天，他的胸头有一种感情像云一般飘起来，夹着一个模糊的铅似的块，时时像沼地的绿幽幽的磷火一般，燃耀又消失。

听到戚芙诺夫和科什妙根的名字，一种羡慕刺激他的心，他懊丧地想：

“独眼狗！又跟住了！”

接着又立刻幻想了。

“那一次，要是他不在桥头把我丢下，我也不会闯那样的大祸！”

人数渐渐多起来，谈话中不安的形势更加浓厚，勃鲁米斯忒洛夫的耳朵渐渐听不清楚了。

有一个用读书似的声调低低地、粗鲁地说了：

“叫花婆齐诺维亚在街上走，同一个来历不明的女人。这女人是从城里来，她们像很有学问的人一般，谈着很多的话。”

“镇外的人都来了！”

“教堂里也聚着五百多人哩！”

“镇外人——这真要命！”

“只要一个大力气的勃鲁米斯忒洛夫，就有十个人可以对付！”

伐维洛不觉怔了一怔，忙把身子从篱笆里缩进，但是，听到别人说到了自己，也很愉快。于是他想爬过篱笆跳进他们中间去。

他笑眯眯地闭了眼，筋肉自然地紧张了。

篱外边老百姓还蜂群似的嗡嗡地讲着。

“科什妙根昨天还劝大家不要捣乱秩序呢！”

“镇外大概不用担心吧？”

“镇子一定会被他们吵翻的！”

“今天，什么市面都停止了，可是又有什么害处呢？我要是当了镇长，就派人到各处去！”

“怎么办呢，老兄？”

“都在担心中。”伐维洛露着牙想。

别人的惊心，他觉得痛快，因此一股暖气从丹田升上，全身都涨满了勇气。他一个一个地仔细瞧望那些愁眉不展的脸，很明白地看出，这些不知道如何生活的人都跟失掉牧人的羊群一样的懦弱。

忽然，一股酒醉似的火气在他心头燃烧，一阵火光，他跳出了篱笆。好似一段燃烧的木柴，投进到群众中，把那些干燥的心都点燃了火。

“诸位!”他把两手一扬，在惊慌的人群中打着旋舞叫唤，“我就是勃鲁米斯忒洛夫，你们打吧！大家的话我都明白了。说老实话吧，把心袒出来吧!”

大家躲开他向四边散去。有一个骇得发疯了，向他重重地打去。有人大声唤他，伐维洛突然跪倒，两手向前一伸，坦然地叫：

“打吧，小瘪三，打吧！现在镇外人挨打！你们打我，以后他们就要打你们!”

他不知道这“他们”到底是谁，于是，他不作声了。

“停手!”夸鲁古洛夫举手大叫，“不要打他，等一等!”

“兄弟们，镇外人对我，也不是什么亲人，对不对?”

人们立刻围在他的身边，勃鲁米斯忒洛夫觉得事情进行得不坏，眨着眼睛，愈加得意扬扬起来。

“镇外对我算什么？我不是还杀了镇外人吗？我不是把镇外出卖了吗?”

“对啦!”夸鲁古洛夫顿着脚说，“喂，大伙儿听着呀!”

有人恶狠狠地、重声地说：

“对的，听他说吧，他前两天真杀过人的!”

“对对，他自己也在说呀!”老箍桶匠叫了。

“明白吗?”巴佐诺夫跳起来叫喊，“镇外就是这个样子的，连这样的无赖也知道，那就是俄罗斯的良心，哎呀!”

伐维洛犹豫了一下，变成忧郁而绝望的样子，热心地说了：

“实在的，我杀了人！我逃走吗？不，定我的罪吧，我杀的是什么人?”

他舌子发硬，咽喉哽咽了。他两手抓着胸口，想说什么，却不知怎样说，几秒钟之间，守住了可怕的沉默。

周围起了低声的喁语。

“他在忏悔啦！”

“好像是真话！”

“朴实的人总是求祷上帝的，但是有教育的人，他们才嘲笑上帝！”

“不过，他还是杀了人……”

“你们想，我杀的是谁，是独只眼戚芙诺夫的徒弟呀！”

他对自己的话吃了一惊，又沉默了几秒钟。这时间，他明白正是纠正自己错过的机会，便平了自己的气，分外热狂地说：

“我为什么要杀他，因为他的诗是邪教派，实在的，他的诗冒犯上帝！我知道这是那个使假钞票的独只眼教他的。他冒犯上帝，我再也容忍不住，就打了西姆加。我只打了一下，弟兄们，就是这条臂膀，我决不隐瞒，我这条臂膀，上帝给我无限的大力！还有，我打死他的地方，是淫妇的屋子里。好的人会到那种地方去吗？”

镇上人阴沉着脸望他，夸鲁古洛夫用深信的声调遮住伐维洛的叫嚷说：

“我们不是审这件案子的法官，这种人命案件同我们没有关系，但是他反对镇外，这件事是值得关心的！”

“不，独只眼吗？”有人恶狠狠地叫，“到处都是啦！”

“想造反的人呀！”

“把那个齐诺维亚老婆子，还有同她一起的女人捉起来，拷问她们反基督的阴谋吧！”

又有人不安地叫：

“可是要当心呀，他们会有多少人拥到教堂里来，把我们打倒？真的，弟兄们！”

“我们也去！”夸鲁古洛夫吼道，“难道我们不是镇上的老百姓？镇上大伙儿要不帮助我们，把我们丢开，这还成什么事？我们要奋斗！伐维洛同我们一起来。在大伙面前，把镇外的情形暴露出来，好吧！”

他卷起上衣的袖子，连推带拉地，把大伙密密集合，结成坚固的一团。然后大家拥住了勃鲁米斯忒洛夫一起走去，鼓励着说：

“把真相说出来……”

“胆子大点儿，有我们在一起！”

“警察已经没有了……”

“我们紧紧保护着你……”

“特别要说独只眼……”

伐维洛好似长了翅膀，在行列前面飞舞，感动得发了狂。大家把他的身子紧紧拥住，敲敲他的肩头，碰碰他的坚实的肌肉。

“放开我！”伐维洛把肩头一摔说。

无力的市民像木叶从树上飘落一般，纷纷跌翻，发出感叹的声音：

“啊哟，好大的气力！”

接着，又紧贴住他的兴奋流汗的身体。

勃鲁米斯忒洛夫明白自己的地位，卷起臂膀向上一扬，咆哮着说：

“我要把这个那个，全部都揭露出来！”

他从来没有感到自己是这样完全有力的角色，发火的眼睛扫望大家的脸。这些人现在都服从他，已经合他的心意。一种燃烧胸头的想念，欢喜地发出光辉来。

把聚在广场上的群众左右分开，立刻走到教堂的门口。门口有五十多个人围着，看出他们的目的，便让开了路。

“瞧着!”勃鲁米斯忒洛夫说，“到对面等去!”

大门柱后，一群人像躲藏似的站着。其中有人挥着白布，叫唤着什么。

在群众的叫嚣中，史忒莱李错夫、克留乞尼可夫、佐西马正在叫唤。

“村子里的人也在这儿!”伐维洛沉醉地微笑着想。觉得现在镇外人可以明白自己的真价值了。

他跳上门阶，扬开两手，把群众赶开，就面对广场，尽嗓子叫唤了。

“诸位正教徒，你们集合起来，我要演说啦……我！我!”

哗的一声莫名其妙的叫唤，迎接着他。伐维洛从全身的皮肤感到这种叫声是向他表示，故意反对他的。广场中密密地挤满了人的脸子，好像从地面生长出来似的蠕动着，几百双眼睛注视着他。

勃鲁米斯忒洛夫的胸中，觉得有什么东西崩毁了，心头感到一般剧烈的冷气，他绷紧嗓子发疯地叫喊，渐渐地觉得厉害起来，忍受不住了。群众众口同声地呵斥：

“拖下来，不许讲!”

接着，从身边又流来威风凛冽的重浊的话声。

“他们那种反对真理的人，到底算什么人哩？他是谁，你们大家都知道吧!”

勃鲁米斯忒洛夫的心中，又强烈地拉断了一条弦线——剩下了一声呻吟。

“胡说!”他对自己面前一张活生生的大脸喝道，回过头去，又看见了一只指着自己的瘦手、阴气的眼睛和甜瓜似的秃脑袋。他跳过身去，抓住了戚芙诺夫，一把推下去喝道：

“揍他!”

“揍我们自己人吗!”奥古洛夫的人们咆哮了。

人们像暴风吹袭秋尘一般，跑着，跳着，窜来窜去。好多人唤叫着，跌倒，跨过跌倒者的身上，涌到街道方面去。大门边一部分人在凶狠地打架、摔跤。

“啊嗬!”老箍桶匠夸鲁古洛夫这么咆哮着，擎起拆破的栅栏中的绿杠子呵斥：“自由!”

伐维洛闷着声，发狂地打人，每次都是咬着牙，举着手，望别人的脸打去。把一个打倒了，又去找另一个。

人家不回手，逃的逃，逃不了的便伏倒他的脚边。伐维洛打赢了别人，既不高兴，也不得意。他太累了，坐倒在地上，伸开两腿向四边望望。他的坐处是教堂院子内的甬道边，正对面是一家什么人家，把红色的大门闭得紧紧的。

相去不远，有十来个人团立在一起。其中衣服破碎的夸鲁古洛夫，大手掌摸着被打的脸，说道：

“碰了那个独只眼了。”

色彩斑斓的尼古拉·米里基斯基教堂的圆顶上，集合着鸦群，噪噪地叫着。勃鲁米斯忒洛夫重重地叹一口气，望着他们。

他像打瞌睡似的，被疲劳重重地压抑着，茫然地注视着地面，用脚去踏那顶丢在地上的皱成一团的帽子。

“大家都赶走了!”箍桶匠说，“唉，没有法子，回去吧!”

他揩了一把鼻涕，同自己的同伴走到伐维洛的身边。

“现在带我到什么地方去?”勃鲁米斯忒洛夫当大家近来的时候，阴气低声地问。

“怎样，受了伤吗?”箍桶匠不回答，这样问他。

“把我带到什么地方去……”

他还没有说完自己的话，觉到大家抓住自己的胳臂，把自己拉起来。

“总而言之……”夸鲁古洛夫认真地说，“第一，你自己说杀了人；第二，现在你又同人家打架。因此，拉你到警察所去。”

有人补充了：

“我们不能饶恕你!”

伐维洛向他们睨了一眼，叽咕了一声。

他们走起来，勃鲁米斯忒洛夫眼望着地面走，瞧见破碎的衣服、折断的手杖、丢弃的套鞋。他重重地踏着脚，想把这些丢在甬道上的东西踏进泥土里。忽然觉得地面上有几百对眼睛向自己注视，好像脚踏在群众的脸上。

他又模糊地听见动荡着的街头的声响，箍桶匠的沉着的话声：

“今年吵架吵得真早，到米哈罗夫节还有两礼拜呀!”

忽然，落起雪来，四周一切蒙上一层忧郁的白色。

“在警察所里会吊颈子吧!”伐维洛沉着嗓子悄然地说。

“邪教徒，永远是邪教徒!”身边有人回答他。

“我不高兴，我不去!”勃鲁米斯忒洛夫试着摔开拥住自己的人，很不顺利，他觉得已使大家不高兴了，便突然停步叫喊。

他们好像一群狗，对付一只落伍的狼，恶狠狠地拉着他，打起来。呵斥、叫喊，像黑漆一团似的，在地上滚起来。雪花飘落在他们上面，而全个镇子便永远地盖上了沉闷无味的冬天的白布。

风雪中，鸦群像黑色的斑点在阴空中飞闪。

那些劳动不倦的人不断地劳动着。远远地，大概是在公鸡岗那边，好像要把全个镇子打上一个箍子一般，自信而固执地敲着：

咚，咚，咚……咚，咚……

图书在版编目(CIP)数据

奥古洛夫镇／（苏）高尔基著；楼适夷译. — 北京：中国文史出版社，2021.1

（楼适夷译文集）

ISBN 978－7－5205－1572－6

Ⅰ. ①奥… Ⅱ. ①高… ②楼… Ⅲ. ①中篇小说－小说集－苏联 Ⅳ. ①I512.45

中国版本图书馆 CIP 数据核字(2019)第 251677 号

责任编辑：薛媛媛

出版发行：中国文史出版社
社　　址：北京市海淀区西八里庄路 69 号院　邮编：100142
电　　话：010－81136606　81136602　81136603（发行部）
传　　真：010－81136655
印　　装：北京新华印刷有限公司
经　　销：全国新华书店
开　　本：720×1020　1/16
印　　张：16.75　　字数：186 千字
版　　次：2021 年 1 月第 1 版
印　　次：2021 年 1 月第 1 次印刷
定　　价：58.00 元

文史版图书，版权所有，侵权必究。

文史版图书，印装错误可与发行部联系退换。